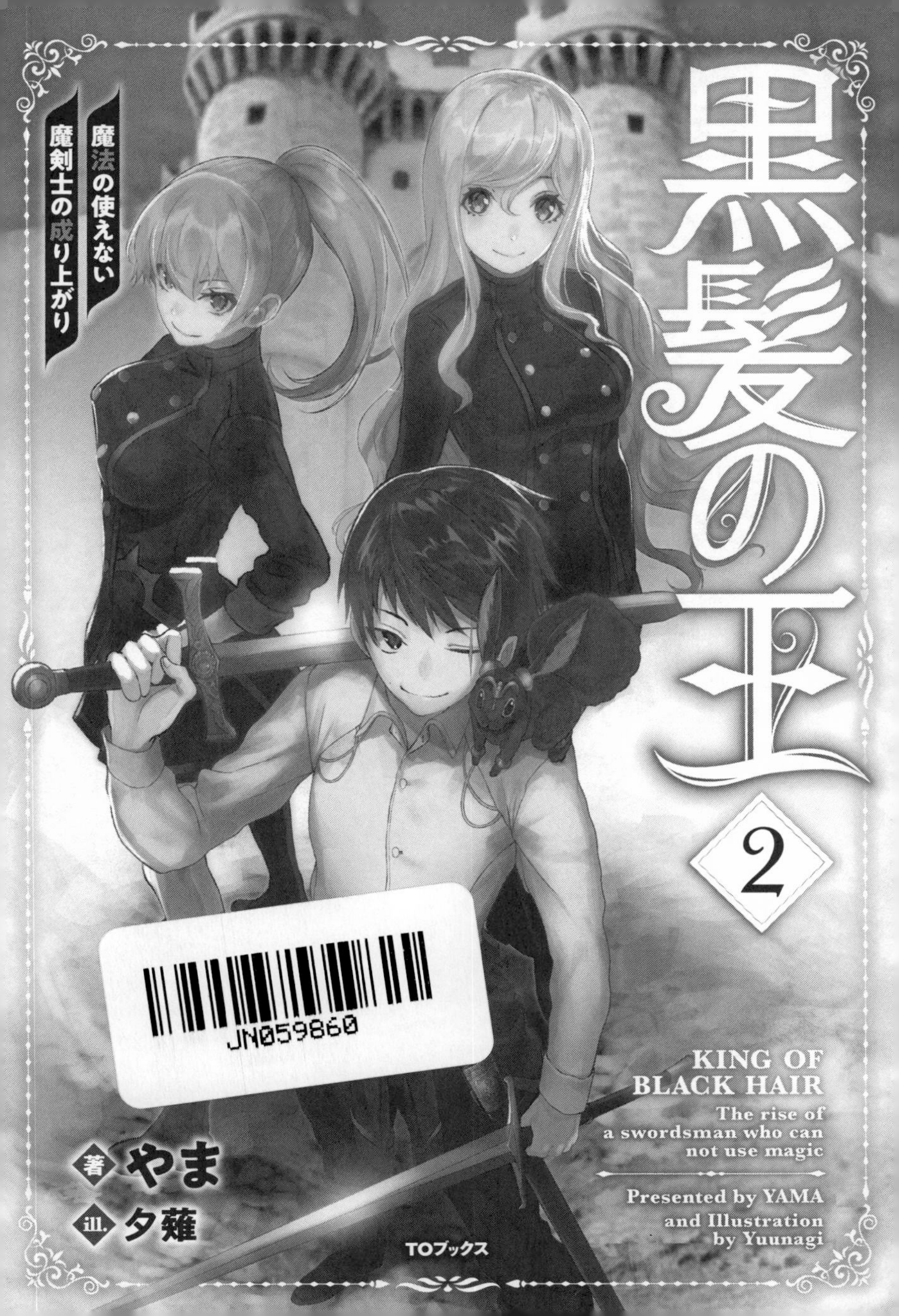
黒髪の王
2
魔法の使えない
魔剣士の成り上がり
KING OF
BLACK HAIR
The rise of
a swordsman who can
not use magic
Presented by YAMA
and Illustration
by Yuunagi
著 やま
ill. 夕薙
TOブックス

Contents

illust.夕薙　design.AFTERGLOW

ヘレネー
姉弟子。
レディウスとは相思相愛の仲。
四属性を持つ水色髪。
レディウス
主人公。黒髪ゆえに
実家の男爵家を追放された。
魔法の代わりに剣技を身に付け、
王座を目指している。
ロポ
群れから追い出された
変幻自在の黒ウサギ。
レディウスの旅の相棒。
巨大化で
戦闘力アップ！
CHARACTERS

メイガス学園

ヴィクトリア
王妃候補の公爵令嬢。
学園でレディウスと出会う。
三属性を持つ金髪。

ティリシア
子爵家の令嬢。
剣を得意とし「鬼姫」と呼ばれている。
四属性持ちのピンク髪。

クララ
ティリシアの友人。
短剣が得意。
二属性持ちの茶髪。

ガウェイン
気のいいクラスメイト。
三属性持ちの金髪。

ミストレア
魔剣王と呼ばれる
元S級冒険者。
ヘレネーとレディウスの師匠。
五属性を持つ、紫髪。

アレス
旅の連れとなった
男装の男爵家令嬢。
三属性を持つ金髪。

グレッグ
将軍と繋がりを
持つ死壁隊の兵士。
茶髪。属性は不明。

クルト
孤児の少年。
レディウスの弟子。
属性無しの黒髪。

エリシア
レディウスの姉。
将来有望で努力家。
四属性を持つ赤髪。

ロナ
孤児の少女。
レディウスを慕っている。
属性無しの黒髪。

一章　アルバスト・ブリタリス戦争

「……お前ら抜け駆けすんよ？」

「はっ、それはこっちのセリフだぜ」

俺の前で睨み合う男たち。全員が全員今まで見たことがない程真剣な表情で互いに牽制をしており、自分より誰かが先に行く事を許そうとしない。その光景にこの隊、軽度の犯罪者や黒髪のみで作られた死壁隊の隊長を任されている俺と、副隊長を任せているガラナは呆れた様子で見ていた。いや、男たちがこうなる理由も分からなくはない。ただ、あまりにも必死過ぎて軽く引いてしまったのだ。

「これは早く配った方が良いんじゃねえか？　暴れられても面倒だぜ？」

その光景に呆れていたガラナが小さい声で尋ねてくる。確かにこのまま待たせれば乱闘になってもおかしくはないな。俺は一歩前に出て目の前にある木箱を叩く。バンっと音がすると、全員が俺の方を見てきた。

「今から……酒を配る!!　欲しい奴は順番に並べ!!　その代わり守らない奴にはやらないからな！」

俺がそう言うと、男たちは歓声を上げて並び始める。しかも列を見出そうとする奴をしばいてちゃんと一番後ろから並ばせていた。

男たちがなぜ殺気立つほど互いに牽制をしていたか。それは国から酒の支給があったからだ。犯罪者として捕まっていた男たちは当然その間酒なんて飲む事は出来なかった。この村に集められてからも、村からは出られないようにされており、村に運ばれる食料の中にも酒なんてなかったから、本当に久し振りの酒になる。

しかも、明日から俺たちは出兵する事になるから、最悪の場合これが最後の酒になるのだ。王国もそれがわかっているから最後ぐらいはと酒を送ってきたのだろう。

俺たちは手分けして、酒を男たちに配る。全員に渡し終えると、俺は少し離れたところで、酒を飲んで騒ぐ男たちを見ながら一人で飲んでいた。そんな俺の隣に、

「隣に座るぜ」

と、ガラナがやってきた。俺が頷きながら飲んでいると、

「ありがとな」

と、礼を言ってきた。あまりにも突然過ぎて意味がわからずに首を傾げていると、ガラナが続きを話す。

「皆、直接は言わねえが、お前に感謝してるんだよ。半年前、お前がここに来るまでは俺たちは死ぬしかないと荒れていた。だが、お前が来てからここは変わった。初めは世間知らずの男が来たと思ったが、俺たちの誰にも負けない実力を持ちながらも、訓練を怠らず、俺たちを生かすため図書館に通ってくれて。皆が感じてるんだよ。お前が俺たちを死なせないようにしようとする気持ちをな。だから、俺たちもお前を死なせないように命を賭ける」

一人に一本しか配布されない酒を口に咥えて一気にあおるガラナ。……皆がそんな事を思っていたなんて。俺も配布された酒を飲む。そして、同じように酒を飲みながらワイワイ騒ぐ男たちを見る。中にはクルトとロナも混ざっており楽しそうに騒いでいた。ロポは俺の足下で野菜を食べてゆっくりとしているが。

「絶対に生き残るぞ、ガラナ」

「当たり前だ」

俺とガラナは空になったビンを互いにぶつけ合う。明日からは戦争の行軍が始まる。俺は騒ぐ男たちを見てこいつらをなるべく死なせないように頑張ろうと誓うのだった。

◇◇◇

「いや～、やっぱり俺たち貧弱っスね～」

俺の横でグレッグがそんな事を言う。まあ、周りを見てそんな事を思う気持ちは分からなくもないか。

何故なら俺たちの装備は革鎧で、周りの兵士たちはちゃんとした鎧だからな。他の募兵組には兵士と同じ鎧が支給されているにもかかわらずだ。

革鎧の他に俺たちが支給されたのは木製の直径五十センチほどの円盾だけ。これに関しては、前から言われていたので驚かないが。

ここの隊長殿に聞けば、死にに行く奴らに鉄の甲冑や盾を渡すわけがないとの事。あまりにもはっきり言われたので笑ってしまったぐらいだ。

因みに隊長殿は前に募兵の時に出会ったオカマ隊長？　だったか？　覚える気が無かったから忘れてしまった。そいつが俺たち死壁隊含む千人隊の隊長になる。

死壁隊は総勢四百ほどで残り六百の兵は、俺たちの後方に並んでいる。首輪付きの犯罪者を前線から逃さないためだ。今は結界が無いからな。首輪が爆発する事は無い。そのため逃げようと思えば逃げられる。前は敵軍、後ろは見張りというわけだ。

味方の総兵数は約三万。騎兵隊が五千、弓兵隊が五千、魔兵隊が三千、歩兵隊が一万七千になる。俺たち死壁隊を含む千人隊もこの歩兵隊に含まれる。

この三万の兵をウィリアム王子を大将とした第一軍、副将が率いる第二軍、第三軍に三分されている。ウィリアム王子の第一軍には今回の将軍であるケイネス将軍がいる。

俺たちはその中の第二軍になる。数は騎兵隊が五百、弓兵隊が一千、魔兵隊が五百、歩兵隊が五千の約七千の隊になる。他の第一軍が一万三千、第三軍が一万だ。

そしてこの第二軍が、初めに攻める軍でもある。ここまで言えばわかると思うが、その中の先頭が俺たち死壁隊だ。

その次が第三軍で、最後に第一軍だ。王子のいる第一軍が攻めて、王子が死んでも困るからだろうな。人数も一番多く後ろで指示を出している。

俺も勉強して知ったのだが、この大陸の戦争はまず魔法、弓の撃ち合いになる。それを耐え抜いて敵陣に入れば兵士同士の斬り合いになる。魔法や弓を味方には撃てないからな。

そして、現在はアルバスト王国とブリタリス王国の国境にある丘で対峙している。ブリタリス王国も第一軍として一万ほどの兵を出してきている。

「き、緊張しますね～、レディウス様」

俺が敵軍を見ていると、斜め後ろからロナがそんな事を言う。肩にはロポが乗っている。この戦争にはロナもクルトも付いてきた。王都で待っていろと言っても聞かずに。

「あ、兄貴はあんまり緊張してなさそうだな？」

ロナの反対にいるクルトもそんな事を言ってくる。クルトはガチガチだな。まあ、無理もないか。今から始まるのは、命をかけた殺し合いなのだから。

「そんな事ないさ。俺も緊張しているよ。ただ、二人より少し慣れているだけさ」

「へえ～、それは興味あるっスね」

グレッグがそんな事を言ってくる。周りの死壁隊も頷いている。

「そんな大した事じゃないぞ？　剣の師匠の修行で、ゴブリンやオークの集落に一人で放り込まれたりしたぐらいだ」

「えぇ……」

おいグレッグ。自分から聞いておいて何でそんなに引いているんだよ。まわりの死壁隊の奴らもうわぁ、って顔しているし。

そんな風に話す俺たちをまわりの兵士は蔑んだ目で見てくる。聞こえてくる声は、戦争なのにお気楽なものだ、とか、どうせ死ぬからだろ？　とか、そんな事ばかりだ。

別に気を紛らわすためなのだから良いと思うが。死壁隊の奴らも初めよりは肩の力が抜けているし。まあ、抜きすぎると逆に危ないから程よい位置を保たなければならないが。

そして、それぞれの軍が口上を述べて戻っていく。そんな事せずに攻めてしまえば良いのに。貴族は見栄というのを気にするからなぁ。面倒な事だ。しかし口上述べた兵士が戻ると、

「放てぇぇぇぇ!!!!」

と両軍から叫ぶ声が聞こえる。それから放たれる魔法に矢。魔法は様々な魔法が放たれる。火の矢に風の刃。水の球に石の礫《つぶて》。その魔法の間に矢も飛んで来る。それが両軍の先頭の方から降り注ぐ。

「ロナ、クルト、死ぬなよ!? 盾を構えろ!!!」

「「はい!」」

「「「「おうっ!!!!!」」」」

距離は二百メートル程。先頭にいる俺たちの上に様々な魔法や矢が降ってくる。俺たちは唯一支給された盾を構えて敵の攻撃を受ける。

ズドドド! と盾に敵の魔法や矢が当たる。かなりの勢いが腕に響いてくる。それに押し負けて盾を落としたり、下げたりした奴は頭や体を撃たれて死んでいく。

この撃ち合いを繰り返しながら、アルバスト王国軍は少しずつ進んでいく。そして距離が残り一百を切ると、

「突撃ぃ!」

と後ろから声がする。もちろん一番初めに攻める事になるのは一番前にいる俺たちだ。全員武器

を持ち走り出す。武器はバラバラだ。俺みたいな剣もいれば、槍に斧、棍棒を持っている奴までいる。

俺も剣を抜き纏《てん》を発動する。この死壁隊の中だと一応は隊長みたいな事をしているからな。先陣を切らなければ。敵兵もここまで近くなれば武器を構えて来る。先頭は槍部隊だ。そして俺たち目掛けて槍を突き出してくる。

「魔闘装」

俺は突き出してくる槍の切っ先を魔闘装した剣で切り落とす。そのまま返した刃で切りかかる。その後を続くように死壁隊も攻撃を仕掛ける。さあ、殺《や》ろうか！

◇◇◇

「おらっ！」

突き出してくる槍を避け、敵兵の腹を切り裂く。その後ろから新たに三人の敵兵が槍をついてくるのをしゃがんで避ける。槍を切り落とし、切った穂先を持ち一人に投げる。一人は顔面に突き刺さりそのまま死に、他の二人は腰の剣を抜こうとする。しかし、

「どらあしゃっ！」

俺の横からクルトが走り抜け敵兵へと切りかかる。剣を抜くのが遅れた敵兵は大剣で頭を割られ即死。しかし、敵兵の体に深く突き刺さっているため大剣が中々抜けない。それに手こずっていると、敵兵が切りかかってくる。

「やらせません！」

クルトと敵兵の間に入る様に、小柄な人物がスルリと入る。そして逆手持ちした左手の短剣で剣を逸らし、順手で短剣を持つ右手で喉を掻き切る。中々の速さだ。

クルトと敵兵の間に入ったのはロナ。身軽な彼女には旋風流がかなりあっている様だ。

「クルト！　レディウス様の話を忘れたのですか！　敵が多いのにそんな大振りして！」

「わ、悪かったって。そんなに怒るなよ」

ロナが怒ってクルトが謝る。最近ではよく見かける光景だが、

「はっ！」

俺は二人の間を通り過ぎ、二人の後ろを狙っていた敵兵を二人同時に切る。

「二人とも、助け合うのは良いが、話し合うのは後だ。今は戦場にいるってことを忘れるな」

「は、はい！」

二人は慌てて謝り気を入れ直す。周りはすでに混戦になっている。敵味方の判別は鎧を見るしかないだろう。顔なんて覚えていないし。

「おららぁっ！　どけぇっ！」

うわぁ、人が飛んでいる。飛ばした本人はガラナだ。あいつは盾を二つ持つという変わった事やっている。しかし、それが合っているのか、敵の槍を盾で防いで、もう反対の手で敵杯を殴り飛ばす。殴り飛ばされた敵兵は後ろに続く敵兵を巻き込んでいく。

その横ではグレッグが、ガラナの横を狙ってくる敵兵を倒して助けている。あの二人は大丈夫だな。

俺もロナたちを助ける様に動く。二人の前に出て、敵兵を切っていく。槍を弾き足を切る。倒れ

た敵兵の首を踏み潰す。突いてくる槍を剣で逸らしながら、槍の横を滑らしそのまま敵兵を逆に突く。

そんな事で三十人近く殺したが敵は減らない。逆に進めば進むほど敵の厚みが増していくだけ。

こっちの先頭に立っている死壁隊はどんどん数が減っていく。味方の兵士たちもだ。そこに、

「おらおらおらおらおらおらおらっあ！」

敵軍から馬に乗った巨大な男が現れる。手には二メートルほどある薙刀《なぎなた》を持って、それを振り回し味方兵を殺していく。

「おらあっ！　アルバストの侵略者どもめ！　切り込み隊長のザパンノ様が相手だぁ！」

あいつは強いな。俺が行くか？　そう思っていたら、味方の方からも馬が走ってくる。あれは……。

「我が名はメッカーマー。この千人隊の隊長だ！　俺が相手だ！」

そう言い槍を振り回すメッカーマー隊長。オカマじゃあなかったんだな。そんなメッカーマーとザパンノが薙刀と槍を打ち合う。最初の四合ほどは打ち合っていたが直ぐに差は現れた。

「ぬっ？　ちょ、ま、ぐっ、や、め」

「ふんらあっ！」

ザパンノがメッカーマーの槍を弾き、薙刀を下から振り上げメッカーマーを切り落とす。メッカーマーは斜めに上半身と下半身が分かれてしまった。

「なんだ？　アルバストの隊長というのはこんな弱い奴でもなれるのか？　兵士たちよ！　こんな弱くて身の程も知らない侵略者に力の差を見せてやれ！」

「「「「うおおおおおおおお！！！！」」」」

ザパンノの言葉にブリタリス兵たちが勢いに乗る。逆にアルバストの兵士たちは士気が下がり始める。それも仕方ないか。

ここにいる兵士たちの殆どは、俺たち死壁隊も含めてメッカーマーの隊だ。その隊長があんな呆気なく倒されれば士気も下がるだろう。

そして勢いづいたブリタリス兵は、アルバスト兵を押し始める。アルバストの騎馬兵も数人名乗りを上げながらザパンノに切りかかるが全て返り討ち。それがまた調子づかせる。そして、

「なんだ、子供までいるではないか。しかし、ここは戦場。子どもだからといって手は抜かんぞ！」

ザパンノは俺たちを見つけて迫り来る。これは好都合だ。ザパンノは馬の上から薙刀を振り下ろす。俺はそれを剣で逸らす。中々重たい。そして直ぐに手元に戻して再び振り下ろす。

俺も攻撃したいところだが、馬に乗っているためザパンノに届かない。馬の上から引きずり下ろさなければ。

「はあっ！　はっはっは。さっきの隊長より歯応えがあるぞ、小僧！」

「そりゃあどう、も！」

ちっ、リーチが長いせいでかなりやり辛い。何とか薙刀を弾くが、ザパンノの懐に中々入り込めない。こうなったら、

「ふんっ！」

ザパンノが振るった薙刀を、

「魔闘拳《まとうけん》・極《ごく》」

剣で逸らさずに避け、左手で掴む。腕にかなりの衝撃が走るが、魔闘拳で強化しているため怪我には至らない。ザパンノは驚きの表情を浮かべるが、まだ終わりじゃないぜ。

俺は勢いに乗った薙刀を勢いの進む方向へ思いっきり引っ張る。これでザパンノの手元から薙刀が離れたらそれでオーケー。離れなくってもザパンノが薙刀を握っていれば、

「うおっ⁉」

薙刀に引っ張られ馬の上で体勢を崩す。そしてそのまま落馬。俺は直様ザパンノの下に駆け寄り剣を振り下ろす。しかし、ザパンノも直ぐに体勢を立て直し、剣を避ける。

そのまま立ち上がったザパンノと俺は対峙する。地面に立てばやりようはいくらでもある。ザパンノは薙刀を振るうが、俺はもう受けない。

横薙ぎをしゃがんで避け、突きを逸らす。薙刀を回し刃の無い方を下から振り上げてくるのも避ける。全く薙刀が当たらない事にザパンノは焦りを見せ始める。

明水流流水。名前はかっこいいが、ただ魔闘眼でザパンノの魔力の流れを見ているだけだ。ザパンノは身体強化を均等にしているつもりだが、薙刀の握り、足の踏み込みなどに力を入れると、そこに魔力が流れる。その流れ方で次の動きを予測している。

言うのは簡単だが、かなり難しい。これをしていると、俺は避けに専念しなければならないほど集中力がいる。ミストレアさんぐらいだとこれと攻撃を同時に出来るようだが。

「くそ！　なぜ当たらん⁉」

ザパンノの動きが苛立ちで少し単調になってきた。……ここだ！　再び振り下ろしてくる薙刀を右に逸れる事で避け、そのまま魔闘脚で走り出す。直様ザパンノの薙刀の間合いより内に入り
「烈炎流炎《かえんりゅうえん》・翔《しょう》！」

魔闘装した剣を左切り上げをする。奇しくもザパンノがメッカーマーにしたのと同じ様にザパンノを斜めに上半身と下半身を分かれさせてしまった。

周りのブリタリス兵たちは切り込み隊長がやられた事で狼狽え始める。そこに、

「ブリタリス軍の切り込み隊長がやられたぞ！　今だ！　攻めるのだ！」

と叫ぶ声がする。その方を見るとガラナが叫んでいた。それに乗るように周りの兵士たちも声を出す。あれも死壁隊の奴らだ。その声が他の兵士へと伝播していく。

再び士気が盛り出したアルバスト兵は、切り込み隊長がやられて士気が落ち始めたブリタリス兵を押し始めたのだった。

◇◇◇

「敵をのせさせるな！　傷ついた奴は後ろに下がれ！　周りの奴は空いた穴を埋めろ！」

くそっ！　山に囲まれた細い道。両側の森から魔法を放ってくるブリタリス兵。その事に逃げ惑うアルバスト兵は格好の的となっている。俺たちは殿として追ってくるブリタリス兵と対峙する。死んで行く兵士はみんなを見捨てて。生き残った死壁隊もどんどんと数を減って百を切っているだろう。

何故こうなったか。それはここ最近の快進撃のせいだ。俺たちはアルバスト王国軍がブリタリス王国軍と戦争を初めて今日で五日目になる。

初日の戦い以降、アルバスト王国軍が全戦全勝した。当たれば敵は引いて、追えば逃げてと、明らかに誘っている雰囲気はあった。

しかし、その事に気分を良くしたウィリアム王子が、第一軍を率いて攻める事になったのだ。後で聞いた話だが、将軍のケイネス将軍は止めたらしい。ケイネス将軍も誘われているだろうから、弱点になる王子が前に出てはいけないと。

しかし、ウィリアム王子はこれに反発。士気の高い今、攻めてしまえばかなりの数を減らせると言い話を聞かなかったらしい。

他の将軍、隊長格たちも、王子にそこまで言われたら逆らう事は出来なくなる。名目上はウィリアム王子が大将だからだ。

そして辿り着いたのがニート山。標高はあまり高くなく、道もある程度ではあるが整備されていた。ここから、ブリタリスへの道のりは二通りあり、一つ目は、山を回るルート。山を回るだけなのでそれ程危なくは無いし、広い道なので軍も通りやすい。ただ、山を回るので日数が一週間ほどかかってしまう。

もう一つのルートは山の整備された道を通るルートだ。道は普通なのだが、軍が通ろうと思ったら少し狭い。それに周りは森なので、隠れられると見つけづらい。魔獣もいるし。ただ、日数がかからない。普通に進めば三日で抜けられるだろう。

そして、ウィリアム王子が選んだのが、この早く抜けられる山道ルートだ。これにはケイネス将軍も反発した。何故なら明らかに誘われているからだ。

ニート山の道を軍が進めば、隊列が伸びてしまう。そこを奇襲されれば、かなりの被害が出るとウィリアム王子に何度進言しても、ウィリアム王子は早く攻めなければ、ブリタリス軍が態勢を立て直してしまうと聞かなかった。

ウィリアム王子の言葉に、未来の騎士団長のグラモアに未来の宰相のフェリエンスも同調する。明らかに調子に乗っている。

この事に不安を覚えたケイネス将軍は、それなら第一軍からではなく、他の軍から進めるべきだと。先頭に第一軍が立つ必要は無いと。個人の俺たちからしたらふざけるなと言いたいところだが、軍としては正しい判断だ。

だけど、残念な事にウィリアム王子はそれを認めなかった。自分が率いる軍が敵を倒さないと意味が無いと。そして将軍命令で進み出してしまった。

こうなればケイネス将軍は何も言えなくなる。せめてものと、他の隊から兵を集めてウィリアム王子の周りに守りを固める事にしたらしい。そして盾役の死壁隊もそこに組み込まれた。

そしてその結果が、予想通り起きたブリタリス軍の奇襲だ。ケイネス将軍が口を酸っぱくして言ったはずなのに、ウィリアム王子は何も対策しておらず、慌てるばかり。ケイネス将軍が指示してようやく逃げる準備が出来たのだ。

そしてそのための時間稼ぎを今俺たちがさせられている。普通の撤退戦よりかなり不利な状況で。

だけどまあ、俺たちも奇襲は予測出来ていたので、慌てずにはいたのだが。それは死壁隊の中でのみ。他の兵士たちはそうではない。

そのせいで逃げ惑う兵士たち。隊列は崩れて、兵士たちは逃げようとぶつかり罵倒が飛び、そして矢や魔法に撃たれる。

そこに左右の森から隠れていた兵士たちが攻めてくる。数なんてもうわからない。俺たちも必死だからな。

「死ね！」

「ちっ！」

剣を避けて背中を切る。倒れる敵兵を見る間も無く新たに攻めてくる。振りかざしてくる剣を受け、敵兵を蹴り、首を掻き切る。

ロナとクルトも無事だが疲労が激しい。早く二人を逃がしてやらないと。グレッグたちも何とか耐えているがこのままでは囲まれてしまう。逃げ道が無くなれば終わりだ。

「ググゥグっ!!」

「なっ!?　魔獣だと!?」

二メートルほどの大きさになったロポが、退路を塞ごうとするブリタリス兵を前足で殴り吹き飛ばしていく。ブリタリス兵たちがその穴を埋めようとするが、そこに俺とガラナが突っ込み、ブリタリス兵を近づけさせない。

「ガラナ！　他の奴らを率いて早く逃げろ！　このままだと退路が塞がれる！」

しかし、このままでは更に兵士を増やされこのせっかく開けた穴を埋められるのはわかっている。そうなる前に俺はガラナに向かい叫ぶ。ガラナはそれに頷き周りの兵士たちを連れ逃げ始める。俺たちもそれに続いて逃げるが、後ろから迫る兵士。飛んでくる矢や魔法に撃たれて死んでいくアルバスト兵たち。

「きゃあ！」

「ロナ‼」

あまりの疲労と、地面に転がる死体に躓《つまず》いてこけてしまったロナ。俺とクルトは振り向いて叫ぶが、後ろにはかなりの数のブリタリス兵が迫ってくる。そしてロナに降りかかる剣。俺は気がついたら走っていた。

「あっ」

「させるかぁぁぁあ！」

そしてロナに切りかかる剣を弾き、その兵士と周りをまとめて切る。横から突き出してくる槍を魔闘拳した左手で掴み、奪い取り他の兵士は突き刺す。

「旋風《せんぷう》流《りゅう》奥義《おうぎ》、死突《しとつ》！」

弓を引くように右手を引き、一気に突きを放つ。神速の突きに突き刺された兵士は、胸に穴を開け死に絶える。それだけには収まらず、突きの衝撃が後ろの兵士たちにも突き進む。

「レ、レディウスさまぁ」

ロナは涙目になりながら俺の背を守るように武器を構える。

「ロナ。何としてでも逃げるぞ。絶対に生き抜いてやる」

幸か不幸か、山の中だ。地理はわからないが幾らでも逃げようはある。それにこの細い道だから、今ブリタリス兵たちは俺たちの前で止まっている。これで少しはアルバスト兵の逃げる時間も稼げるだろう。

「纏・真」

絶対に生き残ってやる。

◇◇◇

この細い山道の中だ。一度に攻めてくるとすれば十人ほど。それが何度も続くだけ。そう考えれば少しは楽かな？　森を利用して回り込もうとしてくる奴にも気をつけなければ。

俺は後ろにいるロナを庇うように立つ。そのまた後ろからクルトが大剣を構えて走って来やがった。他の奴らと逃げれば良かったのに、あの馬鹿は。しかし、そんな事を考える間も無くブリタリス兵が迫ってくる。

「殺せぇぇえ！」

「ちっ！　ロナ！　クルト！　下がっていろ！」

俺は迫りくるブリタリス兵を切り殺す。一太刀で五人の首が飛ぶ。倒れた兵士の後ろから新たに槍を突き出してくる兵士。

槍を剣で切り落とし、唖然とする兵士たちを切っていく。纏・真。コカトリスとの戦いの時に出

来た技だ。技といっても体全体の魔力を限界まで発動しただけだけどな。だけど、

「せいっ！」

魔闘装で剣の刀身を伸ばし、敵をまとめて切り殺し、魔闘拳をした左手で敵の剣や槍を防ぐ。魔闘眼した目で相手の動きを予測し、魔闘脚した足で素早く動く。

「な、なんだこいつはっ!?」

「ちっ、こいつなかなか強いぞ！」

ブリタリス兵は怒声を撒き散らしながら、次々と襲い掛かってくる。俺たちは少しずつだが下がりながら敵を切る。

「死ね！」

槍を突き出してくるのを避けそれを掴み引っ張る。男は引っ張られ出てきたところを剣で切る。奪った槍をその隣にいた兵士に投げ突き刺す。

投げると同時に走り出していた俺は、槍を避けて二人首を切り落とす。

「せいやぁ！」

剣で切りかかってきたのを弾き腹を掻き切る。兵士は零れ落ちる臓物を掬うように倒れていく。

俺はそのまま隣にいた兵士に切り掛かり、剣を奪い、それを別の兵士に投げる。剣が顔に突き刺さった兵士はその勢いで首が飛ぶ。

これで三十人ぐらいはやったか？　俺がニヤリと笑いながらブリタリス兵たちを見てやると、ブリタリス兵たちは一歩下がる。

よし、少しでもビビってくれれば逃げれる確率が高くなる。そんな時、

「何故こんなところで止まっておるのだ貴様たちは⁉」

ブリタリス兵の後ろから馬に乗った兵士がやってくる。他の兵士に比べて煌びやかな鎧を着ている。隊長クラスなのか？

「ロン隊長。こ、こいつが強くて中々……」

「たった一人に足止めされて、それでも貴様らはブリタリス兵か⁉　こんなところで時間をかけよって！　儂が叩き潰してやるわ！」

そのロンとか呼ばれた隊長は肩に担いでいた大槌を構える。そして馬を走らせてくる。こんなやつを真正面から相手するだけ無駄だ。俺は、

「風切」

斬撃を放つ。放つ相手はロン……ではなくて、

「ヒヒィン⁉」

ロンが乗る馬だ。ロンが乗っていた馬は、突然の足の痛みに驚き、走っている途中に転倒してしまう。もちろん、馬の背に乗っていたロンもだ。

ロンは背中を強く打ち付けたようで咳き込んでいる。俺は直様駆け寄り、

「ま……」

「待たねえよ」

剣を振り下ろす。ロンの首は音がしたかもと思うぐらい呆気なく飛んでいった。その姿を呆然と

見ているブリタリス兵たち。今がチャンスか。

「ロナ、クルト、走れ！」

俺は直ぐに振り向き武器を構えながらも、俺を見ていたロナたちに叫ぶ。ロナたちも俺の意図に気が付いたのか走り出す。それから少しして正気を取り戻したブリタリス兵は、怒りを露わにして俺たちを追いかけてくる。

「くっ、やあ！」

「どらぁっ！」

ブリタリス兵はほとんどが俺が相手をしているが、その横を通り過ぎてロナたちに襲いかかっていく奴もいる。二人は助け合いながらも何とか倒していくが、二人の体力も限界だ。そこに、

「撃てぇ！」

ブリタリス兵の指揮官らしき男が何かの指示を出す。そしてビュン！　と風邪を切る音。目に映るのは俺目掛けて放たれた数十本の矢だ。

今までの俺なら数本は切り落とせたけど残りは刺さっていただろう。だけど纏・真を使っている今なら、

「はぁあ！」

俺の体に刺さりそうな矢だけを剣で切り落とし、擦りそうな矢は魔鎧《まがい》で逸らす。魔力で矢先を少し逸らすだけで矢は刺さらない。

だけど、中々難しいなこれ。数本ミスって掠《かす》ってしまった。明水流矢流。そのままだが明水流は

本当に難しい。

「ば、馬鹿な……」

「矢が当たらないなんて……」

その事に再び茫然とするブリタリス兵。よしよし、また逃げるチャンスだ！　俺たちは再び走り出す。そこからはもう必死だった。

矢が放たれれば矢流で逸らし、攻めてくれば立ち止まり敵兵を殺していく。もちろん、俺も無傷とはいかない。時間が経つにつれて身体中傷は増え、魔力もかなり減ってきた。

敵兵は全部で二百人ほどは殺しただろうか。この狭い山道でなければ囲まれて終わっていたな。

「くそっ！　こんなガキどもに！　魔法を放てぇ！」

指揮官らしき男が再び指示を出す。今までは本軍用に温存していた魔法を俺たちに向かって放つ。様々な種類の魔法が俺たちに降り注ぐ。これはやばいぞ！

「クルト！　腰の剣を貸せ！」

俺は大剣が無くなった時用にクルトの腰に下げさせていた剣を受け取る。鞘から剣を抜き両手持ちにする。ロナとクルトを俺の直ぐ後ろに走らせながら来させる。そして俺は、

「はぁぁぁぁあ！」

俺たちに当たるであろう魔法だけを切っていく。それはもう一心不乱に。特にロナとクルトに降りかかる魔法を。俺は致命傷になるものだけ。

しかし、肩に風の刃が掠り怯《ひる》んでしまった。その隙にロナたちに魔法が迫る。俺は直ぐにロナた

ちと魔法の間に入り込み魔法を切るがかなりの数だ。一度ずれると、少しずつ間に合わなくなってくる。

左肩に火の球がぶつかり剣を落とす。左肩が火傷をしていてヒリヒリと痛いがそんな事を考えている暇がない。風の刃が脇腹を切り、水の玉が腹に当たる。石の礫が足に刺さり、光の矢が体に刺さる。

纏をしているため致命傷にはなっていないが、それでも痛いものは痛い。魔法が止んだ頃には身体中傷まみれになってしまった。

「はぁ、はぁ」

「レディウス様⁉」

「兄貴⁉」

後ろでロナたちが叫ぶが、痛みで意識が朦朧《もうろう》とし何を言っているかわからない。

「な、なんて奴だ……」

「あれだけの魔法を防ぐなんて……」

火の球が直撃した左手はダランと垂れて、立っているのもやっとな俺を見て、畏怖の表情を浮かべるブリタリス兵たち。俺はまだ力の入る右腕をあげ、持っている剣の切っ先をブリタリス兵に向ける。そして、

「来いよ、ブリタリス兵ども。ぶった切ってやる」

俺のその言葉に再び一歩下がるブリタリス兵たち。そんな強がりな事を言っても結構限界なんだ

けどな。しかし、俺も天から見放されてなかった。何故なら、

「レディウスを助けろぉぉぉ！！！」

「「「うぉぉぉおおお！！！」」」

逃げたと思っていたアルバスト兵が戻ってきたからだ。しかも戻ってきたのは死壁隊だ。なんで戻ってきた？　俺が尋ねる前に近くまで来たガラナが俺を担ぎ出した。

「さっさと引くぞ！」

他の死壁隊は俺たちを守るように槍を構えながら立つ。あれはアルバスト軍から取ってきたな。全員で百人にも満たない死壁隊だが、この山道ではそれでも耐える事が出来た。ロポもサイズを少し小さくして迫るブリタリス兵たちに体をぶつけていく。ロポの毛は魔力を帯びると硬くなる。そのため、ブリタリス兵たちの剣や槍に矢もなかなか刺さらない。ロポや死壁隊の奴らのお陰で少しずつ下がることが出来た。そして俺たちが何とか山道から抜けると、

「全員左右に分れろ！」

とグレッグが叫ぶ。俺はガラナに担がれているのでそのままで、山道から左右に分かれると、

「魔兵隊、放てぇ！」

ケイネス将軍が指示を出し魔法が放たれる。その数は数千にも及ぶ。魔兵隊をかなりの人数投入したのか？

「レディウスが時間を稼いでくれたお陰で、逃げ惑うアルバスト軍をケイネス将軍がまとめてくれて、立て直す事が出来た。お前のおかげだぞ！」

興奮した様子でそう言うガラナ。かなりの魔法、しかも火の魔法を中心に放たれた事により、ニート山で山火事が発生。かなりのブリタリス兵が焼かれる事になったらしい。

俺はそれを見る事なく気を失ってしまったが。

◇◇◇

「うぅっ……こ、ここ、は？」

目を開けてみると知らない天井があった。体を動かそうにもあちこち痛みが走り、体を動かすのが億劫《おっくう》になる。しかし、周りを確認したかったので、何とか起き上がろうとすると、

「れ、レディウス様！　起きられたのですね⁉︎」

どこからともなく声がする。声のする方を見ると、この部屋の入り口からロナが走ってくる。足下にはロポもいる。

そして涙を流しながら俺に抱きついてくるロナ。っぅ！　体中に痛みが走るが、何とか我慢する。ロナには心配かけてしまったようだからな。

「ごめんなロナ。心配かけてしまって」

「いえっ！　いえっ！　こうして目を覚まして下さっただけでも私は嬉しいです！」

そう言いながら頭をグリグリと押し付けてくるロナ。普段はピシッとしているが、こうして二人っきりになるとこんな風に甘えてくる事がある。

……お腹部分に柔らかいものが当たっている。この半年でかなり成長したからな。しかし、この

ままでは意識してしまうので、泣く泣くロナを引き離す。

ロナが悲しそうな表情を浮かべてくるので、それを誤魔化すように俺が寝ていた間の事を尋ねる。

俺はどうやら一週間近く眠っていたらしい。あちこちが重傷で熱も出ていたらしく結構危険だったとロナは言う。

ポーションも使ったりしたのだが、一人に使える量は限られているし、治癒魔法師も魔力量が限られている。怪我人は俺だけではないしな。

それから戦争は現在停戦状態らしい。なんでも、俺たちが奇襲を受けた山、ニート山が、アルバスト軍の放った魔法で山火事になり、大惨事になったらしく、ブリタリス王国はその鎮火に見舞われ戦争どころではないと言う。

アルバスト軍がその隙に、近隣の村や街を占拠。これ以上はまずいと思ったブリタリス王国は停戦を要求。アルバスト軍がそれを了承し停戦した。

そして今俺たちがいるのが、ニート山から少し離れた街にあるパルムと言う街だ。人口三千人程の街で、ここで待機しているみたいだ。さすがにアルバスト軍全員が入る事が出来なかったので、怪我人だけの様だが。

俺が眠っていた間の事をロナから色々と聞いていると、突然扉が叩かれる音がする。ロナが扉を開くと、

「目が覚めたかな？」

と入り口から見知らぬ男が護衛を連れて入ってきた。茶髪の偉丈夫だ。見た目は三十代程で、身

に付けている鎧や雰囲気からしてこの人が……。

「私の名前はケイネス・トラノフだ。今回の軍の指揮を受け持っている」

やはりケイネス将軍だったか。ロナはベッドの側に立って、ロポは俺の足の上に乗ってゴロゴロし始めた。流石に将軍の前でゴロゴロさせるのはまずいと思ったのか、ロナがロポを担いで俺の側に立つ。

「申し訳ありません。このような状態でお出迎えして」

「何、構わんよ。君には色々と恩があるからね」

「恩、ですか？」

「ああ。君のおかげでバラバラになった軍も何とか立て直すことが出来た。あのままでは被害がかなり出ていたからね」

話を聞くと、あの奇襲で一千人近くはやられたらしい。まあまあの被害だろう。それ以上にブリタリス軍には被害が出たそうだが。それが件の山火事だ。

奇襲をかけたブリタリス兵はアルバスト軍が放った魔法と山火事に巻き込まれ殆どが亡くなり、山火事を止めようとするブリタリス軍に後ろから奇襲したりして数を減らしていったとケイネス将軍は笑いながら言う。恐いなおい。

「でも、そんな事をどうして俺に？　ただの一般兵ですよ？」

「何を言っているんだい。道幅が狭かったからと言ってもあれ程の人数を止める能力。黒髪でも侮れない程の力を持っている君を優遇しないわけないよ。まあ、これは軍人である私の考えだがね」

そう言うケイネス将軍。そこまで評価してもらえるのは有難い。この街では終戦に向けての話し合いが行われているらしく、それが終わるまでは待機だそうだ。

ケイネス将軍の予想だと、ニート山までの割譲で話が決まるだろうと言う。それまでの街は全て抑えたらしいから。

「それじゃあ、お大事に」

ケイネス将軍はそう言って出ていってしまった。そしてケイネス将軍が出ていったのを確認すると、ロナがベッドに腰をかけてくる。腕の中のロポは早く降ろせとシダバタしていた。

「どうしたんだ、ロナ？」

「いえ、レディウス様の温もりを感じているんです。えへへ、暖かいです」

ロナは俺の腕を抱き締めそんな事を言う。変な奴だなぁ。そう思ったが、可愛らしいので俺はロナの頭を撫でてあげる。ロポも何を思ったのか俺の腹をぽむぽむと殴ってくる。心配かけやがって、みたいな感じだろうか。その日はロナとロポと部屋でゆっくりと過ごすのだった。

その日から一ヶ月後。ようやく停戦が決まり俺たちは帰る事になった。俺もこの最初の一週間ほどで歩くのには苦にならないぐらいまでは回復して、それからは普通に剣が振れるまで戻った。

「いや〜、すごい活躍っスねレディウスは」

「ああ、兵士たちの間ではお前の話で持ちきりだぞ」

死壁隊の奴らと帰る準備をしていたら、グレッグとガラナがそんな事を言ってくる。どういう事だ？

「だって、レディウスだけで隊長クラスを二人倒して、その上奇襲された時に一人で殿を務めてみんなを救ったって話が、話題になっているッスよ。それに、魔獣も引き連れているって」

へぇ～、そんな話が出ているのか。しかし、それはそれで恥ずかしいな。ロナは当然です！　と胸を張って嬉しそうだし、クルトはさすがだぜ！　と喜んでいるし。

そんな風に、みんなでワイワイ話しながら俺たちは帰る準備をして、アルバスト王国への帰路に着くのだった。

◇◇◇

「くそっ！　どいつもこいつも俺を舐めやがって！」

「おい、ウィリアム。荒れるのもそこまでにしておけよ。外に聞こえるぞ？」

「……グラモア。お前は悔しくないのか？　俺たちも死ぬ思いをしたのに、あんな目に遭ったのは俺たちのせいだと兵士たちは言っているんだぞ！」

「……まあ、間違いではないからな」

「なんだと！」

「まあ、落ち着いてください、ウィリアム。そんなもの言わせておけば良いんです。そんな評価、今後の行動で幾らでも変わるのですから。それより『俺』になっていますよ」

「ゴホン！　それもそうだな。今回は運が悪かっただけだ。それに戻ったらエリシアに会えるしな」

◇◇◇

「全く、おかしいです!!」

腰に手をつけプンプンと怒るロナ。その仕草は可愛らしいのだが、一体どうしたのだろうか？

「どうしたんっスか、ロナちゃん？」

みんな同じような事を思ったらしく、グレッグが代わりに尋ねてくれる。

「みなさん、おかしいと思わないのですか!? 私たちも命を懸けて戦ったのに、王都に入る事も許されないのですよ！」

ああ、そういう事か。ロナがなんで怒っているのかようやくわかった。周りのみんなも苦笑いだ。

俺たちはブリタリス王国との戦争が終わってアルバスト王国に帰ってきた。今回の戦争は被害もあったが、ブリタリス王国の一部を割譲出来、勝利する事が出来た。

そうなると、帰ってくれば当然その事を祝う訳で、今回の戦争に参加した兵士たちは現在王都でパレードをしている筈だ。ウィリアム王子を先頭にして。

しかし、俺たちは現在、戦争前まで死壁隊が入れられていた廃村の中にいる。理由は単純だ。お前たちのような犯罪者たちは連れて行けるかって訳だ。実際に言われたしな。

今、ここにいる死壁隊の人数は二十人にも満たないぐらいだ。五十人近くは帰ってきたのだが、半数以上が首輪の付いた犯罪者だったので、王都とは別にある収容所に連れていかれた。ガラナも連れていかれた。そこで首輪が外せる者は外すらしい。

「って訳っス。だから俺たちは行けないんっスよ」

その事をロナに懇切丁寧に説明してくれるグレッグ。ロナは死壁隊の紅一点だからな。初めは襲われそうにもなったが、全員俺がぶちのめしたら、大人しくなったし。今となってはそこそこ強いから襲う奴もいなくなったしな。

「むぅ～。それでも、頑張ったのに……」

しかし、ロナは納得が出来ないのか涙目になってしまう。全く。俺はロナに近づき優しく頭を撫でる。

「ロナがそう思ってくれるだけで、俺たちは嬉しいよ。だから気にするな、な？」

「……はいですぅ」

ロナはそのまま俺に抱き付いてくる。それを周りは囃《はや》し立てる。ヒューヒューとか言いやがって。みんなうるさいぞ！　ロナも顔を真っ赤にして俯いてしまっているし。ロポも仕方ない、といった風にロナの肩に乗って頬を擦りつけて慰めている。こいつ女性には優しいんだよな。

そんな風に騒いでいると、

「兄貴、なんか来たぜ？」

クルトがそんな事を言ってきた。クルトが指差す方を見てみると、村の入り口の方から馬に乗った男たちが入ってくる。全部で十人程か。見た目は兵士のようだが、何の用だ？

「ここにレディウスという者はいるか？」

馬から降りた兵士の一人が辺りを見回しながらそんな事を言ってくる。どうやら目当ては俺のようだが。そして容姿が聞かされていたのか、俺の方を見たら近寄ってきた。

不安そうに俺の服を掴むロナを背に隠し、俺が一歩前に出る。

「俺がレディウスですが、何の用で？」

「うむ。ケイネス様がお呼びだ。王都まで来てもらおう。ああ、先に言っておくが、何か問題があったとかではない。それだけは承知してくれ。用が済めば帰ってこられる」

兵士の言葉に、みんなホッとした雰囲気になる。しかし、ケイネス将軍が一体何の用だろうか？　わからないが。行くしかないよな。

「君は馬には乗れるか？」

「一応は」

ミストレアさんに教えられたからな。基本的には乗れる。他の兵士の一人が馬を引っ張ってくる。これに乗れって事か。

「……レディウス様」

「……兄貴」

馬に乗ろうとすると、不安そうな顔をしたロナとクルトがやってくる。なんでこんな不安そうな顔をしているんだよ。

「用事が終わったら帰ってくるから、ここで待っていろよ。ロポをよろしく」

俺はそう言い馬に乗る。ロポは付いてこようとしたが、ロナが抱えて捕まえてくれた。ジタバタとしているが、待っていてくれよ。久しぶりだから上手く乗れるかわからないが、走る分には問題なさそうだ。俺はロナたちに見送られながら兵士の後について王都に行くのだった。

◇◇◇

「なんで私が呼ばれたのかしら……」

私は案内をする侍女の後ろについて行きながらそんな事を考える。今日の朝、ブリタリス王国から戦争に行っていたアルバスト軍が帰ってきた。

そのため王都は朝から大盛り上がり。戦争に出ていた兵士たちを一目見ようとみんなが大通りに集まっていた。

ウィリアム王子が先頭で、煌びやかな鎧を着た兵士たちが後ろを歩く姿に、王都の住民は歓声を上げていたのだけれど、戦争から帰ってきて直ぐなのに、どうしてあんなに綺麗なのかと私は疑問に思ってしまったり。

それから国王陛下が、民の前で戦争に行っていた兵士たちを労ったりして、パレードは終わり、後は夜の祝勝会が行われる予定のはず。

街でも、今日は国から食事が出るので大賑わい。私もミアたちと街に出ようかと思っていたら、何故か王宮から呼び出されたのよね。呼び出し人はウィリアム王子なのだけれど。私と会っている暇は無いはずなのに。

「ここでお待ちです」

私は案内された侍女にそう言われ、侍女は扉をノックする。すると中から別の侍女が出てきて、

私を連れてきたので取り継ぐよう伝えている。

「では、お入りください」

私はそう言われたので中に入ると、思わず立ち止まってしまった。何故なら中には、

「やあ、会いたかったよエリシア！」

とウィリアム王子が待っていて、他には何故か国王陛下と王妃様、それにお父様とお母様が部屋にいたのだから。

お父様とお母様はカチカチに緊張しているけど、どこか嬉しそうで、国王陛下と王妃様は少し機嫌が悪いのがわかる。物凄く嫌な予感がするわ。

◇◇◇

「やっぱり賑わっていますね～」

馬を走らせて二十分ほど。王都の中を歩いている俺の感想だ。戦勝パレードをやっていたのは知っていたが、まさか国から食事や酒が出ているなんて……。俺たちを止めた兵士め。許せんぞ！

「ああ、ちゃんと死壁隊の奴らのところにも食料は運ばれる。だからそんな殺気を出すな」

俺が心の中で兵士に向かって怒っていたら、俺を呼びに来た兵士、マグロスさんがそんな事を言ってくる。殺気が出ていたか。落ち着け俺。

「わかっているとは思うが、犯罪者たちを街の中に入れるわけにはいかなかったからの処置だ。わかってくれ」

「わかっています」

それから、街の中を三十分ほどかけて歩く。街の中は屋台がたくさん出て馬では走れないから門のところに預けたしな。

そして案内されたのが王宮だ。なんでも近衛騎士団と将軍クラスの部屋は他の軍の詰所とは別に王宮内にあるらしい。

王宮の中に入ると、中は侍女や文官たちが走り回っていた。今日の祝勝会の準備のため、走り回っているようだ。王宮の中にいる兵士たちもピリピリとしている。

それも当然か。祝勝会には貴族たちも集まる。何かあったでは兵士たちの首が簡単に飛んでしまうからな。

「マグロスさんは、警備とかしなくていいんですか？」

「私はケイネス将軍の補佐だからな。こういう警備は今はしていない」

「……それはすみません」

やっちまった。物凄く失礼な事を言ってしまったぞ。周りの他の兵士は苦笑いだ。そのまま気まずい雰囲気の中王宮内を進む。

気がつけば、俺とマグロスさんの二人になって更に気まずくなった。何故一言も話してくれないのだろうか。そうは思うが、俺からは話しかけ辛いし。結局二人とも一言も話さないまま目的の場所へと着いた。

マグロスさんが扉の前に立つ兵士に声をかけると、兵士の人は中を確認する。そして許可が出た

ので、マグロスさんと一緒に部屋に入ると、そこには、

「よく来たね、レディウス君」

一番奥の席には笑顔でレイブン将軍が座っていた。他には俺を呼んだケイネス将軍に、その向かいには熊みたいな大きな人が座り、ケイネス将軍の隣にはミストリーネさんが座っていた。……なんだこれ。

「久しぶりだね。君に会うのは一年ぶりくらいか」

「……そうですね」

俺の気も知らないで、レイブン将軍は話を進めてくる。そこに、

「なんだ、おやっさんはこの小僧と知り合いなのか？」

熊みたいな人がレイブン将軍にそんな事を尋ねてくる。おやっさんってあんた……。いや、ここにいるから偉い人なんだろうけど。

「ああ。彼はミストレア様の弟子でね。ミストレア様が認められる程の実力を持つ」

「へぇ〜」

レイブン将軍の話を聞いた熊みたいな人が、俺の方を見てニヤリと笑う。物凄く寒気が走ったのだが……。ケイネス将軍とミストリーネさんも驚きの表情を浮かべる。ミストレアさんってそんなに有名なのか。

「私と打ち合うことが出来るので不思議に思っていたのですが、成る程ですね」

「おお、ミストリーネとも戦える程の実力か！　確かにそれは欲しい人材だ！」

そう言い立ち上がり俺の方まで歩いてくる熊みたいな人。で、でけぇ。ガラナよりでかいぞ。二メートル超えてるんじゃないのか？

「俺の名前は、ブルックズ・ヘルムントだ。この国の近衛騎士団の団長をしている。よろしくな！」

そう言い俺の背中をバシバシと叩いてくる熊みたいな人、ブルックズ騎士団長。それじゃあ、この人がウィリアム王子の同年代にいるグラモアの父親か。ってか、背中痛いって！

「お、俺の名前はレディウスと言います。よろしくお願いします」

俺が挨拶《あいさつ》するのを見計らって、席に座るよう勧められる。ブルックズ騎士団長は上機嫌に席に戻っていく。俺は戸惑いながら席に座るが、一体何の用で呼ばれたのだろうか。

「まずは君にお礼を言っておこう。君のおかげで戦争は負けずに済んだと聞いた」

「いや、別に俺のおかげではないと思いますが」

俺がそう言うと、みんなが笑い出す。なんなんだよ。

「ケイネスから話は聞いているよ。いくら細い山道だからといって、何千という兵士をそこに押し留める事なんて出来ない。その時間が無ければ、兵士たちの被害はかなり多かったと聞く。下手すれば負けていたとも」

「評価は良いも悪いも素直に受けていた方が良いですよ、レディウスさん」

ミストリーネさんがそんな事を言ってくる。少し過大評価し過ぎな気もするがここは受けておこう。

「わかりました。それで俺をここに呼んだ理由は？」

「ああ、君をここに呼んだ理由は、君の力を見込んで近衛騎士団に入団しないか誘おうと思ってね」

「近衛騎士団ですか？」

俺は呟きながらブルックズ騎士団長の方を見る。俺が見ている事に気がついたブルックズ騎士団長は頷いてくる。間違いではなさそうだ。

「近衛騎士団の仕事は王宮内の警備、貴族たちの護衛と様々だが、ただの兵士たちでは務まらないのだよ。それにどうしても貴族を相手にするから、礼儀作法がある程度出来ていないと困るので、貴族の子息などが入るのだが……ねぇ」

「最近の奴らは、箔をつけるために入ってきやがる。だから実力のねぇボンボンが増えて仕方ねぇ」

ブルックズ騎士団長ははぁ～と息を吐きながらそんな事を言う。結構辛辣な事言っているぞ。

「でも、なおさら俺なんかが入らないでしょう」

「そこは大丈夫だ。君の人となりはリーネから聞いているし、ミストレア様の弟子なら貴族たちが文句を言わない程度の礼儀は備えているだろう。あの人そういうところも結構厳しいからね」

確かに色々と言われた記憶はあるな。朝の挨拶とか忘れたらその日の修行が厳しくなったし。レイブン将軍も弟子だったから、同じ様にされたのだろう。何処か遠い目をしている。

「それに、軍のトップである私と近衛騎士団長であるブルックズの許可があれば誰も文句は言えないさ」

うわぁ～、物凄く悪い顔をしているよこの人。だけど、お偉いさんの目に留まるのは良かった。今後のためには受けておくべきか。

「わかりました。そういう事であるのなら受けます」

「それは良かった。では早速話に入りたいところなのだが、私たちは今から祝勝会に参加しなければならなくてね。その準備をそろそろ始めなければならないのだよ。申し訳ないが、説明についてはマグロスから聞いてもらえるかい？」

「わかりました」

それから俺は部屋を出てマグロスさんと別の部屋に行く。そこで色々と話を聞いて、数日以内に迎えをよこすから例の廃村にいて欲しいと言われた。俺は特に問題が無いので承知する。

そんな色々な話を二時間ほどされてようやく終わった。マグロスさんも祝勝会の警備に当たっているらしく部屋のところで別れた。このまま一人で王宮内をあるけば不審者になるので、関係者の証明になるバッチを渡されたが。

「もう祝勝会は始っている頃か」

空はもう暗くなっており、辺りは静かだ。街の方はかなり明るいのだが。みんなも美味しいもの食っているんだろうな。今から走って帰れば間に合うかな？　そんな事を思いながら王宮内を歩いていたら、

「うわっ！」

「きゃあ！」

曲がり角で誰かとぶつかった！　俺はなんとか耐えられたけど、ぶつかった相手が尻餅をついてしまった、って女性じゃないか！　ま、まずい！

「だ、大丈夫ですか⁉」

俺は翡翠色のドレスを着た金髪のふわふわした髪をした女性に話しかけるが、女性は尻餅をついたまま動かない。どこか痛むのかと思っていたら、

「……ぐすっ……」

顔を俯かせながら泣いていたのだった。……これはまずいのではないか？

幕間　婚約破棄

「私は、この女性、エリシア・グレモンドを妻として迎える！」

……どうしてこうなったのかしら。

ブリタリス王国から帰還した兵士たちを労うための祝勝会で、ウィリアム王子が発した一言が今の発言。その事にどよめきの声を上げる貴族たち。

その中でも顔色を変えて見てくるのが、ヴィクトリア様とその父親、ベルゼリクス・セプテンバーム公爵。二人は聞かされてなかったようね。本来であれば今隣にいるのはヴィクトリア様のはず。

それなのに私がいる事に驚いているところにこのウィリアム王子の発表。本当にどうしてこうなったのかしら。

◇◇◇

「私はエリシアを王妃として妻に迎えようと思う」

私が王宮に呼ばれて、ウィリアム王子や国王陛下に王妃様、私の両親がいる部屋に入った瞬間言われた言葉がこれだ。

その言葉に、国王陛下は苛立ちを隠せない様子だ。

「ウィリアム。何故急にそんな事を言い出す。お前にはヴィクトリアがいるだろう。王妃ではなくて側室ならわかるが……」

「そうですよウィリアム。もう一度考え直しなさい」

「父上、母上。何だ言われようとも私の考えは変わりません！　それに急ではありませんよ。学園にエリシアが入学した時からです」

ウィリアム王子の気迫に押される国王陛下と王妃様。私の事を想ってくれていたのは嬉しいけど、私は恋愛対象としては見ていなかった。

「私は考えを変える気はありませんから。それに父上は私と約束したはずです。今回の戦争で手柄を立てれば、私の望みを叶えると」

「……うぅむ」

何て約束をしているの、この二人は。それに巻き込まれる私の身にもなってほしいわ。しかし、私の望みをわかるわけもない。

「ヴィクトリアはどうするのだ。王妃にしないのであれば、側室に置くべきだろう」

「はっきり言いますが、私は彼女が好みではありません。これについては前から言っていたはずですが、母上」

「そ、それはそうだけど、ヴィクトリアはあなたのために王妃としての教養を小さい頃から学んできたのよ。私も娘のように思っていたし」

「それは母上の考えであって、私の考えではありません。彼女には誰か相手を探してあげれば良いでしょう」

そう言って私の方を見るウィリアム王子。……前は普通に接する事が出来たのに、今では嫌悪感が湧いてくる。

「それにエリシアにも悪い話ではないよ？」

そう言ってニヤリと笑うウィリアム王子。一体何の話かしら？

「それはどういう事でしょうか？」

「髪色による差別の撤廃とかどう思う？」

「なっ!!」

私はウィリアム王子の言葉に我慢出来ず席を立ってしまった。国王陛下や王妃様、両親も驚いたように私を見てくる。

「戦争にも黒髪がいてね。ケイネス将軍が褒めていたからこの事を話したんだ。これには将軍も賛成してくれたんだ」

周りが困惑の表情を浮かべている中で、ウィリアム王子は話を進めていく。

「だけど、この話は自分には殆ど関係ないからね。自分の身内に関わった人がいないと、別にしなくても良いかなぁと思ったりもしているんだ。エリシア。僕の妻となって手伝ってくれないかい？」

……私が妻になる事で、レディウスみたいな思いをする子がいなくなるのかな？　こう考えたら私の中でもう答えは決まっていた。

「……わかりました」

レディウスのような子を、これ以上生まないためには、髪色による差別を無くさないといけない。それをするためには相応の地位にいないと中々上手くはいかない。そのために王妃にならないといけないのならば私は……。

◇◇◇

そう思っていたのだけれど、これはあまりにもヴィクトリア様に酷すぎるわ。みんなの前で発表するなんて。

「そ、それはどういう事でしょうか？」

翡翠色のドレスを着たヴィクトリア様。今にも涙を流しそうなのに、気丈に振る舞っている。

「今言った通りだ。彼女を私の妻とする。ヴィクトリア。君との婚約は破棄にさせてもらおう」

「そう……ですか……」

彼女はそのまま振り返って立ち去ってしまった。周りは騒然とする中、国王陛下が話をし、一応は祝勝会が始まったけど、話の内容は婚約の話ばかり。

私も色々な人に恨まれたでしょう。特にヴィクトリア様の父親であるセプテンバーム公爵には。

ヴィクトリア様にも申し訳ない事をしたわ。でも、私の新しい目的のための犠牲になってもらうわ。

この時の選択を後悔する事になるとはこの時は何も思わずに、私はそう考えていた。

◇◇◇

え、ええっと、どうしたものか。俺の当たりが強すぎてどこか痛めたのだろうか。翡翠色のドレスを着た金髪の女性は、蹲《うずくま》りながら涙を流していた。

「だ、大丈夫ですか？　どこか痛めたのでしょうか？」

俺がいくら尋ねようとも、女性は反応せずにそのまま蹲っている。本当にどうしようかと考えていたが、とりあえず、泣き止むまで待つ事にした。

周りには誰もいないし。一人にしておく事は出来ないからな。そんな風に待っていると、

「……なんでずっと……ぐすっ……いるんですか⁉」

泣きながら怒鳴られた。いや、泣いている女性を一人には出来ないだろう。

「私は今一人になりたいのです！　どこかへ行ってください！」

「いや、泣いている女性を一人には出来ないでしょう。せめて落ち着くまでは……」

「余計なお世話です！」

そう言って立ち上がった女性は俺の横を通り過ぎてどこかへ走って行ってしまった。なんだよ、全く。こっちは心配しただけなのに。心配して損した……ん？　何か落っこちている。

「なんだこれ？」

俺はそれを拾って見るとそれはイヤリングのようだった。エメラルド色した綺麗な宝石があしらってある。宝石にはどこかの家系の紋章が刻まれている。さっきの女性が落としたのかな？　振り返って見るけど、既に姿は見えない。

うーん、どうしようか。俺にはどこの家かわからないし。明日もここに呼ばれているから、その時マグロスさんにでも聞いてみるか。

あ〜、腹減った。さっさと帰って早くご飯が食べたい。ロナたちも待っているだろうし。

二章　メイガス学園

「……何だか慌ただしいな」

「グゥ」

俺の言葉に反応するロポ。今日は絶対について行くぞ、と俺の肩に乗ってきたからな。仕方なく連れてきた。連れてきていいか聞いた時に問題ないと聞いたからな。実際に安全な姿を見ているから問題ないと言ってくれたのだろう。

レイブン将軍に近衛騎士団への入団を勧められた翌日。俺は再び王宮にやってきた。

昨日、あの後はみんながいる廃村に戻り、王国から送られてきた食事をみんなで食べた。

夜にはガラナたちも戻ってきていて、収容所に連れていかれたうちの数人はガラナと一緒に戻って来ていた。首輪も無事に取れていたな。

それから、みんなに俺が近衛騎士団に入る事を告げると、みんな祝福してくれたのは嬉しかったな。ロナやクルトは自分の事のように喜んでくれて。

みんなで俺の入団祝いや、ガラナたちの首輪が取れたお祝いなどして、誰も来ない廃村でどんちゃん騒ぎして昨日は終えた。

今日、王都に着くと、まだ昨日の祝勝祝いの余韻が街中に漂っていた。あちこちで寝ている人がいて、ゴミも散乱している。それを起きている人が片付けていき、寝ている男の人をど突いていた。

そんな光景をあちらこちらで見かけながら王宮に辿り着いたのだが、王宮の中も、街中とは違った雰囲気で慌ただしい。何かあったのだろうか。

俺は、昨日マグロスさんに貰った通行用のバッチを付けて王宮の中を進んで行く。流石にロポが安全なのかは確認されたが、俺には見せないきゅるんとした瞳であざとい姿を見せて、兵士たちに問題ないと判断されていた。本当にこいつは。今日の目的地は昨日行ったレイブン将軍の部屋だ。明日も同じところに来るように言われたからな。

昨日に比べて、王宮の中は兵士や侍女たちとすれ違う事が多い。そんな兵士や侍女たちに頭を見られて、近づいてこようとして、胸元にあるバッチを見て離れていく光景を見ながら、王宮を進んでいくと、

「あっ！」

ロポが俺の肩から飛び降りて走って行きやがった。俺も慌てて後を追いかけると、昨日の曲がり

角のところに、昨日ぶつかった金髪のゆるふわの髪をした女性が、座り込んで何かを探していたのだ。その側にロポが近寄っていき見上げていた。

昨日と違うのは、翡翠色のドレスではなくて、学園の制服を着ていた。そしてその周りには侍女が二人、同じ様に座り込んで何かを探していたのだ。

ただ、不思議なのが、周りの視線が少しおかしい事だ。確かに王宮の中の通路というここに座り込んでいるという事は変な事なのだが、何というか、周りの視線には憐れみや同情といった感情が混じっているように思える。

それに気が付いている、金髪の髪をポニーテールにした侍女が、

「お嬢様。ここは私たちが探しておきますので、お嬢様は屋敷に……」

と、ここから離れるように伝える。もう一人の茶髪をボブカットにして、カチューシャを付けた侍女も頷いている。だけど、

「いえ、私も探すわ。あれは亡くなったお婆様から頂いた大事な物だもの……あら、この子はどうしたの?」

そう言って二人の侍女と同じ様に地面に視線を向けて探す女性。昨日は暗くてよく見えなかったけど、物凄く綺麗な女性だな。

ゆるふわな金髪の髪は腰まであって、タレ目がちな目は柔らかい印象を与え、制服を物凄く盛り上がる胸。折れそうなほど細い腰。すらっとした足。ヘレネーさんの様に鍛え上げた綺麗な体とはまた別の綺麗さがある。その彼女が側で見上げてくるロポを見て首を傾げていた。恐る恐る手を伸

ばす彼女の手に自分から頭を擦り付けるロポ。その姿を見た女性はなぜか泣きそうな表情を浮かべる。どうしたのだろう？

どうしてそんな表情をするのかわからないが、彼女の身なりや侍女がいる事からどこかの令嬢なのだろう。かなりモテるんだろうな。そんな事を思いながら彼女たちを見ていたら、茶髪の侍女が俺に気が付き、近寄ってきたのだ。

「あなた、さっきからジロジロとお嬢様見て何か用ですか？　それにどうして黒髪のあなたが王宮に入れるのです⁉」

「ちょっと、ルシー。そんな言い方ないでしょう。すみません。私の侍女が急に」

俺が侍女に責められていると、その後ろから金髪の女性がやってくる。足下には普通にロポが付いていた。いや、どちらかと言えばこの侍女の方が正しいと思うのだが。見ていたのには変わりないし。

「いえ、こちらこそ申し訳ございません。あまりにも綺麗だったもので」

「そう。それでは失礼いたしますね」

……言われ慣れているのか、素っ気なく返された。少しショック。というか、俺の顔は覚えていない様だ。まあ、暗かったし、泣いていたからあまり俺の顔を見ていないのだろう。それから彼女たちが探しているものといえば……。

「あの～」

「……まだ何か？」

再び話しかけると、少し機嫌の悪い声で振り返る金髪の女性。二人の侍女は苛立ちを隠そうともしないで俺を睨んでくる。二人の侍女も金髪の女性に比べたら劣るがかなりの美人だ。そんな二人に睨まれると、少し怖い。

だけど、ここで臆するわけにはいかない。俺は昨日拾ったイヤリングをポケットから取り出す。

「お探しの物ってもしかしてこれでしょうか？」

三人の女性は俺の手の中にあるイヤリングを食い入る様に見る。……三人とも俺の手の中にある物を見るために近づいているので、物凄くいい匂いがする。

「こ、これは⁉」

そして、金髪の女性は俺の手を両手で掴んできた。

「こ、これをどこで見つけたのですか⁉　ど、どうしてあなたが持って⁉」

余りの驚きに顔を近づけて問い質してくる女性。ちょっ⁉　ち、近いって⁉　物凄くいい匂いがして、少し頭がクラクラしていると、

「お嬢様。少し落ち着いてください。相手も困ってしまいます」

と金髪のポニーテールの侍女が女性に落ち着く様に言ってくれた。自分の行動に気が付いた金髪の女性は、顔を赤くして離れていった。少し残念。

「ご、ゴホン！　そ、それで何故あなたがこれを持っているのでしょうか？」

「それは昨日ここで拾ったからです。覚えておりませんか？　昨日ここであなたとぶつかったのですが？」

「……あっ！　あなたがあの時の男性だったのですね⁉　昨日はすみませんでした。昨日は色々あったので、気が動転していて」

俺が聞いてみて、ようやく思い出した様だ。そして昨日の事を思い出しながら頭を下げられる。後ろの侍女の二人は困惑としながらも、一緒に頭を下げる。

「いや、大丈夫ですよ。全然気にしていませんから」

俺が頭を上げてくださいと言うと、頭を上げてくれた。物凄く申し訳なさそうな表情をしている。そこまで気にしなくて良いのに。

「見つけて頂き有難うございます。このイヤリングはお婆様の形見でして」

「そうだったのですか。それは良かったです。それでは俺は失礼しますね」

目的は果たしたから、そろそろ行かないと。俺は再び歩き出そうとすると、

「ええっと、お名前を伺っても？　お礼がしたいのですが」

金髪の女性がそんな事を言ってくる。いや、ただ落し物を拾っただけだからそんな事を気にしなくて良いと思うのだが。

「お礼は必要ありませんよ。正直に言うと落とした人は見つからないと思って兵士の方に渡すつもりでしたから。ほら、ロポ。行くぞ」

俺は最後に頭を下げてロポを肩に乗せてから王宮の中を進み始める。しかし、綺麗な人だったな。ヘレネーさんに勝るとも劣らない程だった。かなりモテるんだろうな。

そんな事を思いながらも、無事にレイブン将軍の部屋に辿り着いた。昨日た同じ様に部屋の前に

待機する兵士の人に話しかけると、取り次ぎをしてくれる。そして許可が出たので中に入ると、

「よく来たね」

中には、昨日と同じ様に奥にレイブン将軍が座っており、他にはブルックズ近衛騎士団長にマグロスさんがいる。ミストリーネさんはいない様だ。

俺はレイブン将軍に促されるまま席に座る。

「早速で悪いのだが、君には来週から学園に入ってもらうよ」

……はっ？　笑顔でそんな事を言ってくるレイブン将軍に、俺は言葉を発する事が出来なかった。

そんな俺を見てレイブン将軍は笑いながら説明してくれた。

「君は戦闘能力に関しては他の騎士にも負けないだろうし、ある程度の教養はミストレア様から教えてもらっていると思う。だけど、近衛として基本的な事は知らないと思うから学園で学んでもらうんだ。いきなり近衛騎士団に入って、直ぐに貴族の護衛を任されても何をすれば良いかわからないだろう？」

「学園ではいくつかの学科に分かれていて、その中にある騎士学科に入ってもらう事になる。騎士としての基本を学んでもらうんだ。そこには騎士の卵が沢山いるし、学園で貴族の子息や令嬢に見初められて、雇われる事もある」

レイブン将軍の説明に続いて、ブルックズ団長も説明してくれる。確かに近衛騎士団に入るって言っても何も知らないからな。それが学べるなら有難い。

「期間は来年の卒業までかな。今は六月で卒業が来年の三月だから九ヵ月間学園に入ってもらう事

になる。本当は四年かけて学んでいくんだけど、さっきも言った通り戦闘に関しては文句無しだから、教養だけならその期間で覚えられるだろう。学園の方には私の方から手続きしておくから」

ニコニコしながらレイブン将軍はそんな事を言って来る。こうして、俺が学園に入る事は決まったのだった。

◇◇◇

「……ここか」

俺はそびえ立つ城のような建物を見上げる。白を基調とした建物で、ここには様々な子供が集まる。レイブン将軍に言われたから一週間が経った。俺が今日から通う場所でもある。

学園の名前はメイガス学園。初代校長メイガス・クロフォードの名前から取ったらしい。

「ねぇ、あれって……」

「初めて見ましたわ」

「凄い傷ね」

そんな風に門の前に立って学園を眺めていると、俺の横を通り過ぎていく学生が俺の方を見てコソコソと話す。ここには地方から出てくる者用の宿舎があり、そこに住むか、王都に家を持つ者はそこから通っている。

みんな俺の頭を見てコソコソと、俺の左目の傷を見てコソコソとする。……さっさと学園長室に行くかな。そう思い門を潜って建物に向かって歩いていると、

「あああっ⁉」

と後ろからとんでもない叫び声が聞こえてくる。何なんだよと思い振り返って見ると、そこには俺の方を指差しながら驚いた表情を浮かべる女子生徒が立っていた。

金髪の髪に、腰ぐらいある髪を腰のところで一つに括《くく》っている。胸は普通の大きさで、身長は百六十と言ったところか。腰には二本の剣を差している。

そして俺の方にズバッと走ってきて、俺の襟を掴み前後に振り始める。ちょっ、く、苦しい……。

「ななな、何で！　何でここにいるのよ⁉」

「く、くる……」

「何とか言いなさいよ！　この馬鹿！　馬鹿レディウス！」

「お、落ちつ……ぐ、ぐるじい……」

「ティナ。その人死にそうよ」

「はっ⁉」

後ろから茶色の髪をした女性が俺に掴みかかる女性を止めてくれた。あ、危なかったぁ。天国にいる母上が川の向こうで俺に向かって手を振っていたぞ。危うく橋を渡るところだった。

俺が喉元を押さえて咳き込んでいると、金髪の女性が心配そうに覗き込んで俺を見てくる。

「ご、ごめん！　大丈夫？」

「あ、ああ、大丈夫だよ。急に振り回すからビックリしたけど。久し振りだなアレス」

俺は、心配そうに覗いてくる金髪の女性、アレスに話しかける。最後に会ったのはアレスの母親にコカトリスの石化袋を持って行った時だから、一年ほど前になるのか。

「久し振りだな、じゃないよ！　レディウスのおかげでお母様も助かって、お礼を言いたかったのに、あのままいなくなるなんて酷いよ！　まだいっぱい話したい事があったのに！」

アレスはそう言いながら泣き出してしまった。ちょっ、こんなところで泣くなよ！　ま、周りの視線が痛い。ただでさえ髪の色や目の傷で注目されているのに、さらに注目されてしまうじゃないか。

「あーあ、泣かせちゃった。これは責任取って娶《めと》るしかないわね」

そこに、アレスの友人っぽい女性がとんでも無い事を言い出す。何を言っているだこの人は。それを聞いていたアレスは泣いていたはずなのにニマニマと笑っている。

「ええっと、あなたは？」

「私はクリティシア・マクレーンよ。ティナのお父様のオスティーン男爵と私の父親のバルバン・マクレーン伯爵は親友だから子供の私たちも仲が良いの。初めまして、ティナの想い人さん」

「ちょっ！　クリア！　なんて事を言うのよ！」

「あら、違うの？　事あるごとにレディウスのために綺麗になるんだって言っているじゃないの？」

クリティシアさんの発言にアレスは慌てて止めようとするが、クリティシアさんは気にした様子もなく次々と暴露をしていく。……そういう話は俺のいないところでして欲しいのだが。俺に聞かれると不味くないかそれ？

アレスはクリティシアさんを止められないと思ったのか、先ほどとは違った涙を見せながら俺の方を見てくる。

「ち、違うからね！　違わないけど違うからね！　わ、私はレディウスの伝言を守っているだけだからぁ！」

アレスは顔を真っ赤にしたまま校舎の方へ走っていってしまった。取り残されたクリティシアさんはやれやれといった風に首を横に振る。……いや、今のはあんたが悪いよ。

「まあ、いいわ。ティナの代わりにどうしてあなたがここにいるのか聞いておきましょう。どうして？」

「どうしてって、この前の戦争がありましたよね。そこで何とか手柄を立てる事ができて近衛騎士団に誘われたんですよ。ただ、近衛騎士団に入るにしても基礎的な事は知らないのでここで学べと入れられたんです」

「へぇ～、近衛騎士団にねぇ。この歳で選ばれるなんて余程優秀なんでしょうね。ティナには悪いけど、私が唾をつけておきましょうか？」

そう言うクリティシアさんはつつぅ～と俺の胸元を指先で這わしてくる。この人本当にアレスと同級生か？　とんでもない色気を放ってくるのだが。

俺が若干困っていると、大きな馬車が門から入ってくる。何だあれ？　俺が不思議そうに見ているのがわかったのか、クリティシアさんは入ってきた馬車について教えてくれた。

「あれはヴィクトリア・セプテンバーム様の馬車よ。ほら馬車の後ろにセプテンバーム公爵家の紋章が入っているでしょ？」

セプテンバーム公爵家の紋章が何なのかはわからないが、馬車の後ろに鷲が羽根を広げているような紋章がある。しかもどこかで見た事があるぞ。どこだったかはちょっと思い出せないが。

まあ、公爵家なんて俺とは何の関わりもないのだから覚える必要も無い気もするけど。

「騎士団に入るからこの学園に来たって事は騎士学科に入るのかしら？」

「え？　ああ、そうですよ」

学園の中を走り去っていく馬車を見ていたら、クリティシアさんに急に話しかけられたので驚いてしまった。

「それなら私たちは合同学科にいるからいつでも遊びにきてね。ティナも待っているだろうから」

そう言いながらクリティシアさんも校舎の方へ行ってしまった。この学園には合同学科、商業科、騎士学科がある。

合同学科は貴族が三割、平民が七割の計二百人でそれを五クラスに分けてある。この学園を立てたメイガス学園長が、貴族平民問わずに優秀な人材を見つけ出すためにと作った学園だから、みんな一緒になっている。

そこから派生して出来た学科が商業科と騎士学科になる。どちらも普通の合同学科に比べて専門的な事を習うので、それなら分けた方が良いだろうという事で、出来た様だ。

しかし、ここに来て早々にアレスと会う事が出来るとはな。挨拶ぐらいはしておこうと思っていたから、会えてよかった。俺のふざけた伝言も守っていたし。今度会ったら綺麗になったなって言ってあげないとな。

まあ、とりあえずは学園長室に向かうかな。

◇◇◇

「受付の人の話の通りならここかな？」

俺は学園の受付の人に聞いた場所にやってきた。思っていたより学園の中が広くて、場所がわからなかったからだ。

受付の人にも俺の事が伝わっていたらしく、懇切丁寧に説明してくれた。そして説明された通りにやってきたのがここ。学園の東棟の三階。そこの一番奥が学園長室になるらしい。

「とりあえずノックしてみるか」

俺が学園長室の扉をノックすると中から「は～い」と返事をする声が聞こえてくる。あれ？　中にいるのは女性なのか？　男性にしては高い声だったな。レイブン将軍から聞いていた話では男性だって聞いていたんだが。秘書か何かか？

そう思ったが、とりあえずは中に入ってからだな。

「失礼します」

扉を開けて中に入ると、そこには、

「あら、黒髪ね。それならあなたがレディウス君ね？」

と、茶髪を三つ編みにして、口周りが髭の剃った後で青くなった口に、唇には物凄く赤い口紅が塗られており、着ているスーツがはち切れんばかりの筋肉をしたオカマが席に座っていた。

「……」

「あらん？　どうしたの？　早く入りなさいな」

「……えぇっと、あなたは？」

失礼だとは思ったが、聞かずにはいられなかった。この部屋にの一番奥の席に座っているという事はそういう事なのだろうが、万が一でも違っていればという期待も込めて聞いてみたのだ。だけど――、

「あら、レイブンから私の事聞いているでしょ？　私の名前はデズモンド・クリスタンドよ。みんなからは親しみを込めてデズ学園長と呼ばれているわ」

残念な事に期待は外れてしまった。それにしても強烈な人だな。一度見たら忘れられない顔をしている。

でも、この人がレイブン将軍の戦友であるデズモンド・クリスタンドか。たしかレイブン将軍に聞いた異名は『剛力』だったかな。

「ほら、そんなところに立っていないでこっちに来なさい」

「……失礼します」

デズ学園長に促され俺は部屋の中にあるソファに座る。デズ学園長も向かいのソファに座り、机の上に色々物を置いていく。

「レイブンから話は聞いているだろうけど、もう一度説明するわね。あなたはこれから来年の三月まで騎士学科に入学してもらう事になるわ。クラスは四年Bクラス。四年生は三クラスあって各クラス三十人だから。そこで騎士について色々と学んでもらう事になるから」

それから、と机の上に置いた物をこちらに渡してくる。物を見ていると制服と教材のようだ。制服は黒を基調として、所々に青のラインが入っている。

「学科ごとに線の色が違うわ。合同学科は赤、騎士学科は青、商業科は緑といった風にね」

なるほど。そういえば、王宮であったあの女性も赤だったな。という事はあの女性は合同学科になるのか。

「レイブンから聞いたけど、あなたミストレア様の弟子なんだってね。期待しているわよ」

うふふん。と微笑みながらそんな事を言われるが、何に期待しているのかがわからない。それから、デズ学園長が呼び鈴を鳴らすと、事務員っぽい人がやってきた。あの呼び鈴、魔道具なのだろう。

「グランド先生を呼んでちょうだい」

「かしこまりました」

それから待つ事十分ほど。デズ学園長と戦争の事について話していると、扉がノックされて「グランドです」と声がする。

デズ学園長が返事をすると入ってきたのは、金髪のオールバックに眼鏡をかけた四十代前半の男性だった。この人がグランド先生か。

「グランド先生、呼んで悪いわね。彼がこの前話したレイブンの紹介の生徒よ。あなたのクラスでよろしくね」

「わかりました。君は確かレディウス君だったね？　早速行こうか」

「あ、はい。それではデズ学園長、これからよろしくお願いします」

「ええ。頑張ってちょうだい」

俺とグランド先生はデズ学園長に見送られながら学園長室を出る。

「先ずは、制服に着替えて貰おう。そのために先ずは更衣室に行こうか」

グランド先生に連れられて更衣室にやってきた。外で待っているからここで着替えろと言う。俺はグランド先生の指示に従って更衣室に入って着替えている。着替え終えて鏡を見ると、

「あまり似合ってないな」

つい苦笑いしてしまった。何だか似合ってないように思えてならないからだ。まあ、これから着ていけば見慣れるだろう。それから更衣室を出て、グランド先生の案内に付いていく。

「先ずは私が教室に入るから、呼んだら中へ入って来てくれ。入ったら自己紹介な」

「わかりました」

グランド先生はそう言い教室に入る。俺は一人廊下で待っていると、

「では、入ってきてくれ」

と、教室の中からグランド先生の声が聞こえてくる。何だか緊張してきたな。俺は数回深呼吸して、教室に入る。そして教壇に立ち教室を見回すと、みんな一様に驚いた表情を浮かべている。見ているのはやはり髪と左目。

俺もみんなをじっくりと見させてもらおう。男女比率は八：二ってところか。三十人って言っていたから男が二四人、女が六人だな。基本は茶髪と金髪だが、ピンク色の髪の女性と、紫色の男性が混じっている。

「それでは、自己紹介をしてくれ」

「はい。俺の名前はレディウスと言います。年は十四歳になります。よろしくお願いします」

俺が自己紹介をして頭を下げると、まばらながらも拍手が聞こえてくる。頭を上げて再び見回すと、俺の事を普通に迎えてくれている人もいれば、蔑みの目で見ている人もいる。まあ、慣れているからあまり気にしないが。

「良し。それでは早速授業を開始するから、みんな移動してくれ」

俺がクラスメイトたちを見ていると、グランド先生が突然そんな事を言い始める。なんだ移動って？　そんな俺の疑問にグランド先生は答えてくれる。

「これなら戦闘訓練を行う。みんな四年間鍛えられているからまあまあの実力者たちだぞ。それに君の力も見たいからね」

そう言い教室を出ていくグランド先生。まあ、戦闘訓練は必要だよな。って、俺も後に付いていかなければ。場所がわからないからな。

前を歩くクラスメイトの後を付いていくが、クラスメイトたちは俺の方をチラチラと見てコソコソと話す。そんな中、ピンク髪をした女性が俺の方にやってきた。

「お前、私と勝負しろ」

そして突然そんな事を言ってくる。ピンク髪の女性は髪をポニーテールにしていて、目元はつり上がった目をしている。胸は普通より少し大きいぐらいで身長が百七十ほどだろう。

「ええっと、どうしてですか？」

「私がお前の実力を確かめてやる」

ピンク髪の女性はそう言うだけで、行ってしまった。その事を周りのクラスメイトは再びコソコソと話し始める。そんなクラスメイトを見ていると、突然肩を組まれる。肩を組まれた方を見ると、俺と身長があまり変わらない金髪の男だった。

「ドンマイだなお前。まさか『鬼姫』に目をつけられるなんて」

「『鬼姫』？　なんですかそれ？」

「さっきのピンク髪の女の異名だよ。一回演習の時にオーガに囲まれる事があってさ。その時にさっきの女が身の丈ほどある大剣を使ってオーガをバッサバッサと切り殺していたからそんな異名が付いたんだよ」

「へ～、それはすごいですね」

オーガといえばCランクの魔獣だ。全身赤くて頭に二本の角が生えた人型の魔獣で、オークが十体いても太刀打ちは出来ない程の強さを持つ。そんな相手を一人で立ち向かえるなんて相当な実力なんだろう。

「ああ、俺の名前はガウェイン。よろしくな！」

「ええ。俺の名前は先ほど紹介した通りレディウスです。よろしくお願いします」

「そんな堅苦しい話し方しなくて良いぜ。普通に話してくれ」

「そうか？　それならよろしく、ガウェイン」

俺はクラスメイトであるガウェインと話しながらみんなの後を付いていくのだった。

◇◇◇

「それじゃあ、みんな自分の剣は持っているね。これより模擬戦を始めるけど、誰からが良い？」

グランド先生はそう言いながらみんなを見渡す。今俺たちがいるのは、メイガス学園の第一訓練場になる。

それぞれ学年ごとに訓練場が割り振りされており、訓練場は第一から第五まである。第五に関しては誰でも使用する事ができる。

第一訓練場はもちろん四年生専用になり、結構な耐久性を持っているみたいだ。上級魔法でも耐えられるらしい。

そんな訓練場で、今から一組ずつ模擬戦をするらしい。俺含めて三十一人だから十五組出来て一人余ってしまうな。みんなそれぞれ相手をしたい人を選んでいる。そして俺は、

「私としてもらおう」

ピンク髪の女生徒だ。別に構わないのだが、どうしてこう威圧的なのだろうか。……そういえば名前を知らなかったな。

「それは構わないのですが、お名前をお聞きしてもよろしいですか？」

「……そういえば名乗ってなかったな。私の名前はティリシア・バンハートと言う。バンハート子爵家の三女になる」

貴族の令嬢がどうして騎士学科にいるんだ？　普通なら合同学科に入ると思うのだが。俺が思っ

ていた疑問は、ティリシアさんにはわかった様で自嘲気味に話す。

「子爵家の三女なんかどうせ他家への政略結婚にしか使われんからな。それが嫌で騎士学科に入った。幸いにして剣の腕はあったからな。父上にも認められてここにいる」

なるほどね。まあ、オーガを倒す程だ。そんじゃそこらの冒険者よりは強いのだろう。

「それじゃあ、ティリシアさんが学園で一番強いのですか？」

オーガを複数体倒す程だから一番強いのかと思ったが、ティリシアさんは首を横に振る。

「騎士学科では二番目だ。学園となると三番目になる」

「それじゃあ、一番強いのは？」

「あそこにいる奴だ」

ティリシアさんが指差す方を見ると、そこには紫髪の男が座っていた。彼が学年一位の強さを誇るのか。

「あいつの名前は、ランベルト・リストニックだ。リストニック侯爵家の次男になる。因みに学園二位が奴の双子の兄でランバルク・リストニックだ。髪は二人とも紫髪で、兄のランバルクが後継で、弟のランベルトがその従者になる」

はあ〜、二人とも紫髪をしているのか？　なんと羨ましい。その才能を一割でも欲しかったぜ。

「前はエリシア・グレモンドが一番だったんだが卒業したからな」

……ん？　今聞き捨てならない言葉が出てきたぞ？　エリシア・グレモンドが一番で既に卒業した？　エリシア・グレモンドって言えば一人しかいないよな……って事は姉上がこの学園で一番だ

ったのか。凄いな姉上は。

「エリシアさんって同い年ですよね。どうしてもう卒業したのですか？」

「彼女は成績優秀だったからな。学園に認められて飛び級したのだ。そして今年一つ上の年代と一緒に卒業した……どうして同い年って知っているんだ？」

「あ、ええっと、俺グレモンド男爵領の生まれでエリシアさんの事を知っていたんですよ。それでちょっと気になったもんで」

「そうか」

あ、あぶねぇ〜。自分からバラすところだった。ティリシアさんは訝《いぶか》しげな表情を浮かべながらも、信じてくれた。

そんな話を、俺とティリシアさんで話している間にも、次々と模擬戦は進んでいく。グランド先生や他のクラスメイトが水魔法の回復魔法を使えるからか、致命傷にならない程度の傷は負わせても大丈夫な様だ。

みんな中々の実力を持っているのは確かな様だ。ここにロナやクルトを来させたいなぁ。いい練習相手になると思うのだが。

そして一人余りはさっきの紫髪の男、ランベルト・リストニックの様だ。まあ、一番強い奴とやりたいって奴の方が少ないのかも。ティリシアさんなら向かっていきそうだけど。

俺に話しかけてきてくれたガウェインは勝った様だ。盾を上手く使って、相手の剣を逸らして攻撃していた。盾の使い方はかなり上手かったな。

そして気が付けば、

「最後にティリシアとレディウスだ」

俺の番が来てしまった。しかも最後って。ティリシアさんは自分の愛用の剣を持ち訓練場の中央へと向かっていく。手に持つ剣は刃渡り百二十センチほどの長さのバスタードソードだ。柄の部分を含めると百五十ほどはあるだろう。

その剣を片手で簡単に持つ。確かに片手でも扱える様にはなっているが、女性が持つにしては重いはずなのだが。

「ほらレディウス。君も構えなさい」

「あ、はい」

そうだ。模擬戦と言っても真剣を使った勝負なんだ。油断すれば大怪我では済まないだろう。俺も腰の剣を抜き構える。それを見たティリシアさんは「ほう」と感嘆の声を上げる。

「それじゃあ、二人とも。怪我をさせてもいいが、致命傷だけは避けるように。では、はじめ！」

グランド先生の声とともに駆け出してくるティリシアさん。片手に持った剣を軽々と上段から振り下ろしてくる。体の表面が僅かに光っているので身体強化を使っているようだ。

中々の速さだけど、俺はそれを横にずれて避ける。ティリシアさんも避けられるのはわかっていたのか、焦らずに両手持ちに変えて、バスタードソードを切り上げてきた。

後ろに下がる事で避けるが、ティリシアさんは直ぐに詰め寄って剣を振るってくる。横薙ぎをしゃがんで避け、振り下ろしを逸らして避ける。

振り下ろして隙の出来たところに剣を振るうが、直ぐ手元にバスタードソードを戻して防がれたしまう。まだ纏をしていないとは言え、中々手ごわいぞ。

何度も打ち合っていると、ティリシアさんも焦れて来たのか、

「アイスランス！」

魔法も放ってきた……って氷魔法⁉　魔法は基本火・水・風・土・光・闇の六属性だけど、複数の魔法を合わせる事で別の魔法が発動するようになる。

今ティリシアさんがやっているのは、風と水魔法の複合魔法の氷魔法だ。言うのは簡単だが、風と水の魔法を同じ魔力量にしなければ発動しないので中々難しいとミストレアさんは言っていたのだが。

「穿《うが》て！」

ティリシアさんは直径一メートルほどの氷の槍を背後に複数の出現させて、俺目掛けて放ってくる。俺は降り注いでくる氷の槍を走って避けるが、避ける方にティリシアさんが先回りしてくる。

「ふん！」

避けた先でティリシアさんはバスタードソードを横振りに振ってくるのを、剣で受けるが、かなりの衝撃が腕に走る。後ろに下がる事で衝撃を逃したけど、再び降り注ぐ氷の槍。

なりふり構わず地面を転がって避けるが、御構い無しにと降り注ぐ氷の槍。避ける間に迫るティリシアさんの剣戟を防ぐ。下から振り上げられるバスタードソードを剣で防ぐが、その勢いに負けて吹き飛ばされる。

地面を転がる事で勢いは逃したが、気が付けば周りは氷の槍に囲まれていた。

「期待外れだったな。これで終わりだ！」

そして降り注ぐ氷の槍。仕方ない。

「魔闘装、魔闘眼」

氷の槍の一番魔力の弱いところを、魔闘装した剣で切る。魔力の弱いところを切られた氷の槍はそこから亀裂が入り霧散する。

「なっ⁉」

ティリシアさんの驚く声が聞こえるが、それを無視して全ての氷の槍を切り落とす。ふぅ。まだまだ甘いな俺。纏を使わずにいけるかと思ったけど無理だったか。

「わ、私の魔法を切っただと？」

「行きますよ、ティリシアさん」

俺は剣を構えて、魔闘脚をし、ティリシアさんへ迫る。先ほどまでとは違うスピードにティリシアさんは戸惑いの表情を浮かべるが、俺の剣を何とか防ぐ。

俺は徐々にティリシアさんを押していく。ティリシアさんも何とか防ぐが少しずつ傷が増えていく。

「くっ、アイスランス！」

ティリシアさんは距離を取ろうと、氷の槍を再び放ってくるが、もうそれは俺には効かない。先ほどと同じ様に魔力の弱いところを切り霧散させる。

そして俺はティリシアさんに向かって剣を振りかぶる。ティリシアさんは、バスタードソードで防ごうとするが、俺の狙いは初めからバスタードソードだ。

「烈炎流、火花二連」

火花は相手と鍔《つば》迫り合いになった時に、魔力を爆発させて、相手を弾く技だが、それを攻撃に使う。烈炎流の動きに旋風流の動きを合わせる。狙うはバスタードソードと柄の一番細い部分。

振り下ろした剣がバスタードソードの細い部分に当たった瞬間に、下から直様切り上げをし、上から当てた部分と逆の反対側の部分を下から切り上げる。

上からの衝撃が終わらない内に下から同じ衝撃が合わさって、バスタードソードの一番細い部分にかなりの負荷がかかる。そして、
パキン！

とバスタードソードは根元から折れてしまった。呆然と飛んでいくバスタードソードの刃を見るティリシアさんの喉元に剣を突きつける。

「勝者、レディウス」

グランド先生が。勝者のコールをしてくれるが、周りはシーンとしたままだ。なんか気まずいぞこれ。周りは驚き表情でこっちを見ているが、数人は耳を塞いでいる。何でだ？　そう思ったがその疑問は直ぐに解消された。

何故なら、

「うぇ……」

「うぇ？」

謎の声が聞こえたと思い、その方を見るとティリシアさんが涙目になって、そして、

「うぇぇぇぇんんん！」

両目から止めどなく溢れる涙。ティリシアさんが泣き出してしまったのだ。

◇◇◇

「ぐすっ……はむあむ……ぐすっ……あむ……ごくっ」

「泣くか食べるかどっちかにしなよ」

「うるさい。クララには関係ない。ぐすっ……もぐもぐ……」

美人な女性が机一杯に乗せられた料理を泣きながら食べるって、中々シュールだな。

今俺たちは食堂にいる。同じ席に座っているのは俺とガウェイン。ティリシアさんと友達のクララさんだ。

見た目は百四十センチほどの茶髪の小さい女の子なのだが、戦闘に関しては短剣を両手に持って、素早い動きで相手の急所を狙うという中々の技術を持っている。騎士というより暗殺者に近いかな。

そんなクララさんと一緒に俺たちは食堂にやってきた。理由はティリシアさんを慰めるためだ。

模擬戦が終わった後に、ティリシアさんは泣き出してしまったのだが、どうやら負けたらよくある事らしい。

よくあるらしいのだが、もちろん今日入ったばかりの俺はそんな事は知らない。なのでどうしようかと一人でアワアワと戸惑っていたら、ティリシアさんの友達のクララさんが助けてくれたのだ。

模擬戦が終わった後は丁度昼食の時間なので、そこでいっぱい食べさせたら泣き止むというので、ここまで連れてきたのだ。それを面白そうだとガウェインは付いてきた。

それからティリシアさんは三十分もの間、止まる事なく食べ続けている。泣きながら。しかし、こんな細い体にどれだけ入るのだろうか？　俺たちだと胸焼けがするほどの量を一人で食べている。凄えな。

「もぐもぐ……うっぐん……ご馳走様でした。美味しかった〜」

俺と戦っていた時は鋭い目付きで俺を睨む様な顔をしていて、さっきまでは泣きながらご飯を食べていたのに、食べ終えると今度は可愛らしい笑顔を見せてくれる。思わずドキッとしてしまったぞ。

「お前には恥ずかしいところを見せてしまったな。どうも負けると悔しくてな。涙が止まらなくなるんだ」

そう言い今度は照れた様に顔を赤く染める。クールな人かと思ったらコロコロと表情が変わる人だなぁ。でも睨まれているよりかは好感が持てる。

「いえ、別に構いませんよ。負けて悔しいのはわかりますから」

俺も何百と悔しい思いをしてきた。ミストレアさんには全戦全敗だからな。俺がそんな事を考えながら言うと、今度はぷくっと頰を膨らませて俺を見てくる。今度はなんだ？

「さっきから思っていたのだが、なぜそんなに余所余所しいのだ。剣を交えた仲間だろう。普通に話してくれ」

ああ、俺が敬語で話すのが嫌だったのか。まあ、本人がそう言っているから良いか。

「わかった。これで良いか、ティリシア」

「ああ！」

俺が敬語を止めただけでティリシアは笑顔を向けてくれる。もう、初めの睨みつける様な表情は見られない。クララもそれなら自分も普通で良いと言ってくれたのでこのまま話す。

「しかし、お前本当に強いんだな？　ティリシアがやられるなんて思ってもなかったぜ」

「ほんとよね。中途入学なんてどんなコネを使ったのかと思ったわ」

ガウェインとクララがそんな事を言ってくる。コネって……。そんなものは全くない。別に隠す様な話ではないので、俺が学園に入る事になった経緯を話す。おっ、このオムライス美味い。

「お前あの戦争に出てたのかよ……」

「なるほど。それでケイネス将軍に認められたのか。私も一度会ったことあるが、中々の武人だった」

「その年で近衛に誘われるなんてすごいわね～」

反応は三者三様だ。ガウェインは知り合いから話を聞いていたのか、戦争について結構詳しかった。俺が一人で軍を止めたことも知っていた。さすがにその事については、みんな驚きを通り越して呆れに変わっていたが。あれは本当に運が良かっただけだ。

「そうか。それなら私とクララ、それにレディウスと後誰かを入れれば対抗戦も勝てるかもしれんな！」

するると突然ティリシアがそんな事を話し出す。なんだ対抗戦って？

「対抗戦って何なんだ？」

「ああ、レディウスは知らねえな。毎年九月の初め頃から学年でチームを作って争う行事があるんだよ。それが対抗戦。メンバーは同学年なら誰でも良くて、補欠合わせて最大七人まで登録出来る。合同学科は一人飛び級したから百九十九人。騎士学科は逆にレディウスが増えたから三十一人。合わせて二百三十人だな。商業科は鍛えていないから参加はしないが、対抗戦の間の模擬店なんかを開いたりする」

へぇ〜、それは面白そうだな。二百三十人だから最低でも三十三チーム出来るのか。それに騎士学科や合同学科関係なくか。

「ただ、俺らの代は毎年あるチームが毎年勝ってるんだよ」

「あるチーム?」

「ああ、それは——」

「ここにいたかティィリシア!」

毎年勝っているチームについてガウェインから聞こうとしていたところに、横からティリシアを呼ぶ声が聞こえる。

声のする方を見ると、そこには紫色の髪をした男が立っていた。紫色の髪を後ろで一本でくくり、前髪をファサー、と右手で払う。後ろに付いていた女性たちはそれを見てキャアキャアと騒ぐ。何だこいつら?

「……ランバルク。何の用だ?」

ランバルク……ああ、学年二位か! 騎士学科のランベルトの兄で、侯爵家の後継だったか。そんな奴がティリシアに何の用だろうか？

「今年こそ良い返事を貰いたくてね。対抗戦のチームに入って欲しい。魔女がいない今、学年一位のランベルト、僕、学年三位の君が入れば優勝は間違いない。どうだい？」

そういう事か。まあ、優勝目指すならティリシアもチームに入れたいと思うのは当然だな。上位三人が入ればほぼ負け無しだろう。

「毎年言っているが、お前のチームには入らんと言っているだろうが」

しかし、ティリシアはそれを断ってしまった。ティリシアの顔には、明らかに嫌悪感が浮かんでいる。そんなに嫌なのかな。

「それに私はここにいる者と組む事にしたからな」

そう言って俺たちを見るティリシア。まあ、俺は構わないけど。クララも頷いている。ガウェインは、えっ、俺も？　みたいな顔をしているが、この流れだとお前もだ。

「ふん、下世話な奴らばかり集めて。それに黒髪なんぞ入れて汚らわしい。綺麗なお前が汚れるぞ？」

「貴様と一緒になる方が断然汚れるわ」

うわぁ～、ティリシアさん、そんなはっきり言っちゃうんだ。ランバルクは額に青筋を浮かべている。めっちゃ怒っているぞ。

「そこまで言うなら、僕たちに勝つ自信があるのだろう？　賭けをしようじゃないか？」

「賭けだと？」

「ああ。お前たちが僕たちに勝てば何でも言う事を聞いてやる。僕たちが勝てばティリシア、お前は僕の奴隷になってもらう！」

何を言っているんだこいつは？　そんなもん約束する訳ないだろう。

「良いだろう。受けて立つ！」

何でだよ!?　何で受けちゃうんだよ！　俺たちみんなティリシアの方を見るけど、ティリシアは自信満々に胸を張っている。どこからそんな自信が出るのか。それを聞いたランバルクはニヤリと笑みを浮かべている。

「くく、負けたお前が僕の前にひざまづくのが楽しみだ！」

ランバルクはそう言って食堂を出ていってしまった。

「ティリシア。そんな約束していいのか？　もし負けたら……」

「ふん、勝てばいいだけの話だ。レディウスは負ける気でいるのか？」

「まさか？　俺は誰とやっても勝つ気でいるよ」

「ふふ、それでこそ私を倒した男だ。とりあえずはこれから残りのメンバーを集めよう」

ティリシアはワクワクしながらそんな事を言う。はあ。少し巻き込まれた感はあるが、まあ、乗りかかった船だ。ティリシアが奴隷になるのを黙って見ているわけにはいかないな。俺も頑張るとするか。

◇◇◇

「……見つかったか？」

「……駄目だった」

「「はぁ～」」

俺とガウェインは同時に溜息を吐く。現在いるのは放課後の食堂。周りは居残りで勉強をするものや、対抗戦に向けて作戦を練るチームなどが食堂を使っている。

その中で俺とガウェインは向かい合いながら溜息を吐いている。理由は、チームメンバーが見つからない事だ。

俺がティリシアと模擬戦をして、ランバルクから対抗戦での賭けの話をした日から今日で一週間になる。

賭けについては次の日にランバルクが誓約書を持ってきた。しかも、自分の父親とティリシアの父親の貴族印まで押した物を。

それにティリシアとランバルクも署名して誓約は成立した。これで勝たなければ法に従ってティリシアは奴隷になってしまう。

そんなランバルクたちに勝つために、ティリシアたちと対抗戦のチームを組む事になり、みんなで手分けして残りのメンバーを探したのだが、なぜかみんなに断られるのだ。

俺だったら髪のせいかなと思ったりもするのだが、ティリシアやクララが行っても断られる。ガウェインも然り。断られた中には既にチームを作ったりしているから無理だと言う人もいるのだが、作っていないのに断られる事もある。謎だ。

「しかし、なんで断られるんだ？　意味分かんねぇぜ」

「そうだよな。やっぱり黒髪の俺がいるからなのか？」

俺がなんとなしに言った言葉にガウェインは、はぁ〜と溜息を吐く。さっきの疲れた溜息ではなく、呆れるような溜息だ。

「そんなわけねぇだろ。確かに黒髪を毛嫌いしている奴はいるが、そういう奴だったら正直に言うだろ。レディウスに直接言わなくても、俺たちには普通言うだろし。だけど、そんな事を一回も聞いた事ない。みんな理由ははぐらかすだけだ」

「う〜ん。そうすると、本当に理由がわからないな」

「わかったぞ」

俺とガウェインがうんうんと悩んでいたら、後ろから綺麗な声がする。振り向くとそこには、眉にしわを寄せているティリシアと少し苛立っているクララが立っていた。

「あっ、お疲れ様ティリシア、クララ。それからわかったっていうのは……」

「なぜ、他の生徒が私たちのメンバーにならないかだ」

「全部あいつが仕組んだ事だったのよ！」

クララは腕をブンブンと振りながら怒りを露わにしている。見た目は小さい女の子が可愛らしく怒っているだけなのだが、話の内容は聞き捨てならないものだ。

「ランバルクが私たちの仲間になれば、ただじゃあおかないぞと脅しているそうだ」

「なんでそんな事をする必要があるんだ？　そんな事をしなくてもあいつらは学年一位になる実力

があるんだろ？　真正面から戦えば良いのに」

「確実に勝ちたいのだろう。貴族からしたら脅しなど日常茶飯事だ。出遅れた私たちが悪いと思うしかないだろう」

ティリシアもやれやれと言いながら席に座る。まあ、それも試合前からの戦略だと言われたらそれまでだしな。

「しかし、それならどうする？　このままだと人数が揃わないまま俺たちは出ることも出来ずに負ける事になるよ」

対抗戦には最低でも五人人数が必要になる。だけど、俺たちは四人だ。このままメンバーが見つからなければ、俺たちは出場をする事も出来ずに負けてしまう。そうなれば、ティリシアはランバルクの奴隷になってしまう。

「その事だが、一人だけ当てがある」

「当て？」

「ああ。ランバルクは侯爵家の権力を傘に着てみんなを脅している。それならその脅しに屈しないくらいの貴族の子息や令嬢を探せばいい。そしてその屈しない人たちの中で、まだチームを組んでいない人が一人だけいたのだ」

「おお！　それって誰なんだ？」

「それはな。ヴィクトリア・セプテンバーム様だ」

セプテンバーム？　……ああ！　確か公爵家の令嬢だったな。確かに公爵家相手にはランバルクも強く言えないだろう。それにチームを組んでいないならもしかしたら入ってくれるかもしれない。

でも、どうしてまだチームを組んでいないのだろう。みんな公爵家の令嬢なら縁を結びたくて組みたいと思うはずなのだが。そんな事を思っていると、

「ただ、彼女の今の立場はかなり微妙になっている」

「どういう事？」

「ヴィクトリア様は元々、アルバスト王国の王子、ウィリアム様と婚約していたのだが、今は婚約破棄をされている」

「え？　なんで？」

「ウィリアム王子が別の人を相手に選んだからだ。その相手は、前にも話したエリシア・グレモンドだ」

「……！　げほっ、げほっ！」

な、なんで、そこで姉上の名前が出てくるんだよ⁉　あまりに驚き過ぎて、むせてしまったじゃないか！

「大丈夫かレディウス？」

「ご、ごめん。続けて」

「ああ。ウィリアム王子は、学園にいた頃からエリシアの事が好きだったらしく、この前の戦争の功績を讃えて、国王陛下も認めたらしい。実際に王妃として結婚するのは、王妃の教養が終わってかららしいので、早くても五年はかかるだろう。その上、流石に国の母である王妃に男爵家の令嬢

をつかせるのは身分が低いので、上の位の貴族に養子に入るそうだ。その家が……」

「もしかして、リストニック侯爵家だったりして」

俺が適当に言うと、ティリシアは頷いた。マジかよ。

「リストニック侯爵家はグレモンド男爵家の寄親の寄親だから、そこからの縁でだろう。リストニック侯爵家はかなり大きな派閥のトップだ。今まではセプテンバーム公爵家も大きかったけど、王妃の座がリストニック侯爵家に取られたせいで、影響力はリストニック侯爵家の方が強くなっている。エリシアが王妃になる事を反対していた貴族も黙ってしまうほどだ」

「なるほど。それでヴィクトリア様がかなり微妙だって言うのは」

「周りの生徒たちが距離をとっているのだ。理由はリストニック侯爵家から目をつけられたくないからだろう」

元々の寄子の貴族の子息などは側にいるらしいが、それでもチームを作れる程ではないらしい。

それでティリシアも悩んでいるそうだ。

「いや、悩む必要はないだろう？」

「レディウス？」

「どうせ、人数を集めなければ対抗戦に出られないんだし、既に目はつけられているんだ。それならヴィクトリア様を誘って、チームを作り、ランバルクを倒した方が良いだろう。ちがう？」

俺にはあまり貴族の関わりがわからないが、今俺たちが考えるべきは対抗戦で勝つためにどうするかだ。それ以前の出れる出れないで迷っている場合じゃない。

俺がそう言うと、ガウェインもそれはそうだと笑い出す。ティリシアとクララもそうだなと納得してくれた。

「よし。ならそのヴィクトリア様を誘いに行こう！」

色々と驚く話は出てきたが、まずは対抗戦で勝つ事だ。姉上の事はその後考えよう。

◇◇◇

「この教室にいるはずなのだが……」

ティリシアがとある教室を覗いて呟く。今俺たちがやってきているのは学園の合同学科の校舎だ。合同学科は、他の騎士学科や商業科に比べて人数が多いため、校舎が分かれている。

校舎は合同学科だけの校舎と、騎士学科と商業科の校舎、それから多目的用の校舎の三校舎で分かれており、俺たちは合同学科の校舎にやってきている。

やってきた教室は合同学科の四年Aクラスだ。昨日、メンバーにヴィクトリア・セプテンバーム様を誘おうという事になったのだが、既に放課後だったためにいなかったのだ。なので、今日にしたのだが

「いないのか？」

「うーん、教室にはいない様だな。手分けして探してみるか」

ティリシアが教室を覗いて見たが、どうやらいなかった様だ。そして手分けして探す事になった。

でも、ここで一つ問題が出てくる。それは、

「……俺、ヴィクトリア様の容姿を知らないんだけど」

そう、目的の人物の容姿がわからないのだ。まあ、会った事も無いので当然といえば当然なのだが。

「そうだったな。それなら伝えておこう。髪は金色で腰まで長さがあり、ゆるふわな感じだ。目は翡翠色で垂れ目をしており優しそうな表情をしている。耳には目と同じ色の翡翠色のイヤリングをしており、胸は程々の大きさを持つ私より大きい。腰は折れそうなほど細く、まあ、簡単に言えば、女性の私から見ても綺麗だと思う方だ」

……何処かで見たことある様な特徴ばかりだな。そして合同学科の生徒。もしかして、王宮で出会ったあの人かな？　翡翠色のイヤリングも俺が拾って渡したものと同じだろう。

「わかった。それじゃあ分かれよう」

それから俺たち四人は分かれて探す事になった。しかし、どこにいるのだろう。セプテンバーム家の馬車が学園に入るのは見たという話は聞いたので登校はしているはずなのだが。

中庭、教室、校舎裏。色々な場所を探して見たが、それらしき人は見当たらない。あんな綺麗な人なら見かけたらわかるのだが。

もう一度合同学科の校舎に戻ろうかと思ったその時、

「な、何で貴様が生きている⁉」

と後ろから大声で叫ぶ男の声が聞こえてきた。一体誰なのかと思い振り返ってみると、そこには忘れられない奴が立っていた。

昔よりも大きくなった体。汗をかいている顔に重たそうな瞼《まぶた》。だらんとした二重顎にくすんだ金

色の髪をしていた。そこにいたのは、

「……バルト・グレモンド」

そう、姉上の弟で俺の腹違いの兄、昔俺を虐めて楽しんでいた男が、そこに立っていたのだ。後ろには取り巻きらしき男が二人付いている。

「どうしたんですバルト様。この黒髪とは知り合いですか？」

「ふん、ただの下僕だ。おいレディウス。何故貴様が、学園にいる。いや、それ以前に何故生きている？」

「……久し振りですね兄上。だけど、俺がここにいる理由を話す必要は無いはずです。それから何故生きているかはある人に助けられたからです」

「貴様、兄である僕に逆らう気か⁉」

……何を言っているんだこいつは。溜息を吐きそうになったが、何とか我慢する。

「俺は既に勘当された身です。あなたに従う理由は無い」

「何だと⁉　おい、お前ら！　こいつを捕まえろ！」

頭にきたバルトは後ろにいる取り巻きたちに俺を捕まえる様に指示を出す。本当に馬鹿だなこいつ。こんな人が見ているところでそんな事を。

「ヘッヘ、痛い目に遭いたくなきゃ今の内に土下座するんだな！」

そして二人のうちの一人がそんな事をのたまいながら殴りかかってくる。……遅い。遅過ぎて欠伸が出るぞ？

俺は殴りかかってくる男の拳を余裕を持って避け、腕を掴む。そして足を引っ掛け、体勢を崩したところで腕を捻る。男は回転して背中を地面に打ち付ける。

背中を強く打ち付けた男は、肺から空気を漏らし苦しそうにしている。俺は逃さない様に男の腹を踏みつける。腹を圧迫され苦しそうにしている。

そこにもう一人の男が向かってくる。男は手にナイフを持って切りかかってきた。俺は切りかかってくるナイフを避け、顎を一発殴る。男はそれだけで気を失ってしまった。

「な、何だと……」

「これで終わりか、バルト……ああ、もう兄上でも何でもないから敬語は使わないぞ。それでどうする？」

俺は早くヴィクトリア様を探しに行きたいのに。こんな馬鹿に構っている暇はない。昔の恨みを晴らしてやってもいいが、こいつの出方次第だな。

「き、貴様ぁぁぁ！！！　僕を舐めるなよぉ!!　燃やし尽くせファイアランス！」

そしてバルトは魔法を放ってきた。本当に馬鹿だなこいつは。俺は腰の剣に手をかけ、俺に向かって飛んでくる炎の槍を切り落とそうとしたところに、後ろから水の球が飛んできた。そして炎の槍にぶつかり相殺。

「何をやっているのです、あなたたちは！」

後ろを振り向くとそこにはお探しの人物が、手を前に出して立っていた。

「……バルト・グレモンド。あなた、訓練場以外での魔法の使用は禁止されている事はわかっているはずです」

「すみません、ヴィクトリア様。少し弟と話していたら反抗してきたものですから」

「弟？」

ヴィクトリア様は俺の顔を見て驚いた表情を浮かべる。この人はグレモンド家に色々と思う事があるはずだ。下手すれば恨んでいるだろう。

「今は勘当された身なので関係ありませんよ。バルト。次は許さないぞ」

「っ！　貴様ぁ！　……ちっ！　覚えていろよ！」

そう言い去っていくバルト。俺の足下で悶《もだ》えていた男は気を失っている男を担いでバルトの後を追っていった。

俺は振り返ってヴィクトリア様の方を見ると、物凄く複雑そうな顔をしている。後ろにいる侍女たちもだ。

「助けていただきありがとうございます、ヴィクトリア様」

「……いえ。私が手を出さなくてもあなたは防いでたと思います。それよりあなたはグレモンド家の生まれだったんですね」

ヴィクトリア様は辛そうな表情を浮かべながら俺に尋ねてくる。色々と思う事があるのだろう。大切な物を見つけてくれた人が、実は婚約者を奪った家の人間だったなんて。でも……。

「昔の話です。俺はグレモンド男爵から既に勘当されていますから。それよりも少し話したい事があるのですが」

「……良いでしょう。あなたは私の大切な物を見つけて下さった方です。それでは付いてきてください」

ようやくヴィクトリア様と出会えて話せる事になったが……物凄く話しづらいな。

◇◇◇

「それで私に話とは何でしょうか？」

ヴィクトリア様に付いていく事十分程。合同学科の校舎の中にある一室に案内された。鍵は何故かヴィクトリア様の侍女が持っていた。

そしてヴィクトリア様に促されるまま席に着き、ヴィクトリア様にそう聞かれる。ヴィクトリア様の後ろには二人の侍女が俺を睨むように立つ。怖え〜。

「ええっとですね。実はヴィクトリア様にお願いがあってやってきたんです」

それから、俺たちの現状をヴィクトリア様に話した。ランバルク・リストニックと対抗戦で賭けをしている事。その賭けの対象がティリシアである事。ティリシアたちとチームを組むが四人しかいない事。ランバルクの脅しで五人目が誰も入ってくれない事。その事を全てヴィクトリア様に話した。

「……なるほど。それで私に最後の五人目として入って欲しいと？」

「はい。ヴィクトリア様はセプテンバーム公爵家の方です。さすがにランバルクも侯爵家といえども脅すことは出来ないと思ったので」

「確かに私のところには彼は来ていませんね」

「それなら……」

「でも、だからと言って私が加わる理由にはなりません」

……まあ、そうだよな。彼女からすれば俺たちのチームに入る理由は無いのだから。

「……どうすれば入ってくれるのでしょうか？」

俺が尋ねると、ヴィクトリア様は少し考えるそぶりを見せ、俺の方を見て微笑む。

「それならあなたがここで這い蹲って私に土下座でもすれば考えて上げましょう。私がグレモンド男爵家の事が憎い事は知っていますよね？」

「お、お嬢様⁉」

「さすがにそれは⁉」

後ろの二人はヴィクトリア様の発言に驚いたような声を出す。予想外のことなのだろう。だけど、その程度の事でチームに入ってくれるなら俺の頭ぐらい下げる。

俺は座っていた椅子から降り、床に膝をつく。それを見て驚きの表情を浮かべるヴィクトリア様と侍女の二人。

「えっ？　ちょっ、ちょっと⁉」

ヴィクトリア様が何かを言ってくるが今は無視だ。そしてそのまま手を地面につき頭を下げようとした時、

「や、やめて下さい！」

と肩を掴まれ顔を上げさせられる。目の前には綺麗だけど、必死な形相をしているヴィクトリア様の顔がある。ち、近い。

「ヴィクトリア様？　どうしたんです？」

「どうしたんじゃありません！　どうして頭を下げようとするんですか！　私のはただの八つ当たりですよ⁉　あなたもわかっているでしょう！」

「知りませんね」

「え？」

「さっきも言いましたが、俺は既にグレモンド男爵家から勘当されています。そして今はチームに入ってもらうためにヴィクトリア様にお願いしているところです。その条件が土下座してお願いする事とヴィクトリア様はおっしゃいました。だから頭を下げているのです」

「……どうしてそこまでするのです」

「大切な仲間の為です」

俺が頭を下げれば、ヴィクトリア様が入ってくれるのなら頭を下げるくらいどうって事はない。

「……わかりました。さっきのは取り消しますので座って下さい。話をしましょう」

そう言って俺を立たせてくるヴィクトリア様。体が全て近い。さすがにこれ以上近いと後ろの侍女たちの表情が般若のように変わっていくので直ぐに立つ。そして自分の席に戻る。そして

「はぁ～、心臓が……」

と言いながら胸を押さえ始めた。だ、大丈夫か⁉

「ヴィクトリア様。慣れない事をするからです」

その後ろから金髪の方の侍女がヴィクトリア様の前に紅茶の入ったカップを置き、次に俺の前にも置いてくれる。さっきまで俺たちを見ていたのにいつの間に……。

「そうね。それならええっと……すみません。名前を聞いてなかったですね」

そういえば、この前ヴィクトリア様のイヤリングを渡した時も名乗って無かったな。

「失礼しました。俺の名前はレディウスと言います」

「レディウスですね。私も改めて、ヴィクトリア・セプテンバームと申します。セプテンバーム公爵家の長女になります。家族は四人で上に兄がいます。後ろの二人は私のは侍女をしてくれています、金髪の方がマリー、茶髪の方がルシーと言います」

ヴィクトリア様が紹介すると後ろの二人も俺に頭を下げてくる。しかし、なぜ家族構成を話したんだ？　よくわからないな。

「まずは先ほどの事を謝ります、レディウス様、申し訳ございませんでした。私の八つ当たりのせいで不快な思いをさせてしまって」

ヴィクトリア様はそう言い俺に頭を下げる。さすがにこれはまずい！

「ヴィクトリア様！　頭を上げて下さい！　こんな俺に頭を下げる必要はありません！」

「しかし！」

「俺は気にしていませんから。それにこんな事を言ったらヴィクトリア様には申し訳ないのですが、少しわかるんです、ヴィクトリア様の気持ちが。俺も捨てられた身なので」

「レディウス様……」

「だから気にしないでください。それから俺の事は呼び捨てで構いません」

俺が微笑みながら言うと、ヴィクトリア様も少しは肩の力が抜けたのか、微笑みながら、はい、と返事をしてくれた。笑うと絵になる人だ。

「わかりました。これからはレディウスと呼ばせていただきましょう。それからチームの事ですが、私も例の事があったせいで、誰もチームに入ってくれないのです。だから、レディウスの話を受けても良いと思っています」

「それなら……」

「ええ。よろしくお願いします」

よっしゃ！　これでチームが作れる！　対抗戦まで後二ヶ月。楽しみになってきた！

ヴィクトリア・セプテンバーム。これが、俺と彼女との長い縁の始まりだった。

三章　対抗戦

「改めまして。私の名前はヴィクトリア・セプテンバームです。よろしくお願いしますみなさん」

俺たちに挨拶をするヴィクトリア様。何とかヴィクトリア様にチームに入ってもらう事になった後、みんなと合流して、騎士学科の四年生の教室に集まってきたのだ。

他の三人は既に戻ってきていて、俺たちが教室に入った瞬間みんなハイタッチをしていた。

「申し訳ありませんヴィクトリア様。無理言って入っていただいて」

「良いんですよティィリシア。私も知り合いのあなたがあの男の奴隷になるのは許せませんから」

そう言って微笑み合うヴィクトリア様とティィリシア。なんだ。この二人って知り合い同士だったんだ。まあ、貴族同士の夜会とかで会ったりするのだろう。

「それじゃあ、メンバーが揃った事だし、対抗戦について話し合おうぜ。それで良いですかヴィクトリア様？」

「ふふ、私に確認を取らなくても良いですよガウェイン。それからチームなのですから私の事はヴィクトリアと呼び捨てください」

ん〜？　この二人も知り合いっぽいな。ガウェインって実は貴族だったりするのか？

「了解。それじゃあ、まずは対抗戦についての確認だ。対抗戦は五人一組でやる勝負だ。これはわかるなレディウス」

ガウェインが俺に聞いてくるので、俺は頷く。よくよく考えれば、この中で対抗戦について知らないのって俺だけじゃないか。俺のために確認してくれているのか。

「その五人一組の中から一人リーダーを決める。リーダーと言っても指示を出したりするものじゃない。相手から守る的みたいなものだ」

「もしかして、そのリーダーを狙うのが対抗戦か？」

「そうだ。チームのリーダーがやられたらその時点で敗北。最低でも三十二チーム。それを四チーム毎、計八グループで戦わせるのが一日目だ。そして各グループの生き残ったチームを一チーム対一チームのトーナメント式で戦っていくのが二日目だ。この日で準決勝まで終わらせる。そして最終日に三位決定戦を行ってから決勝を行う。これが対抗戦の日程だ」

はぁ～、中々時間をかけてやるんだな。しかもそれが四学年あるのだから中々盛り上がる行事なのだろう。会場は四会場別れてやるらしいが、魔道具で各会場でも見られるようになっているらしい。

「場所は先週使った訓練場があっただろ。あそこ一面を使って戦う。結構な広さになるぜ」

だから、訓練場の中に観客席があったのか。毎年対抗戦を見に来る人たちのための席か。しかし、訓練場はかなり広かったぞ。観客席の部分を除いても、円形状で直径百五十メートル程はあったぞ。

「まずはリーダーを誰にするかだな。誰が良いと思う？」

ガウェインはみんなを見ながらリーダーについて尋ねてくる。う～ん、誰が良いのだろうか。というよりかどういう状態になったら負けなのか聞いてなかったな。

「ガウェイン。そのリーダーなんだけどさ。どういう状態になったら負けなんだ？」

「ああ。それはな、試合前に先生からバッチが渡されるんだよ。リーダーはそれを左胸のところに付けて対抗戦を行うんだが、それを取られるか、壊されるかしたら負け。最後の一組になるまでそれを続けるってわけ」

「他のメンバーは？」

「他のメンバーも同じだ。バッチを付けていて、それを壊されるか取られるかしたらその試合では戦えない。リーダーだけバッチの色が違うんだよ」

なるほどな。極端な話、リーダー一人になっても相手のリーダーのバッチさえ壊すか取るかすれば勝ちってわけだな。

「後、バッチには得点が付いていて、普通のバッチには一ポイント、リーダーには五ポイントついていて、時間制限で終わった試合はポイントの多いチームが勝ち抜くから。時間は一時間だ」

まあ、長々と試合を続けられないから、そのための措置だな。難しいところだな。取られないようにするなら強いやつに付けさせればいいけど、そうなれば敵を攻める人がいなくなる。

逆の人に付けさせれば、万が一の時に耐えられずに直ぐに取られてしまうか壊されるだろう。うーん、どうしたものか。

「ティリシアが良いんじゃないの？　ティリシアは強いからバッチを守れるでしょ？」

そこにクララがティリシアを推してくる。

「しかし、それなら守りが得意なヴィクトリア様がやるのが相応しいのではないか？」

だけど、その事をティリシア本人が否定して、ヴィクトリアを推してくる。守りが得意ってどういう事だ？

「ヴィクトリアは、風、水、光が使えて、特に光魔法が得意で、魔法の種類の中で障壁系が得意なんだ。だから守りに関しては学年でも一番だ。ただ、逆に攻撃魔法が苦手だから学年では上位にいないんだ」

と、ガウェインが説明してくれる。へぇ～。そんなに凄いんだ。俺が驚きながらヴィクトリアを見ると、ヴィクトリアは照れたような顔をする。可愛い。

「コホンッ！」

と、ヴィクトリアの照れる顔を見ていたらマリーさんが咳をする。そして俺を睨んでくる。あまり見るなってことか。

「そ、それならヴィクトリアでいいと思うぞ。残りの俺らで相手のバッチを狙えば良いんだろ？」

「ああ」

「それで良いでしょうかヴィクトリア様」

「ティリシアは良いのですか？」

「私は守りがあまり得意ではありません。攻める方が性に合っていますので」

ティリシアがそう言うと、ヴィクトリアは綺麗な顎に手を添えて少し考える素振りを見せる。そして決まったのか、

「わかりましたわ。それなら私がリーダーを引き受けます。みなさん、私を守ってくださいね？」

と、笑顔でお願いされる。そんな笑顔でお願いされればこっちも頑張るしかないな。俺たちも全員が頷く。

「よし。チームは出来たし、今日はお開きにしますか。残りの事は明日以降で大丈夫だろう」

丁度良いところで話が終わったのでガウェインがそう切り出してくる。もう日もだいぶん傾いてきたしな。俺も荷物を持って帰るかね。そう思って準備をしていたら、

「レディウス！」

と教室の外から声がする。その方を見るとそこには、

「どうしたんだよ、アレス」

校舎が違うのにアレスが立っていた。その後ろにはアレスの親友のクリティィシアさんが立っていた。何か用だろうか？

「あら？　アレスちゃん、レディウスに何か用なのですか？」

俺がアレスの元に行くと、俺の左側にいつの間にかヴィクトリアが立っていた。なぜ？

「あっ、ヴィクトリアお姉さま！　どうしてレディウスといるんですか？」

どうやら二人も知り合いのようだ。その上、

「アレスか。レディウスに何の用だ？」

俺の右側にティリシアが立っていた。なぜ？

「え？　ティリシア様もいたの？　どうなっているのこれ？」

「私たちは対抗戦チームを組む事になったのですよ。それでアレスちゃんは何故レディウスに？」

「それは、レディウスにまた纏について教えてもらおうと……」

「纏？」

「はい。レディウスに教えてもらった技なんです」

アレスが嬉しそうに話す。そしてその事に興味を持つヴィクトリアとティリシア。

「それは興味深いな。レディウス。ぜひ私にも教えてくれ！」

「ええ。どのようなものか興味がありますわ。よろしくお願いします、レディウス」

そしていつの間にかガウェインとクララにクリティィシアも混ざっていた。こうして何故かみんな

に纏を教える事になったのだった。

◇◇◇

「やぁっ！」

「おっと」

俺は首元に迫る短剣を剣で逸らす。短剣を持つ相手、ロナは、その短剣を直様返して再び切りかかってくる。それも避けると、逆の手に持つ短剣で切りかかってくる。

迫りくるロナの剣戟を俺は剣で捌《さば》いていく。うん、前より動きが良くなっている。ここのところ見てあげる事が出来なかったからな。

「せいっ！」

短剣を捌ききると、ロナはスラっとした綺麗な右足で、俺の首目掛けて回し蹴りを放ってくる。

俺は首を逸らして避けるが、今度は左足で後ろ回し蹴りをしてきた。

俺はそれを手で掴む。

「ひゃあん⁉」

俺は軸足となっている右足を払って、ロナは尻餅をつく。

「はい、これで終わり」

尻餅ついて痛そうにしているロナの首元に剣を添える。

「うぅ～、全然当たりません～」

ロナは悔しいのか眉を寄せて上目遣いで睨んでくる。なんだか猫みたいだな。可愛い。そんなロナの頭を撫でてあげると、俺の手のひらに頭を擦り付けてくる。側で寝転んで見ていたロポもどんまい、という風にロナの太ももをぽむぽむと叩く。ロナの太ももの感触が良かったのか、ぽむぽむからふみふみに変わっていたが。そのロポの頭を嬉しそうに撫でるロナに俺は、

「久しぶりに相手をしたけど、前より動きが良くなっているよ。頑張っているんだな」

「はいっ！　レディウス様のお力になれるように頑張っていますので！」

と言うと、褒められたのが嬉しいのと撫でられるのが良いのか目を細めて俺の手を満喫している。

朝から良い運動になった。

今日は学園が休みなので、王都近くの廃村でロナの相手をして上げている。まあ、ここにはガラナたちが住んでいるので、廃村ではないのだが。

俺たちは基本的には廃村で生活している。戦争前は犯罪者たちの収容所になっていたが、今は戦争から帰ってきて、帰る場所がない元犯罪者たちが暮らしている。

ガラナが一応ここの村長となっている。これは国から許可を貰っている。たまに兵士たちが見回りに来るが、みんな普通に生活しているため特に何も言われない。

俺たちもこの村の一家を借りている。俺とロナとクルトで生活している。最近は学園にいるのであまりいる事は出来ないのだが。

「そうだ、ロナ。今日は暇なのか？」

「私ですか？　はい、今日はガラナさんの字の勉強もありませんから」

「それならロナの服を買いに行こう。今まであまり買わなかったからな。女の子なんだから色々と必要だろ？」

前の戦争の報酬でいくらか貰っているしな。女の子だからオシャレもしたいだろう。

「ももも、もしかして、そ、それって、でで、デートですか⁉」

ロナは勢いよく立ち上がって俺に尋ねて来る。ち、近いっ！

「ま、まあ、二人で出かけるからそう言ってもかわら……」

「すぐに用意してきます！」

俺が言い終わる前にロナは家に走って行ってしまった。その様子を俺とロポは眺めていた。全く。

俺は一人で笑っていると、ロナが走って行った方からガラナが歩いてきた。その後ろにはボロボロのクルトと、その足下にロポがポコポコと歩いていた。

「よう、レディウス。なんでロナのお嬢ちゃん、あんな嬉しそうに走っていったんだ？」

「ん？　ああ、今から二人で買い物に行くって言ったらな」

「なるほどな。それはロナのお嬢ちゃんも喜ぶわけだ」

ガラナがガハハと笑う。クルトは後ろでロポとじゃれている。

「お、お待たせしました、レディウス様！」

そして待つ事十分ほど。家からロナがやってきた。背にリュックを背負って、腰には二刀の短剣を差している。まあ、荷物を入れるのにリュックは必要だな。

「それじゃあ、行こうか」

俺は軍から貰った馬に乗る。後ろにロナを乗せる。頭にはロポが乗る。お前も来るのか。二人乗りは初めてだが、まあ、大丈夫だろう。

「ロナ、落ちると危ないから、俺の腰にしがみついておけよ」

「は、はいです！　えへへ～、暖かいですぅ～」

うおっ、しがみつけとは言ったが、そこまで引っ付かなくても大丈夫だぞ。背中に柔らかい感触がするし。まあ、後ろから楽しそうな声が聞こえるから良いか。

馬を駆ける事十五分ほど。王都の門に着いた俺たちは、門の馬小屋に馬を預けて、王都へ入る。

「……久し振りに王都に来ました」

そういえば、ロナは王都生まれだったな。ロナたちを拾ってから聞いたが、ロナの母親は娼婦だったらしい。父親はどこの誰かもわからずに、ロナの母親は女手一つで育ててくれたそうだ。

ただ、ロナは黒髪。他の人たちは助けてくれずに、ロナが五歳の時にロナの母親は体調を崩して、そのまま帰らぬ人となったと言う。その後に同い年のクルトと、亡くなったセシルと他にも数人の子供たちと過ごしてきたらしい。

でも、子供だけで生きるのには厳しい環境だ。日に日に子供たちの人数は減っていき、気が付けば三人で助け合いながら生きてきたとクルトが話していた。そして俺と出会った。

それからはずっと一緒に過ごしている。今では可愛い仲間だ。これからどうなるかはわからないが、なるべく笑顔で過ごせるようにしてあげたいな。

「レディウス様、あのお店に行きましょう！」

俺はロナに手を引かれながら店を順番に入っていく。店の人たちは俺たちの頭の色を見て嫌そうな顔をするが、お金を出すと、普通の客として対応してくれる。現金だが仕方ないのだろう。

今いるのは、少し値段が高めの服屋だ。ロナに良いものを着てもらおうと思い連れてきたが、

「レディウス様、これなんて似合っていると思いますよ！」

と、何故か俺の服を選ぶロナ。いやいや、ロナの服を買いに来たのに、自分のを選んでくれよ。俺がいくら言っても、自分は後でと言う。全くこの子は。

「ほら、行くぞ！」

「え？　レディウス様、どちらへ？」

全くロナが自分のを選ばないので、無理矢理女性服のところへ連れて行く。店員にお金を渡して、ロナに似合っている服を選んでもらう。俺じゃあわからないしな。

それからロナは店員たちの着せ替え人形となった。次々と着せられては俺に見せてくるロナ。黒髪でも、とても可愛いロナだ。店員の人たちもどんな服を着せても似合うので、楽しくなってきているようだ。

「レ、レディウス様ぁ〜」

ロナは涙目で助けを求めてくるけど、店員は嬉々として更衣室に連れていく。まあ、少し我慢してくれ。

俺も少し店の中を見ようかな。そう思い店の中を回っていたら、店内が少し騒がしくなる。客も騒がしいが、特に店員がバタバタとしている。なんだ？

「申し訳ございません。今よりこの店は貸切となりますので」

そう思っていたら、店員が店にいる客にそんな事を言ってくる。ロナも更衣室から出てきた。服も元の服に戻っている。

仕方がないので店を出ると、王宮の方から大きな馬車が走ってくる。馬車の前と後ろには騎士が守るように立つ。あれは……王家の紋章か。何故王家の人がこの店に？

そして、馬車から降りてきたのは二人の男女……あの二人は。

「どうしてここなんだい？　君の服は王家御用達の店で良いんじゃないのかい？」

「ここの服が好きなんですよ。王都に来た時から使っている店なので」

「そうか。それなら良いが。悪いな店長。少し貸切にさせてもらうぞ」

「は、はいぃぃ！　ようこそお越しくださいました、ウィリアム王子！」

戦争の時にチラリと見たウィリアム王子とその隣に歩くのは、エリシア・グレモンド……今はエリシア・リストニックか。姉上が歩いていた。

「あっ、あの人は」

「……ロナ、知っているのか？」

「はい。以前レディウス様のお母様のお墓詣りに行った時に、墓地の前で出会った方です」

それじゃあ、あの時の母上の墓地のお供え物は姉上がか。そんな姉上はこっちを見たかと思うと、こっちに歩いてくる。そして、

「あら、あなた。前にグレモンド領の墓地で会った子よね？」

「あっ、はい、お久しぶりです」

ロナに話しかける。まさかロナと接点があったとは。

「今日は一人？　前は人を待っていたけど……」

「いえ、今日は私の大事な人と一緒なんです……レディウス様。どうして反対側を向いているのですか？」

「……えっ？　レディウスって……」

……ああ、言っちゃった。さすがにわかるよな。同じ名前で、黒髪の男がいたら。仕方ない。こんなところで挨拶するつもりは無かったが。俺は振り返って姉上を見る。

姉上も俺の顔を見たのか、目を見開いて言葉が出ないようだ。

「お久しぶりです、姉上」

「……え？　うそ……で……しょ……ど、どうして……し、死んだはずじゃあ……」

「いえ、俺は生きています」

俺が生きていると伝えると、何故か姉上の顔色はどんどんと悪くなっていって、そして倒れてしまった。

「姉上⁉」

俺は驚いて姉上に触れようとすると、

「貴様！　エリシアに何をしたぁ⁉」

とウィリアム王子がやって来て顔を思いっきり殴られる。そして後からやってきた騎士たちに捕縛される。

「レディウス様！　は、離してください！　レディウス様！　レディウス様ぁ！」

一緒にいたロナも捕まってしまった。ロポも首根っこを掴まれてぶらんぶらんとしている。ただ、俺が何もしないから大人しく捕まっていた。姉上は馬車に運ばれ、俺たちもそのまま王宮まで連れていかれる事になってしまった。はぁ、最悪な再会になってしまった。

◇◇◇

「ここに入っていろ！」

「ぐっ！」

いってぇ～な。牢屋に放り込みやがって。もう少し丁寧でもいいだろう。ロポも同じように放り投げられて牢屋の中で転がる。流石にイラっとしたのか、投げた兵士に向かって足で地面を叩いてダンダンと音を鳴らす。

「お前はこっちだ」

「きゃあ！」

そして俺の隣の牢屋に、ロナが入れられる。あの野郎、ロナにまで手荒にしやがって。女の子だぞこの野郎！　俺とロナを放り込んだ後は兵士たちは出ていった。

「大丈夫かロナ？」

「は、はい、大丈夫です、レディウス様。ちょっとお尻をぶつけただけです」

そう言ってお尻をさするロナ。ちょっ、お尻をこっちに向けなくていいから！　全く、女の子がそんな事しちゃあ駄目だぞ！

俺はお尻を向けてくるロナを無視して、牢屋を見渡す。この牢屋は王宮の中にある近衛騎士団の騎士宿舎の地下にある牢屋になる。

姉上が倒れた後、俺はウィリアム王子に殴り飛ばされ、王子たちに付いてきていた兵士たちに捕らえられた。ロナも俺と一緒にいたせいで巻き込んでしまった。

それから王宮まで連れてこられて、ここに入れられたという訳だ。

地下牢をぐるりと見渡すが、他の牢屋にはあまり人がいないな。まあ、いても困るといえば困るのだが。そう思っていたが
「……うぅん、誰だい？　新しい仲間かい？」

俺の左側にはロナがいたのだが、俺の右側に人が寝ていた。くわぁ～と背伸びをしている男は金髪のオールバックで、何処か文官のような姿をしている。年齢は二十手前ぐらいだろうか。すごく若く見える。

「ええっと、あなたは？」

「僕ですか？　僕の名前はクリスチャン・レブナレスと言います。アルバスト王国の元事務官でした」

やっぱり王宮で働く文官だった。年齢を聞くと二十一歳だと言う。やっぱり若かった。でも、どうしてそんな人がこの牢屋に閉じ込められているんだ？

「いや～、僕の上司の人が脱税や賄賂とか色々と悪い事をしていてね。それをその上の上司の人に

話したら、なんとその人とも繋がっていてね。僕がその罪を被らされたんだ」

家も官舎だったので、クビになれば住めなくなるとか、クリスチャンさんはそう言いながらアハハと笑っている。……笑い事ではないような。

「それで君たちは何故牢屋に？」

俺たちはエリシア様（姉上という事は隠している）が倒れた時に目の前にいて、倒れた原因だと疑われているため連れてこられた、とクリスチャンさんに話す。

まだ、街には未来の王妃についての発表はされていないらしいが、王宮内では広がっているそうだ。クリスチャンさんも知っていた。

「へぇ～、そんな事があったのか。それなら僕と同じだね。冤罪仲間だ」

そして再びアハハと笑うクリスチャンさん。そんな仲間は嫌だよ。

それから、クリスチャンさんと色々と話していくと、この人は内政・外政問わずに出来るらしい。商人相手でも言い負かせることが出来るほどとか。

「だけど、上司に冤罪を押し付けられたからね。僕は運が良くてクビ、悪ければ奴隷落ちってとこかな」

「その割には落ち着いていますね」

「うん。僕の感なんだけど、なんか助かりそうな気がするんだ」

いやいやいや、それは少し楽観視しすぎではないだろうか。でも、クリスチャンさんは信じている様子だ。まあ、本人が信じているならあまり言っても仕方がないか。

「それなら、もしここから出られたら、この王都から少し離れた場所に村があるんですよ。そこは俺の知り合いもいるので、俺の名前を出せば泊まれると思いますよ」

「おお、それはありがたい。ぜひ使わせてもらうよ」

それから、ロナも入れて暇潰しにたわいのない話をしていた。

この前戦争した『ブリタリス王国』は、急な増税で内乱になっている事。アルバスト王国の西側にある『トルネス王国』の事や、大草原の魔獣や、大草原の山に住む山民族の話など、色々と教えてくれたりと、中々面白い話が聞けた。

そんな話をしていると……。

ガチャ、ガチャ。

と、鎧の擦れる音が牢屋の中を鳴り響いていく。どうやら兵士がやってきたようだ。さすがに俺たちも黙り、兵士たちがやってくる入口の方を見る。そしてやって来たのは、

「やあ、怪我はないかい、レディウス君」

「レイブン将軍。何故ここに？」

現れたのはレイブン将軍だった。うしろには前にミストレアさんの家に来た時についてきていた人たちもいる。

「ウィリアム王子から、黒髪の男がエリシア様に危害を加えたから捕らえたと聞いてね。特徴を聞けば隻眼だと言うじゃないか。だから確認しに来たのさ」

なるほど。確かに黒髪の隻眼と言えば、俺ぐらいしかいないか。それからレイブン将軍は護衛の

二人に俺を牢屋から出すように命令する。

だけど、まだ疑いが晴れていないため、腕は後ろで縛られて二人に挟まれるように立つ。

「君から話が聞きたいからね。少し来てもらうよ」

「わかりました」

「来い！」

俺は、引っ張られてレイブン将軍の後ろについていく。ロナが心配そうに俺を見てくるが、俺はちらりと振り返って微笑んでおく。ロナに心配をかけたくはないからね。ロポも同じように残されたので大丈夫だろう……ってかあいついつの間にかロナのいる檻の方に移動していた。隙間を通り抜けたのか。まあ、側にいるならより安全だな。

それから、地下牢を出て、近衛騎士団の騎士宿舎の中を歩く。そして連れてこられたのは、狭い個室になる。

中には机が一つに椅子が二つあるだけだ。レイブン将軍が奥側に座り、俺は扉側に座らされる。他の二人は外で待っておくそうだ。

レイブン将軍は机の上に置かれた、魔道具らしき物のボタンを押す。すると、魔道具らしき物は光り出したではないか。

「これは光魔法のライトの代わりになる魔道具でね。夜とかでも持ち運びができるし、点けたり消したり出来るから結構便利なんだよね」

へぇ〜、そんな物があるのか。それは欲しいな。これがあったらわざわざ火を点けなくても良いので、火災の危険も無いだろうし。でも、魔道具だから高いんだろうなぁ。

「それじゃあ、今回の君が捕まった事について話を聞こうか。全て本当の事を話して欲しい」

そう言って、真剣な表情になるレイブン将軍。まあ、嘘つく事は特に無いので全部話すか。どうせ俺が生きている事はバルト経由でグレモンド家にもバレるんだ。ここで話しても一緒だろう。

俺は、今回の出来事について、全て話す事にした。

◇◇◇

「……ここは」

「目が覚めたか、エリシア！」

私が天蓋を見ていると、横から慌てたような声が聞こえて来る。横にいたのは、

「……ウィリアム様？」

「ああ、私だよ。良かった、突然倒れてビックリしたんだから！」

……私はどうして気を失ったのかしら？　確か服を買いに行って、そこで、グレモンド領で出会った黒髪の女の子に出会ったんだっけ。それから、

「っ！　そうだ！　ウィリアム様！　彼は？　私の目の前に立っていた彼は⁉」

私はウィリアム様に掴みかかるように問いかける。本当はかなり失礼な事をしているのだが、今はそれどころではない。だって！　だって死んでいたあの子が！

「お、落ち着け、エリシア！　あの黒髪の男は今は牢屋に捕らえている。エリシアに危害を加えた

のは彼なのだろ？」

ウィリアム様は何か勘違いをしているけど、それは私が話せばいいでしょう。私が倒れたのは、レディウスが生きている事を信じられなかった事に対する罪悪感ね。

でも、今はそれを上回る程の喜びで溢れている。だって二度と会えないと思っていたレディウスが生きているのだから。

「エリシア様、大丈夫ですか⁉　あっ！　失礼いたしました！」

そんな風に私とウィリアム様が話していると、慌てて部屋に入ってきたのはミアだった。私が倒れたって聞いて急いで来てくれたのね。

「なに、構わないよ。君はエリシアの専属の侍女だからね。気にしないで入ってきてくれ」

「は、はい、失礼いたします。エリシア様、お加減はいかがですか？」

「ええ、大丈夫よミア。ごめんね、心配かけて」

私がそう言うと、ミアは首を横に振る。

「でも、どうしたのですか？　突然倒れるなんて……」

「そうだ、ミア！　生きていたのよ！」

「えっ？　誰が生きていたのですか、エリシア様？」

おっと、興奮し過ぎて、大切な事が抜けていた。今の話だけじゃ誰かわからないわよね。私はベッドから降りて、ミアの手を取り、

「レディウスがよ！　レディウスが生きていたのよ！」

「……見間違いとかではなくてですか？」

ミアはまるで熱があるかのように私のおでこを触ってくる。ちょっと！　どうして信じてくれないのよ！　確かに四年近く死んだと思っていた人が、生きているなんて言われても信じられないかもしれないけど！

「それなら今から会いに行きましょう！　よろしいですよね、ウィリアム様？」

私はウィリアム様の方を見て尋ねる。ウィリアム様は危険かどうかわからない男に会わせることが出来ないと言うが、会わないとここから話が進まないと言うと、渋々ながら許可が出た。

私はあの子の剣を持って準備をする。たぶん、この時の私の顔は今までにないほど喜びに満ちていたのだろう。後ろの嫉妬に気がつかなかったのだから。

◇◇◇

「……って事です」

「そんな偶然があるんだね。ミストレア様が助けて弟子にした少年が、王子の婚約者になったエリシア様の腹違いの弟だったなんて」

レイブン将軍は、自分が思っていた以上の案件だと気がついて、はぁ～と溜息を吐く。少し同情します。

「でも、それを証明する事は出来るかい？」

「本人たちに確認してもらえればかと。いくら勘当にしたからと言っても、国から聞かれれば話さない事は出来ないでしょう。それにバルトが俺に兄だと名乗っているところをヴィクトリア様にも聞かれましたし」

「なるほどね。わかった。グレモンド男爵にも確認してみよう」

そんな風に俺とレイブン将軍が話し合っていると、外から扉が叩かれる。俺は当然動けないのでそのまま座って、レイブン将軍が扉を開けると、そこにはレイブン将軍について来た兵士の一人が立っていた。

「レイブン様。お話中失礼します」

「何かあったかな？」

「先ほど王子の近衛兵がやって来まして、捕らえた黒髪の男と会わせて欲しいと」

レイブン将軍は俺と兵士を交互に見比べる。あの王子が俺に何か用なのか？

「わかった。それじゃあ彼を連れてきてくれ」

レイブン将軍は少し考えたが、特に問題は無いと考えたのか、兵士に俺を連れていくように指示を出す。俺は後ろから縛られている手の縄を兵士に掴まれ、無理やり立たされる。

そして、腕を引っ張られ歩かされる。少し雑いぞこの人。縄が手に擦れて痛い。

それからレイブン将軍の後をついていく事十分ほど。王宮の中にある一室に案内された。中に入ると、先ほどの王子が兵士を伴って座っていた。

俺は、王子の前まで連れてこられると、その場で膝をついて膝を立てるように座らされる。

「ウィリアム王子。男を連れてきました」

「ああ、ありがとうレイブン将軍。申し訳ないね。あなたのような方にお願いして」

「いえ。私もお願いした身です。お気になさらず。それよりこの男ですが」

「そうだね。それで何かわかったかい？」

「はい。彼はエリシア様と腹違いの兄弟のようです」

「……やっぱりか」

ウィリアム王子はボソッと何かをつぶやいて、それからジロジロと俺を見てくる。何だろうか？

「それが本当だと言う証拠は？」

「それはグレモンド男爵に確認してもらうしか無いでしょうな」

それを聞いたウィリアム王子は少し考えるそぶりを見せる。そして、

「仕方ない。おい君。彼女たちを入れてくれ」

ウィリアム王子は近くにいた兵士に何かを指示する。そして兵士は部屋を出て、少しすると戻ってきた。ただ、行きの時とは違って、二人の女性を連れてだけど。その女性たちは……。

「姉上。それにミアも」

「……嘘。ほ、本当に……レ、レディウス様が……」

「ねっ！　言った通りでしょ！」

姉上とミアが部屋に入ってきたのだ。俺が家を出て四年近くが経つが、あの頃とは比べ物にならない程二人は綺麗になっていた。

ミアは俺の顔を見て目をこれでもかと見開いて、次には顔を手で覆って涙を流し始めた。姉上は

それを抱き締める。……かなり心配をかけてしまったようだ。バルトの反応にもあったが、俺は死んだ事になっていたようだから。

「デイブ。レディウス君の縄を解いてやりなさい」

レイブン将軍はもう間違いないと思ったのか、彼の護衛の一人――デイブ――に俺の縄を解くように伝える。デイブは俺の側に来て縄を解いてくれる。

俺は手首をさするが、うわぁ、縄の跡が付いている。俺は構わないのだが、これならロナにも付いているだろうな。

「……レディウス」

俺が手首をさすっていると、側に姉上とミアがやってきていた。ミアはまだ手を覆うほど涙を流しており、姉上も目に涙を溜めている。

「姉上お元気でしたか？　ミアも」

「ええ。私たちは元気だったわよ。ごめんなさい、レディウス。私はあなたが生きていると信じきれなかった。私は……姉失格よね……。レディウスはこんな傷まで負っているのに、私はのうのうと生きていたなんて」

さっきまで笑顔だったのに今度は涙を流し出す姉上。そんな事全く気にしなくていいのに。それから俺の左目を触る。少しくすぐったい。

「姉上心配をかけて申し訳ありませんでした。確かにこの傷を負って死にかけた事はありました。でも、このおかげで俺は色々な出会いをして、強くなる事が出来ました。だから、そんなに悲しまないでください」

「……ふふ。あなたは昔から肉体的にはあまり強くなかったけど、心は強かった。グレモンド家の誰よりも。そんな子が心身ともに強くなって……カッコ良くなったわねレディウス」

そう言って抱きしめられた。なんだか恥ずかしいな。でも、久しぶりに姉上に抱きしめられて嬉しい。昔は良く抱きしめられたな。あの時は周りの目とか恥ずかしさで逃げていたけど、今は駄目だな。それからこの言葉を伝えないと。

「ただいま戻りました、姉上」

「ええ、お帰りなさい、レディウス」

俺と姉上はレイブン将軍が咳をして促すまで抱き合っていたのだった。

◇◇◇

「さあ、ここなら落ち着いて話せるでしょう」

そう言い、姉上に案内されたのは、王宮内にある応接室だ。ここは、王宮内で働く人では誰でも使う事が出来るらしい。その部屋に俺と姉上、ミアが集まった。

ウィリアム王子も来たそうだったが、レイブン将軍が積もる話もあるだろうからと、ウィリアム王子を引き止めてくれた。

ただ、婚約者の女性を独身の男性と密室に入れるのは流石に不味いので、兵士が扉を開き、室内で異常がないか確認しているが。まあ、姉上は王子の婚約者だ。その点は仕方がないだろう。

レイブン将軍は、後でロナもここに連れて来てくれると言ってくれた。ロナにも心配をかけたから何かしてあげないと。また、デートだな。

「それじゃあ、レディウスがグレモンド領から出た後に何があったのか教えてもらえるかしら？」

それから俺は、グレモンド領を出た後からの事を話した。グレモンド領の隣のレクリウムで冒険者になった事。その冒険者で、とあるパーティーに誘われて、森で罠に嵌《は》められて死にかけた事。そこで、俺の剣の師匠になるミストレアさんに助けてもらった事。

そのあたりの話をしている時に、扉が叩かれて兵士に連れられてロナが部屋に入ってきた。肩にはロポが乗っている。俺は直ぐに立ち上がり、ロナに怪我が無いか確認する。

「大丈夫だったか、ロナ？」

「はい、レディウス様が連れていかれた後は、特に何もされる事もなく、ロポさんとクリスチャンさんと一緒にいましたから」

そう言って微笑むロナ。良かった。特に目立つ怪我はなさそうだ。ロポが自分も心配しろと俺の肩に飛び移って前足でかりかりとしてくる。お前は見るからに大丈夫だろうが。そんな風に話しているいると、姉上たちがじーっと見てくる。おっと、ロナの事を紹介しなければ。

「姉上。彼女はロナと言います。今は俺の弟子で従者をしてもらっています」

「私の名前はロナと言います。レディウス様に命を助けて頂き、今はレディウス様の従者としてお支えさせていただいてます」

「ええ、私はエリシア・リストニック。以前はエリシア・グレモンドでレディウスの腹違いの姉になるわ。それから私の隣に座っているのが、ミア。彼女は小さい頃からレディウスのお母様にお支えしていた侍女で今は私の専属侍女になってくれているわ。レディウスのもう一人の姉的な存在ね」

「そ、そんな、姉なんて恐れ多いです」

ミアは姉上の紹介に恐縮そうにするが、俺も姉上の意見に賛成だ。あの息苦しい屋敷の中で、母上と姉上と数少ない俺の身内の一人なのだから。

それからは、順序は逆にはなるが、まずロナとの出会いを話す。ミアはロナとの境遇が似ているのか、直ぐに打ち解けた。姉上は笑顔なのだが、どこか変な感じがする。でもそれも一瞬だったので、俺の気のせいかな？

その後は三年間、ミストレアさんのところで修行した事。そこでヘレネーさんに出会った事。彼女とは恋仲になった事を話した。姉上には目が笑っていない笑顔を、ロナは頰を膨らませていたが、話は進めていく。

修行を終えた後は、ミストレアさんにケストリア子爵領に送ってもらい、そこから王都を目指した事。ケストリア子爵領でアレスに出会い、アレスの母親を助けるために、コカトリスを討伐した話は物凄く心配された。

それから王都に向かっている途中で、ミストリーネさんたち銀翼騎士団と出会った事。王都でブリタリスとの戦争に参加するため、募兵に向かい参加した話も。

戦争の話をしていくうちに、姉上はドンドン首を傾けていくが、今はとりあえず話を進める。その戦争が終わり、レイブン将軍たちに認められ近衛騎士団に入る事になった事。そのために今はメイガス学園に通っているところまで話した。

「……はぁ～。この四年でどういう生活を……いえ、そうしないといけなかったのよね……私がもっとお父様たちに強く言えたら」

「姉上。それは違いますよ。あの時にも話したかも知れませんが、俺は遅かれ早かれ家を出るつもりでした。あの家で俺は生きづらいかったですから。それにこの身に起きた事は全部自分のせいですし、死にかけるという事が無ければ、ミストレアさんにもヘレネーさんにも、ロナにも出会う事は出来なかったので、俺は後悔していません」

俺はそう言いロナの方を見ると、ロナは少し擽《くすぐ》ったそうにしながらも、嬉しそうに微笑む。

「そう、なの……あっ、そうだ。レディウスにこれを返しておかないと」

そう言い姉上が机の上に置いたのは、一振りの剣だった。……これは。

「……どうして姉上がこの剣を？　あいつらに盗まれたはずじゃあ……」

そう、机の上に置かれたのは、母上から戴いた形見の剣だった。あの時盗まれたはずなのに、何故ここに？

「どうやら、この剣は魔力を通すとグレモンド男爵家の家紋が出るようだったの。お父様に聞けばメアリー様にお願いされてこれだけ紋章をつける事が許されたみたい。まあ、家紋としての効力はあまりないみたいだけど。それをこの剣が売られた武器商人が気が付いてね。お父様のところに持ってきたのをお父様が買って、私に送ってきたのよ」

そう言って俺の前に剣を置く姉上。俺は剣に触れる。懐かしい。母上から戴いてからずっと振っていた剣。もう戻ってこないかも知れないと思っていたのに。俺は気が付かないうちに涙を流していた。

「レ、レディウス様？」

俺が泣くところを初めてみたロナは驚いた声を出す。何だよ？　俺だって嬉しかったり、悲しかったりすれば泣くんだぞ？　あまり泣かないだけだ。ロポまで心配そうに俺を見上げてくる。

「ありがとうございます、姉上。ずっと持っていてくださって」

「いいのよ。それはメアリー様とレディウスの形見だったから」

それから少し話して、俺たちは王宮を出る事にした。あまり一緒にいれば、姉上が疑われてしまうからな。これからはこんな気安く会う事も出来ないだろう。これからは、王子の婚約者として会わなければならないから。

「姉上。ありがとうございました」

「ええ。私もありがとう。生きていてくれて」

「レディウス様。またお話をしましょう！」

「ああ、ミアも元気で」

◇◇◇

レディウスたちが、部屋を出て私は自分の部屋に戻ってきた。部屋の中はミアだけ。他には誰もいない。私はずっと我慢していた涙を流し始めた。

涙の理由は色々。レディウスが生きてくれて嬉しかった事。また話をする事が出来た事。レディウスの笑顔を見る事が出来た事。でも、それと同じぐらい悲しい気持ちもある。

「エリシア様……」

「わかっているわ。こんな思いを抱いてはいけない事ぐらい。私はヴィクトリア様に酷い事をして今の地位にいる。そんな私が、レディウスが生きていたからって今更やめられないわ」

だから、私はこの思いを二度と表に出さない。レディウスの事が好きだった事を。これからは黒髪に対する意識を変えるために生きていく。それが、レディウスを助ける事になるから。

◇◇◇

姉上と再会して一ヶ月が経った。あれから一度も姉上とは会っていない。まあ、それも仕方ない。相手は王子の婚約者なのだから。それからこの一ヶ月の間に色々とあった。

まずは、国王陛下が姉上の事を国民に発表した事だ。その上、ウィリアム王子を正式に王太子になる事も一緒に発表した。これにより姉上は王太子妃になり、これから王妃になるための修行に入るらしい。

これにより、王都は再び祝杯ムードになった。まあ、未来の王妃の誕生に、ウィリアム王太子の決定というのが重なればそうなるか。

ヴィクトリアは少し辛そうにしていたが、俺の口からは何も言えない。俺も少なからず関わっているから、俺が何かを言ってもヴィクトリアを傷付けるだけだからな。

それから、姉上は王宮から出られない代わりに、手紙を送ってくるようになった。前にわかれる際に俺が今住んでいるところを伝えておいたからな。

内容は様々だ。ただの近況報告から、王宮の中の話、どの貴族が侍女に手を出したとかの裏話まで様々だ。俺も近況報告と学園の事を書いたりしている。

そしてその手紙を持ってきてくれるのはミアだ。来るのは三日に一回程。週の初めにミアが村にやってきて姉上からの手紙を渡してくれる。そしてその三日後に俺が返事するって感じだ。

その度にミアに村まで往復してもらうのは申し訳ない気がするが、ミアも俺に会えて嬉しいと言ってくれるので、お願いしている。そしてもう一人ミアが来る事を喜んでいる奴がいる。それは、

「ミアさん！　もし良かったら俺が王都まで送って行くよ！」

と、ミアさんに話しかけるクルトだ。

「あら、ありがとうね、クルト君」

それにミアが笑顔でクルトの頭を撫でると、クルトも嬉しそうにする。ははぁ～ん。そういう事な。ロナも俺の隣でニヤニヤしている。ガラナたちもだ。

前に姉上に聞いたが、ミアはまだ誰とも結婚していないらしい。ミアの年からしたら早く結婚して欲しいとは姉上も言っているが。これなら可能性はあるぞ、クルト。

それから、対抗戦に向けての訓練も順調に捗《はかど》っている。前にアレスが纏を教えて欲しいと言ってきた時から、訓練の合間にみんなに教えている。

この一ヶ月でみんな魔鎧を均等にする事は出来た。それからはみんなそれぞれの特徴に合わせて

纏を教えていっている。みんな覚えるのが早かった。

そんな風に日々を過ごして行くなかで、今日は学園の休みの日。俺は村で剣を抜いて構えている。右手には慣れ親しんだ剣を持ち、左手には母上の形見の剣を持つ。

俺は対抗戦に向けて練習している技、二刀流だ。俺の他の人と違う点といえば、三つの流派を使う事が出来ることだろう。

それならば、折角剣も二刀あるのだから、右手と左手を別の流派で放つ事が出来れば強いのでは、と思い練習を始めたのだ。

ただ、これが俺の想像以上に難しかった。流派が違うため、動きが違うので足さばきとかが変わってくるのだ。それに俺は右利きだ。左はやっぱり感覚が違うため物凄く難しい。

それでも、結局は体に覚えさせなければ、使えないので俺は構える。まずは右手の剣の振り下ろし。次に左手の剣で突きを放つ。右で切り上げをして、左で袈裟切り。そのまま回転して右で回転切り。うーん、やはり右とは感覚が違うな。

それから俺は一心不乱に剣を振るう。周りの目も気にせずに自分が納得するまで。

「くそっ、暑いな！」

ずっと剣を振り続けていたため、服が汗でベトベトだ。張り付いて気持ち悪い。俺は服を脱いで上半身裸で再び剣を振るう。左で列炎流を準備している間に、右で旋風流を放つ。そして、列炎流も放つ……これは何とかなりそうだな。

ただ、一番苦手な明水流は慣れている右でしか使えないのが難点だ。うまく組み合わせれば良いのだが難しい。それから振り続けたが、いまいち噛み合わなかった。

まだ納得はしていないが、あまり根を詰めても上手くいかないだろうからここら辺でやめておくか。気がついたら太陽も高く上がっているし。四時間ぐらいぶっ通しでやっていたかな？

「レ、レディウスしゃま……ど、どうぞ」

太陽を見てどれぐらい剣を振っていたか考えていたら、後ろからロナの声が聞こえる。振り向くと、汗拭き布を持ったロナが立っていた。何故か頬が上気しているが。

「ああ、ありがとうロナ。でも大丈夫か？　顔が赤いけど」

俺は何となしにロナの頬に触れると、ロナは「ひゃんっ！」と可愛らしい声で驚いた。そして何故か息が乱れている。

「大丈夫か⁉」

「ひゃ、ひゃい！　大丈夫ですぅ！　……あ、危ないですよぅ。レディウス様がカッコ良すぎて私胸が痛すぎますぅ～」

ロナは慌てて俺から離れて手を横にブンブンと振る。その後一人でゴニョゴニョと言っているが。

まあ、大丈夫なら良いのだが。

「無理はするなよ？　ロナに何かあったら俺が悲しいからな」

「は、はいっ！　私は何があってもレディウス様から離れませんから！」

目をキラキラさせてそんな事を言うロナ。……何だかこそばゆいな。俺はロナから貰った布で汗を拭いていると、村の外から二人の護衛を連れて一台の馬車が走ってきた。

あの鷲の紋章は……そう思っていたら、馬車は村の中に入って止まり、二人護衛がいる内の一人が俺の側に寄ってくる。

金色の髪に碧眼の目。かなりのイケメンで身長は俺と変わらないぐらい。向こうの方が筋肉質でガッチリとしている。年は十ぐらいか。

そんな男が威圧感を放ちながら寄ってきた。俺は気にしないけど、ロナは少し当てられて臨戦態勢に入っているから、放つのをやめて欲しいのだが。

「貴様がレディウスか？」

「そうですが、あなたは？」

「私はヴィクトリア様の護衛であるグリムド・ベイクだ。ヴィクトリア様が貴様にお会いしたいとの事だ」

ヴィクトリアが俺に？　何か用なのだろうか？　そう思っていたら馬車の扉が開かれて、中から金髪の侍女、マリーさんが出てきて、俺の方を見ると慌てて馬車の扉を閉めようとする。何だあれ？

だけど、その後に続いて出ようとした女性、ヴィクトリアが怪訝顔をしながらも、無理やり出てきてしまった。そして俺の方を見て固まる。

「……」

「おはようヴィクトリア」

とりあえず挨拶はしたのだが、ヴィクトリアは何故か微動だにしない。護衛のグリムドとか言う男は俺の気安さに眉を寄せるが、何も言わない。

そのまま少し沈黙していると、

「きゅう～」

ヴィクトリアは顔を真っ赤にして倒れてしまった。何故だ⁉

◇◇◇

「そろそろこっちを向いてくれよ、ヴィクトリア」

「……」

このやり取りは何度目になるだろうか。俺を見て気を失ったヴィクトリアは、数分程で目を覚ました。目を覚ましたのだが、俺についてきてと一言言ったら馬車に戻ってしまったのだ。

仕方がないので、一旦服を着替えてくると、侍女のマリーさんに伝えて、家に戻った。どういう理由で呼ばれたかはわからないが、さすがに汗まみれ、砂まみれのまま馬車に乗るわけにはいかないからな。

ロナには村に残ってもらい俺だけが馬車に乗る。中は六人が座れるようになっており、扉から一番奥の席にヴィクトリアが、その向かいにマリーさんが座り、俺はヴィクトリアとは反対側の入り口側に座る。

ヴィクトリアは顔を赤くして、ずっと窓の方を見ているだけだ。たまに、マリーさんとは話をするが、俺の方には全然顔を向けてくれずにじっと外の風景を見ているだけ。

それからは何度話しかけても、外を見ているだけ。なんでだろうかと思っていると、マリーさんが教えてくれたのだが、俺の裸を見たのが原因らしい。

どうやら、男の裸を見たのは家族以外は初めてらしい。家族でも最近は見る事が無く、子供の時以来なので驚いてしまったのだろうとマリーさんは話す。

その話は馬車の中でしているためもちろんヴィクトリアにも聞こえていて、顔を真っ赤にしている。そろそろ湯気が出るんじゃないかというぐらいだ。そして、

「も、もう！　やめてください！　マリーもなんでそんな嬉しそうに話すのですか！」

ヴィクトリアが怒ってしまった。いや、怒ったというよりかは恥ずかしいのでやめてほしいって感じか。ぷるぷると震えて涙目だし。可愛い。なんだか、小動物感があるよな。ウサ耳したら物凄く可愛いんじゃないのか？　そんなことを思っていたら、

「……一体何を考えているのですか？」

「……ベツニナニモカンガエテイマセンガ？」

と、ヴィクトリアはジト目で俺を睨んでくる。なんでわかったんだ？　今度は俺が外を見ながら誤魔化すと、はぁ～、と溜息を吐きながらもういいですよと諦めた。

「でも、男の裸ぐらいでそこまで恥ずかしがらなくてもいいんじゃないのか？」

と俺が言うと、ヴィクトリアは、

「ははは、恥ずかしいに決まっているじゃ無いですか⁉　普通は家族と夫となる方以外は見ないはずですよ！」

と、反論してきた。貞操観念が固すぎるだろそれ。学園とか行っていたら見る事もあるだろうに。

そう思っていたが、どうやらヴィクトリアが特別らしい。

昔から王妃として育てられてきたからか、そういう教育も厳しかったらしい。まあ、それは仕方がないか。王妃が王以外の他の男に目を向けるわけにはいかないからな。

そのため、今までは王宮と学園以外での男との接触は家族と家臣以外は殆ど無かったらしい。王宮と学園でも、最小限にしていて、ほとんどは侍女の二人が応対していたとか。だから、男の裸を見る事は今までなかったと言う。

そこまで聞いたらなんだか悪い事をした気になってしまう。今は言うのは悪いが王太子とは婚約を解消しているから、この程度で済んでいるが、もし、解消前だと、色々と問題になっていかもしれない。

「それは悪い事をしたな。ごめん」

「あっ、い、いえ、謝るような事ではありません！　……それに成人近くの殿方のを家族以外で初めて見ましたがとても逞しかったですし、何よりあの大きな傷も……」

「ヴィクトリア？」

「ふぇっ!?　ななな、なんでもありません！　大丈夫です！」

ヴィクトリアが一人でぶつぶつと言い始めたので、顔を覗くと、ヴィクトリアは慌てたように手をぶんぶんと振る。本当に小動物感が半端ない。

「ふふふ」

そんな風に俺とヴィクトリアが話していると、横から笑い声が聞こえる。俺とヴィクトリアが笑い声のする方を見ると、当然そこにはマリーさんが座っているわけで、口元を手で押さえて笑っていた。

そして、俺とヴィクトリアの視線に気がつくと、慌てて取り繕うのだが、すでに遅いよ。

「すみません、お嬢様。お嬢様があまりにも楽しそうなのでつい……」

「楽しそう？　私がですか？」

「ええ。侍女風情の私がこんな事を言うのはいけないのですが、婚約を破棄される前はこんな風に楽しそうに話す事はありませんでした。いつも、王妃になるための勉強や、重荷に耐えて辛そうにしていましたから」

マリーさんがそう言うと、ヴィクトリアも心当たりがあるのか、うっ、と顔を俯かせる。

「……そうですね。その時に比べたら、肩の荷が下りた今は楽しいのかもしれません。今思えば、私には合っていない立場だったのでしょう」

ヴィクトリアはそう言って再び窓の外を見る……なんか物凄く気まずい雰囲気になったぞ。婚約破棄されて良かったね、とは、口が裂けても言えないし。ど、どうすれば……。

「まあ、その事は今はいいでしょう。もう既に終わった事です。それよりも、かなり時間がかかってしまいましたが、本題に入ります。なぜ、レディウスを呼んだかです」

心の整理がついたのか、ヴィクトリアは窓の外から俺に視線を向ける。ようやく俺が呼ばれた理由がわかるのか。

「お父様に私が対抗戦に出る事を話したら、そのチームのメンバーに合わせろって言ってきたのですよ。信用出来るかどうか見極めてやるって」

ヴィクトリアがどこか疲れた風に呟く。

「でも、今までもチーム組む事はあっただろ？　今までは呼ばれた事は無いのか？」

「今までは貴族の子息や令嬢でチームを組んでいたから会わなくても素性は知っているからです。ですが、今回は初めて貴族以外の人が入っているので、お父様が見てやるって言い始めて。私は信用出来るから大丈夫と言ったのですが、お父様は実際に見ないと認めないって……」

……俺のせいじゃないか。それはヴィクトリアには悪い事をしてしまった。折角の休日に。

でもまあ、自分の娘のチームに何処の馬の骨かもわからない奴が入るのは嫌なのだろう。何となくわかる気がする。

「まあ、会うぐらいなら別に」

「それから、多分実力が見たいと言ってくるはずです」

会うぐらいなら別に大丈夫、と言おうとしたら隣からマリーさんがそんな事を言ってくる。それじゃあ、誰かと戦わないといけないのか？

「ええ。お父様はそう言うでしょう。実際に見ると言うのは実力も見ると言う事なので。相手は先ほど話したと思いますが、私の護衛をしてくださっているグリムドになると思います」

ああ、さっきのイケメン金髪護衛か。終始俺の事を睨んでいた人だな。

「彼は私の三つ上の二十一歳で、三年前に学園の騎士学科を首席で卒業した人です。ベイク家の次男で、代々セプテンバーム家の護衛を担っている家系なのです。家督のゲルムドが父に、長男のガラムドが兄の護衛をしています」

へぇ～、代々護衛をする家系ね。それなら騎士としても強いのだろう。やばい。少し楽しみになってきた。

それから、今日の予定について色々と話を聞いていると、王都の屋敷についたらしい。王都の門での確認がなかったのであれ？　と、思ったが、貴族専用の門で、セプテンバーム家の家紋入りの馬車を使ったら確認せずに素通り出来るらしい。この馬車かなり便利だな。

まあ、その馬車を作るには王家の承認が必要らしいのだが。かなり面倒な手続きになるらしい。

「それじゃあ、降りましょうか」

さて、セプテンバーム公爵ってどんな人なのだろうか。粗相の無いようにしなければ。

◇◇◇

「はぁ～、大きいなあ～」

俺は大きな玄関に降り立ちそんな事を言う。門から玄関までは馬車が悠々と回る事が出来るほどの広さを持ち、屋敷は三階建ての屋敷だがかなり大きい。グレモンド家の屋敷を五つ程合わせたぐらいの大きさだ。

「ふふ。そう言っていただけて嬉しいです。でも他の公爵家や侯爵家も似た様なものですよ」

俺がほへぇ～、と言いながら屋敷を見ている隣に立つヴィクトリアが微笑みながらそう言ってくる。確か公爵家ってもう一家あるんだったよな。この前学園で習った。西のセプテンバームと北のバルスタン。

それぞれが王都から同一距離に公爵領を持って、それぞれの公爵領がいざという時の防衛拠点になる。そのため、他の領地に比べて兵士が多い。

そして、東側の代表がリストニック侯爵家、南側をまとめるのがハスフォート侯爵家になる。当然ながらリストニック侯爵家の寄子の寄子であるグレモンド家も東側になる。

「それでは行きましょうか」

俺はヴィクトリアに先導され屋敷に進む。屋敷の玄関の前には侍女たちが並び、全員揃って頭を下げている。その中から一人初老の男性が現れる。燕尾服を着ているので多分執事なのだろう。

「おかえりなさいませ、お嬢様」

「ええ、ただいま戻りました、ベン。お父様は？」

「はい、中庭で奥様とゲイル様とお待ちです」

「わかりました。それではレディウス、私の後についてきてください」

「ああ、わかった」

俺は執事の人や侍女の人に軽く頭を下げてヴィクトリアの後ろについていく。執事の人はニコニコと笑顔をしていて内心が読めないが、他の侍女たちは普通の人もいれば、蔑んだ目で見てくる人もいる。露骨に嫌そうな顔をする人も。

当然それは俺だけではなく、ヴィクトリアやマリーさんもわかったみたいで、

「ごめんなさい、レディウス。不快な思いをさせてしまって」

と、ヴィクトリアに謝られた。マリーさんもヴィクトリアの後ろで頭を下げてくる。別に俺は気にしていないのだがな。逆に侍女たちの反応が当たり前だと思う。

「別に気にしていないよ。日常茶飯事だからな」

俺がそう言うと、ヴィクトリアたちもそれ以上言わなかった。少し気まずい雰囲気になり、誰も話さないままヴィクトリアの後をついていく。

この屋敷結構広いな。俺一人だったら絶対迷うぞこれ。

「――ッ！」

そんな風にヴィクトリアの後ろをついて行っていると、誰かの叫ぶ声が聞こえ、鉄がぶつかる音がする。これは剣を打ち合っているのか？　ヴィクトリアは気にした様子もなく、音のする方へと進んでいく。

少し進むと、そこは外になっており、大きな中庭になっていた。中庭を囲う様に色とりどりの花が咲き、花の良い香りがする。

その囲む様に咲いている花の中心には、壮年の男性が、若い男性と剣を打ち合っていた。壮年の男性は金髪を後ろで一括りにして、顎にヒゲが生えている。若い方の男性も金髪だが、何処かで見たことある顔だ。年は十前後ってところだろう。

「ほっほっほ！　若様、そんなんじゃあ、儂には勝てませんぞ！」

「くっ！　ゲルムドはやっぱり強いな。だけど、私もそう易々とやられないぞ！」

そう言いながらも、楽しそうに剣を打ち合う二人。やば、うずうずしてきた。物凄く混ざりたいのだが。俺の思いを知ってか知らずか、ヴィクトリアはその横を歩いていく。

その先には、屋敷からテラスみたいになっており、そこで二人の男女が座っていた。周りには侍女と兵士が固められている。男の人は金髪で少しふっくらしている。しかし、雰囲気は普通の人とは比べ物にならないぐらい鋭い。この人がセプテンバーム公爵なのだろう。

その隣に座る女性は、ヴィクトリアがそのまま歳をとったらそうなるであろうと思えるほど、ヴィクトリアと似ていた。扇で口を隠しながら微笑んでいる。この人がセプテンバーム夫人か。

「お父様。連れてきました」

「んっ？　おおっ、帰ったかヴィクトリア。ご苦労であったな」

「あら。おかえりなさいヴィクトリア。お疲れ様です」

二人ともヴィクトリアが帰ったのに気がつくと、優しく微笑んでヴィクトリアを労う。そしてそのまま顔を俺の方に向けて睨む二人……おぉぅ、温度差が激しすぎませんかね？

「そいつが、お前のチームに入るやつか？」

「はい、お父様。彼の名前は……」

「レディウスだろ？　グレモンド男爵家の次男として生まれて、勘当された男だ」

調べたのかな？　まあ、公爵家の力を使えば容易なのかも。

「……知っているならなぜ呼んだのです？」

「いつも言っているだろ？　私は実際に見て感じたものしか信用せんと。それにお前を蹴落とした女の弟だ。それだけでも腹が立つというのに」

そして、セプテンバーム公爵は俺に向けて殺気を飛ばさしてくる。中々の密度だ。この人もそれなりに腕はありそうだが、戦争の時に比べると普通だ。

だから、俺は気にした様子を表に出さずに挨拶をする。

「お招きいただき有難うございます。私の名前はレディウスと申します。ヴィクトリア様と学園の対抗戦で同じチームを組ませていただいております」

と、貴族の礼をする。セプテンバーム公爵は「フン」とそっぽを向いて、夫人は「まあまあね」と言ってくる。

……仕方ないじゃないか。ここ数年貴族に挨拶する事なんて無かったんだから。俺も昔姉上に教えてもらっただけで、うろ覚えだし。

「ここまでですな」

「……くそ」

そんな風に挨拶をしていると、後ろで鳴り響いていた剣戟が止む。振り返ると、若い男性の喉元に壮年の男性の剣が突きつけられていた。

それから壮年の男性が剣を納めて二人揃ってセプテンバーム公爵の前まで歩いてくる。俺の横をチラッと通る若い男性は、俺を横目で睨んでから、セプテンバーム公爵の前に立つ。俺、この家で恨まれすぎだろ。

「父上。負けてしまいました」

「やはりゲルムドの方が数枚上手か。ゲイルも精進せねばな」

「はい、父上。それで彼が？」

「ああ、それでは早速見せてもらおうか。グリムド準備は出来ているか？」

「はっ！　大丈夫です！」

そして、いつの間にか準備をし終えていたグリムドが、先ほどまで戦っていた中庭の中心で剣に手をかけて立っていた。

「悪いが、お前の実力を知らなければ、ヴィクトリアを参加させる事は出来ないからな。大事な娘を怪我させるわけにはいかん」

……娘を好き過ぎるだろ。親バカってやつだな。口には絶対に出さないけど。

「わかりました」

俺はそれだけ言って、中庭の中心に向かう。物凄くうずうずしてきた！　さーて、どのくらい強いのだろうか。楽しみだ！

◇◇◇

「それじゃあ、儂が審判を務めましょうかの」

そう言い先ほどまで、ヴィクトリアの兄——ゲイルさん——と戦っていた壮年の男性——ゲルムドさん——が、俺とグリムドさんの丁度真ん中あたりの位置に立つ。

グリムドさんは剣を既に抜いており、俺を睨みつけるように構えている。俺も剣を抜き構える。

今回は一本だけだ。まだ二本は慣れないからな。

「それでは、ルールはどちらかが棄権をするまでだ。始め！」

ゲルムドさんの開始の合図に合わせて、グリムドさんは飛び出してくる。

「ふっ！」

グリムドさんは剣を右薙ぎをしてきて、首を狙ってきた。うおっ、俺は下がって避けるが……この人、殺す気で来てない？

グリムドさんはそのまま流れるように連撃を放ってくる。袈裟切りをしてくるのを避けると、そのまま突きを放ってくる。突きを剣で逸らすと、空いている右腕で殴ってきた。

普通の人なら驚くかも。正統派の騎士っぽい格好をした人がまさか殴りかかってくるなんて、と。

俺はそれを左手で受け止める。

魔闘眼で見ると、ゲルムドさんは身体強化を発動している。普通では受けられないだろうから魔闘拳で強化する。

バシンッ！と良い音が鳴る。グリムドさんはそれ以上は厳しいと思ったのか、直様俺から離れる。追おうとすると、ゲルムドさんの周りには水の球が浮遊している。水魔法か。

「撃て、ウォーターバレット！」

そして、グリムドさんが言うと、周りに浮いていた水の球が俺めがけて降ってくる。水の塊なので痛くなさそうに見えるが、当たったら痛いのだろう。俺は素直に避ける。

その光景を見たグリムドさんは何故か驚きの表情を浮かべるが、ミストレアさんやヘレネーさんが火魔法を大量に放ってくるのに比べたら、断然こっちの方がマシだ。危うく消し炭にされるところだったからな。

俺は水の球と球の間を走り抜ける。グリムドさんに近づくにつれて、水の球の密度が濃くなってきた。これはそろそろ剣を使わずには厳しいかな？

俺は魔闘眼と魔闘装を発動。魔力の薄いところを狙って剣を振るう。切られた水の球は消滅するので、その後を俺は走り抜ける。

水の球を抜けると、目の前にはグリムドさん。俺はその勢いのままグリムドさんに切りかかる。しかし、ゲルムドさんは先ほど俺が魔法を避けるのを見て予想していたのか、焦らずに次の魔法を発動する。

魔力の流れを見ていると、グリムドさんの魔力は地面に流れていっている。これは……土魔法か！　俺はすぐにその場から飛び退くのと同時に、地面から先が鋭く尖った土の塊が複数本飛び出してきた。

「なっ！　これも避けるのか⁉」

そして再び驚くグリムドさん。俺が魔闘眼が使えなかったら串刺しだったよ。本当に容赦無く来るな。俺は距離を開けた位置から剣を振るう。

「風切！」

風切で斬撃を飛ばし、今も魔法を発動しているグリムドさんを止める。グリムドさんもわかったのか、その場から飛び退くように避ける。

地面から土の塊が飛び出してこないのを確認すると、俺は風切を放ちながら、グリムドさんに近づく。風切は目には殆ど見えないため、剣で何とか防いでるグリムドさんは動きが鈍る。

そこに、俺は近づき剣を振り下ろす。体勢を崩していたグリムドさんは辛うじて剣で防ぐが、勢いを殺し切れずに、転がるように避ける。そこに俺は下から切り上げをする。

「烈炎流、炎上！」

魔力を集めて下から勢い良く振り上げられた剣に、ゲルムドさんは耐え切れずに剣を手放した。グリムドさんもその勢いに吹き飛ばされる。

そこに俺が追撃をしようとすると、グリムドさんは地面に手をつき先ほど以上の魔力を流す。

「アースクエイク！」

魔法を発動。その瞬間、地面が大きく揺れた。俺たちが戦っている場所だけでなく、セプテンバーム公爵たちが座るテラスの方にも被害があったみたいだ。揺れたのはこの中庭だけのようだ。

その大きな揺れで俺はバランスを崩して片膝をついてしまった。その隙にグリムドさんは落ちた剣を拾い俺に向かって走ってきた……が、

「そこまでだ！」

とゲルムドさんの声が聞こえた。俺もグリムドさんも、えっ？　って風にグリムドさんの方を見るが、ゲルムドさんは黙ったままグリムドさんのところまで歩く。

そして握った拳でグリムドさんの頭を思いっきり殴った。……ゴツンってこっちまで聞こえたぞ。

グリムドさんは頭を押さえてひざまづく。

「お前は馬鹿か！　いくら決闘だからと言っても周りに被害が出る魔法を使いおって！」

「ぐうぅっ、し、しかし、父上」

「確かに勝つことは大切だが、お前が守るべき相手を攻撃してどうする。魔法の範囲指定が甘いのだ！」

多分というか絶対にセプテンバーム公爵たちのところまで地震が起きた事に怒っているんだろうな。確かに守るべき対象を危険に晒すのは駄目だな。

そう怒りながら再びグリムドさんの頭を殴る。その衝撃にグリムドさんは気を失ってしまった……自業自得だと言えばそれまでだが、少し同情するよ。

「気を失ったか。聞こえないだろうが、あのままやっていてもお前は負けていた。明日からの訓練は何時も三倍だな」

自分の知らない間に訓練量が増やされているグリムドさんは、ゲルムドさんに引きづられるように連れていかれた。俺はそれを見ている事しか出来なかった。

……中途半端に放置された俺はどうすれば？

◇◇◇

「さあ、好きなだけ食べてくれ」

「は、はい。ありがとうございます」

「……」

も、物凄く気まずい。俺は今屋敷の外にあるテラスに座っている。俺が座っている机は円卓になっており、六人が余裕を持って座れる大きさだ。

そして俺の前にセプテンバーム公爵、その右隣に夫人、反対の左側に隣にヴィクトリアの兄のゲイルさん、夫人の右隣にヴィクトリア、その隣が俺となっている。俺とゲイルさんの間の席は空席だ。

机の上には美味しそうな料理が所狭しと並べられており、マリーさんとルシーさんが飲み物を注いでくれる。

そして、準備が終えるとセプテンバーム公爵に促されるのだが、物凄く睨まれているので食べづらい。それに公爵が先に食べないと手もつけられないだろう。

「父上。父上が食べ始めないと彼も食べられないでしょう」

俺と同じ事を思っていたゲイルさんが、俺の代わりに言ってくれた。セプテンバーム公爵はそれもそうだな、と言って目の前に置かれた料理を食べ始める。

それに続いて夫人、ゲイルさん、ヴィクトリアが料理を食べ始めた。これで俺も手をつけられるな。食事中は誰も一言も話す事なく進む。

まあ、貴族のマナーみたいな物だな。俺は騒がしく話しながら食べる方が好きなのだが、郷に入っては郷に従えだ。姉上から基本的な事を一通り習っているから一応は出来る。テーブルマナーもうろ覚えだが何とか。

だけど、やっぱりヴィクトリアの食べ方は綺麗だった。音一つ立てずに肉を切り分けたり、スープを救う時に食器にシルバー当てたりしないのだ。礼儀作法もしっかりと習ったのだろう。

「ゴホンッ！　少し見過ぎではないのか？」

「っ！　し、失礼しました！」

ヴィクトリアの食べ方が綺麗だったので見惚れてしまっていたようだ。その事をセプテンバーム公爵に注意されてしまった。ヴィクトリアは顔を赤くしているが、静かに食べる。

そんな事もありながら食事を食べ終えると、あっという間に机の上は片されて、食後の飲み物が置かれていく。それをセプテンバーム公爵は一口飲んでから
「ヴィクトリアを任せたぞ」

と、言われた。って事は実力を認めてくれたってことかな？

「本当は認めたくはないが、そなたは実力をしっかりと見せてくれた。グリムドは若手の中では一番の有望株なのだが、その相手にまだ余力を残して勝つのは見事だった」

……この人は誰だ？　物凄く失礼かもしれないが、初めて会った時とは別人みたいな反応の仕方だ。誰かと入れ替わったのか？　なんて思ったりするほどだ。

「……そなたの言いたい事はわかる。だが、私は実際に見たことしか納得しない。それをそなたは見せてくれた。それなら、それ相応の対応はする」

少しそっぽを向きながらそんな事を言ってくる。まあ、それも仕方ないだろう。ヴィクトリアの事を大切に思っているなら、許しづらいだろうし。俺が関係ないにしても。

今は公爵に認められただけでも良しとしよう。これで心置きなく対抗戦には出られるのだから。

それからは、公爵も見たいものは見終えたので、お開きとなった。帰りも馬車を用意してくれる

と言ってくれたのだが、俺はゆっくりと帰る事にした。まだ、昼頃だしな。

「そうですか。わかりました、レディウス。今日は本当にありがとうございました」

「気にする事はないよ。これで心置きなく対抗戦に参加できるのだから」

ティリシアを奴隷にさせないために、対抗戦には何としても勝たなければならないのに、それ以前に出場人数が揃わなくて参加出来ないとかになったら笑えないからな。

「それでは、また明日よろしくお願いします」

「ああ。纏頑張ってな」

「はい」

俺は、ヴィクトリアとマリーさん、ルシーさんに見送られながらセプテンバーム家を後にした。

さてと、夕食でも買って帰りましょうかね。

最近ロナが料理をガラナから教えてもらっているからな。食材でも買って帰って何か作ってもらおう。そう考えたらガラナって見た目の割には器用だな。

子供大好きで、勉強を教えられるほどの教養を持って、料理も出来る。自分の家の裏で畑も作っていたし。案外学校の先生とか向いてそう。

そんな事を考えながら俺は店のある商店街へと歩いていくのだった。

◇◇◇

私は自分の執務室で領地から送られてきた書類に目を通す。殆どは確認して決裁印を押すだけなのだが、中には他の貴族からの手紙も混じっているから、私が確認しなければならない。領地にいれば部下たちが手伝ってくれるのだがな。

コンコン！

そんな風に書類に目を通していると、扉を叩く音がする。

「入れ」

私が声をかけると扉が開かれる。入ってきたのはゲルムドだった。

「失礼いたします、ベルゼリクス様」

「……なんだ改まって。別にいつも通りで構わんぞ」

私がそう言うとゲルムドはニヤリとして椅子に座る。私とゲルムドは同い年で、生まれた時からずっと一緒にいる。

そのため周りに目がないときは親友として接している。息子のゲイルもガラムドとそういう関係になってほしいものだが。

「まあ、初めだけはしっかりとやっておかないとな」

「まあいい。それでどうした？」

「ああ。昼間にやってきた少年の事だ」

俺は、ゲルムドの言葉で、昼間の事を思い出す。ゲルムドの息子、グリムドに圧倒した少年、レディウス。グリムドは、セプテンバーム家にいる兵士たちの中でもゲルムドに育てられているだけあって中々の実力者だ。

若手の中では一番の有望株でもある。そんなゲルムドを、レディウスは本気を出す前に押し切ってしまった。

「レディウスがなんだ？」

わざわざゲルムドが言いにくるくらいだろう。私の中でゲルムドの口から出る事にはおおよそ見当がついていた。

「レディウスをセプテンバームで雇うべきだ」

やはりか。

「一応理由を聞いておこう」

「ベルも見た通り、あの少年はかなりの実力を持っている。彼がいるだけでかなりの戦力強化になるだろう」

「本当の事を話せ。それだけでないことはわかっている」

「……リストニック侯爵家への対抗策としてだ。俺の諜報部が調べた情報によると、今王太子妃となったエリシア・リストニック王太子妃は、レディウスの事を溺愛しているそうだ。そのレディウスをセプテンバーム家にいれておけば、リストニック侯爵家も中々手を出してこないだろう。わざわざ婚約破棄までして手に入れた女だ。ウィリアム王太子もエリシア王太子妃の悲しむ姿は見たくないはずだからな」

「一つの抑止力ってわけか……」

ふむ。確かにしないよりはマシだってぐらいだが、レディウスを取り込むだけで、それが出来るなら安いものか。

リストニックの豚は、セプテンバーム家を目の敵にしておるからな。王太子が王となれば、必ず我らの領地について苦言を言ってくるはずだ。ウィリアム王太子が賢明なら良いのだが……婚約破棄の行動を見るだけでは考えらられがな。

「わかった。少し検討しよう。だが、彼は近衛騎士団に入るはずでは？」

「その辺はレイブンと話し合えば良いだろう。レイブンも先輩であるベルの言葉を無視しないだろしな」

全くこいつは。まあ良い。それで少しでも懸念が無くなるのなら考える価値はある。幸いレディウスは勘当されている。奴を取り込んでもグレモンド家は寄ってこられないからな。

それからゲルムドは護衛としてのゲルムドに戻り部屋を出ていき、私は再び書類に目を通すのだった。

◇◇◇

「しかし、かなりの人だな～」

俺は校舎から門を眺めて呟く。門からは続々と人や馬車が入ってくる。理由はわかっているのだが、俺の思っていた以上に人が集まるらしい。

「まあ、毎年こんなものさ。対抗戦は、貴族の子息と令嬢が出る。その晴れ姿を見るために親が来て、その貴族の派閥も来る。今回は四年生という最後の年にセプテンバーム家とリストニック家がいるから余計だな」

俺の隣で同じように校門を見ていたガウェインがそう言ってくる。

俺がヴィクトリアの家、セプテンバーム家に呼ばれてから二週間が経った。二週間はみんなで連携の練習や纏の練習に使い何とかものにすることが出来た。

そして、今日はその訓練の成果を発揮する対抗戦の日である。対抗戦は三日間に分かれて行われる。チームは全部で三十六チームだ。五人チームが六組。六人チームが十組。七人チームが二十組になる。合計で二百三十人だな。

予定よりチーム数は増えてしまったが、四チーム毎の対戦は変わらないらしい。なので今日は、全部で九試合行われる。一試合一時間。勝敗の時間によって早くなったりするが、それでもかなりの時間だ。

グループは全部でAからIグループまで分けられている。各グループの勝利チームがトーナメントに出場できる。

俺たちのチームはDグループだ。因縁があるランバルクのチームはGグループだった。トーナメントでどうなるかはわからないが、とりあえずこのグループ戦では勝たない事にはランバルクたちと戦えない。

「そろそろ行こうぜー。学園長の開会式が始まる」

「ああ。わかった」

俺はガウェインの後をついて、訓練場に向かうのだった。

◇◇◇

「レディース・アーーーンド・ジェルトルマーン！　本日は、メイガス学園にお集まりいただき誠にありがとうございます！　本日より三日間、対抗戦を行いたいと思います！　それでは開会の宣言をメイガス学園学園長、デズモンド・クリスタンド学園長にしていただきましょう！」

壇上で、多分商業科の生徒が手に黒い棒のような物――マイク――とやらを持って大声で話す。その声は訓練場に付けられたスピーカーという魔道具から声が出て来る。どちらも風魔法を使っているらしい。

「みなさん、おはようございます。本年もこの日がやってきましたわ。一年生は、まだ慣れないでしょうけど、日々の成果を発揮して頑張るのよ！　二、三年は、学園に慣れてきたからって、調子に乗る子もいるけど、あまりおいたが過ぎるとぶっ飛ばすからね！　気を付けてね？　四年生は、学園で過ごしてきた集大成を見せる時よ！　日々の努力を存分に発揮して頂戴！　最終日、みんなが楽しかったと言える対抗戦にしましょう！　観客の皆様には、商業科が行うお店の投票もして頂きます。お手数ですがよろしくお願いします。それでは、皆さん楽しみましょう！」

デズ学園長が挨拶を終えるのと同時に、訓練場の周りから上空に魔法が放たれる。火魔法みたいだ。パァン！　パァン！　と音がして、それと同時に観客や生徒がワァァァーと拍手をする。盛り上げるための演出か。

「それでは、私たちも移動しよう。試合まではまだ数時間あるが、早まる場合もある。訓練場からは離れられないからな。商業科の屋台で食べ物でも買って観戦しよう」

これからどうするのか考えていたら、ティリシアがそんな提案をしてくる。……目がキラキラしているぞ。商業科の屋台がそんなに楽しみなのか？　まあ、良いのだが。

それから、会場を出た俺たちは商業科が開く屋台を見て回る。みんな同じ考えなのか人が多いな。それに色々な匂いがする。

ティリシアは、目に見えた店を片っ端から見に行っている。そして手に増える食べ物たち……そんなに食えるのか？　食えるんだろうな～。

俺も何か買おうかと思ったら、オロオロしているヴィクトリアの姿があった。どうしたのだろうか？

「ヴィクトリアは買わないのか？」

「ふぇっ？　レ、レディウスですか。それは、あの」

俺が話しかけると、ヴィクトリアはびくんっ！　驚く。そして俺だとわかると、今度はオロオロし始めた。どうしたんだ？

「……実は、屋台の使い方がわかりません」

「はぁ？」

頬を赤く染めて照れながら言うヴィクトリア。屋台の使い方って、普通に欲しい物を買うだけなのだが……。

「今までは貴族同士でチームを組んでいたものですから、食事を取るときは、校舎内にあるお店で食べていたのです。そこでも、試合を見る事は出来るようになっていましたから」

ふむ。それで今回が屋台を使うのが初めてと。貴族はあまり屋台とか使わなさそうだものな。まあ、ティリシアたちみたいに慣れている人もいるが、って既に手一杯の食べ物が、ティリシアの手の中に。もう何も言わないぞ。ただ、戦闘に支障が出ないぐらいまで抑えてくれよ。

「それじゃあ、俺と一緒に回ろうか。何か食べたい物があったら一緒に買おう」

俺がそう言うと、ヴィクトリアも嬉しそうに頷く。それから先を行くティリシアたちの後を追いかけながら、屋台で食べ物を買っていく。

ヴィクトリアは、屋台で買った食べ物は全て初めて見るらしく、どう食べれば良いかわからないらしいので、俺が一つ一つ実践していく。手掴みで食べるのも初めてらしい。

それでも、慣れてくると美味しそうに食べ始めるヴィクトリア。屋台の料理はどれも美味しい。ヴィクトリアの口にもあったようだ。ただ、屋台の商品を買うのに、金貨はやめた方がいい。あまり良い顔をされないから。

そんな風に二人で食べ歩きをしていると、一つの屋台に人だかりができていた。その中にはティリシアやガウェインにクララもいた。クララは背が低いのでわかりづらいが。

「何かあったのでしょうか？」

「わからないが、とりあえず行ってみよう」

俺とヴィクトリアは、人だかりの方へ進む。

「ガウェイン。何かあったのか？」

「ん？　ああ、レディウスか。あいつらが騒ぎを起こしているだよ」

ガウェインはうんざりそうにこの人だかりの原因の方を見る。俺たちもつられてそっちの方を見ると、

「貴様。こんな不味いものを俺たちに食べさせようとしたのか！　ふざけるなよ！」

男たちが六人ほどで一つの屋台に文句を言っていた。屋台の生徒は男女二人でやっているみたいだ。

「不味いわけあるか！　姉貴が作った料理が不味いわけあるか！」

「や、やめなさいグラス。失礼しました。お代は結構ですので」

「貴様、その程度で許されると思っているのか⁉　俺はバーン伯爵家の三男だぞ！　その俺が不味いと言った店を、このままやるつもりか⁉」

「なあ、ガウェイン。あいつ誰だ？」

「あいつは、ゲヒン・バーンだ。バーン伯爵の三男で俺らと同い年。合同学科にいる。ちなみにバーン伯爵家はリストニック侯爵家の寄子だ」

俺がガウェインに聞くと、そんな答えが返ってきた。彼女たちが作っているのは、丸い食べ物だ。上の方は黒いタレのようなものがかかっており、その上に緑色した粉を振りかけ、茶色いヒラヒラしたものを乗せている食べ物だ。良い匂いがするのだが、不味いのか。

俺は味が気になったので、屋台の方へ行く。周りは俺に注目するが今は無視。後ろからガウェインたちが付いてくるのがわかる。隣にはティリシアが財布を片手に立っていた……まだ買うのかよ。

「みんな食べるか？」

みんなに聞いて見ると、四人とも頷く。

「すみません。これを五人分お願いします」

「えっ？　あの、その、今は」

「なんだ、お前たちは⁉　私がだれ……か……ああ」

そのゲヒンとか言う奴が、俺たちに文句を言おうとして、途中で止める。ゲヒンの目の先には、ヴィクトリアがいたからだ。当の本人は、目の前でユラユラ揺れる茶色い物に目を奪われているが。

そして、渡された木のフォークで食べ物を刺して、口に運ぶ。

「――――！！！」

そして、口に入れた瞬間、ヴィクトリアは涙目になった。口を手で押さえて、何かを求める仕草。俺たちはわからないが、店員の女の人はわかったみたいで、

「み、水を！　ヴィクトリア様に水を渡して！」

と、叫ぶ。俺は常備している水筒をヴィクトリアに渡すと、ヴィクトリアはゴクゴクと凄い勢いで水を飲む。どうしたのか尋ねると、

「も、物凄く熱かったです……」

と、息も絶え絶えだ。俺も注意しながら食べると、あ、熱い！　でも、準備が出来ていたので我慢できるほどだ。でも美味しいぞこれ。

外はパリッとしていて、中はトロッとしている。それに凄く歯ごたえのある物が中に入っている。かかっているタレも合っていて美味しい。

「美味しいじゃないかこれ。なあ、ヴィクトリア？」

「え？　ええ、美味しいです」

ヴィクトリアも美味しそうに食べている。ただ、時々俺の水筒と俺を交互に見て。どうしたのだろうか？　まあ、今はそれより、屋台の事だ。

「それでゲヒン君はこのお店の食べ物は不味いんだったか？」

俺がゲヒンの方を見て言うと、ゲヒンは狼狽《うろた》える。ゲヒン一人が不味いと言うが、俺たちは全員が美味しいと言う。

食べ物の良し悪しの判断は人それぞれ違うだろうが、それでも一人の意見より複数人の意見の方が通りやすい。特に美味しいものを食べるのが慣れているヴィクトリアのお墨付きだ。周りも美味しいのか？　と判断するだろう。

「ぐ、くそっ、俺は失礼する！」

そのため、自分が不利になったのを悟ったゲヒンは、その場から去っていった。一体何がしたかったのだろうか。

「そういえば、対戦相手のチームの一つはゲヒンのチームだったな」

ゲヒンたちの後ろ姿を見ているると、ガウェインがそんな事を言ってくる。そういえば、名前があったな。今思い出した。それじゃあ、その時にでも聞いてみるか。

◇◇◇

『Cグループ勝利チーム、カトプレパスチーム！』

「「「うおぉぉぉぉぉ！！！」」」

開会式が行われてから二時間半程。試合は進んでいき、今Cグループの戦いが終わった。A、Bグループは合同学科の貴族のみで作られたチームが勝ち、Cグループは合同学科の貴族と騎士学科の混合チームが勝った。うちのチームと違うのは、その貴族と騎士が主従関係にあるところだ。

そして、次のDグループは、やっと俺たちの番になった。今は、準備室で各々が自分の装備を点検している。

「それじゃあ、確認するぞ。私とレディウスが攻め役、ガウェインとクララがヴィクトリア様を守る役だ。ヴィクトリア様も自分と私たちの誰かが危険になったら、迷わず私たちより自分を守って下さい」

「でも、それは……」

「良いですね？」

「……わかりました」

まあ、確かにこの試合はヴィクトリアがやられてしまったらおしまいだ。そのため、何としてでもヴィクトリアは守らないといけない。

『それでは準備が整いましたのでDグループの選手の方は入場して下さい』

作戦の確認をしていると、部屋内に放送とやらが流れる。これも魔道具らしい。本当に便利だなこれ。それを聞いたみんなが立ち上がり円を囲む。

ヴィクトリアが手を前に出し、それにみんなが右手を重ねていく。そして
「それではみなさん。ティリシアの為にも絶対に勝ちましょう！」
「「「おおおぅ！」」」
ヴィクトリアの声に合わせて、みんなで右手を空に掲げる。最低目標はランバルクたちに勝つ事だ。まあ、やるからには優勝を目指すが。俺たちはそれぞれの装備を持ち、会場に向かうのだった。

◇◇◇

「「「ウオォォォォォォォォォ！！！！！」」」

選手がそれぞれ入場すると、観客も大盛り上がりだ。やっぱり毎年恒例だから熱狂も違うな。さっきガウェインに聞いた話だが、最終日には国王陛下と王妃も見に来るらしい。

そのため、貴族の子息たちは何としてでも最終日まで残ろうと頑張る。国王陛下の目にとどまるように。最終日だけでなくとも、貴族の人や騎士団の人たちも見に来るので、その人たちの目にとまれば雇われる事もあるらしい。

この対抗戦で、将来が決まったりする事もあるらしい。それは商業科の人たちも同じだ。食べたり買ってくれたりした人が有名な人なら、周りの人も同じ物を買いたいという気持ちになる。

俺たちが行った店も同じだ。確かあの商品は「タコヤーキ」だったかな？　遠くの国から伝わった料理らしい。熱々だけど美味しくて、一口が小さいので食べやすい料理だった。

学園や貴族の中で有名なヴィクトリアが美味しいと言ったせいで、あの店は嬉しい悲鳴を上げて

いた。俺たちが来る前の不味いという声が、すっかりと忘れ去られる程に。

「……さまぁ～、レ……ウ……さまぁ～」

俺たちが訓練場の中を進んでいると、どこからか聞き覚えのある声が聞こえてくる。だけど普通では顔がわからない距離なので魔闘眼を発動する。声のする方を見ればそこには、

「レディウスさまぁ～」

と元気よく手を振るロナの姿があった。隣にはクルトとガラナがいて、クルトのロナがいる方とは反対側には侍女姿のミアが座っていた。ロナの膝の上にはロポもいる。応援しに来てくれたのか。

俺が気が付いた事を教える為に、ロナたちに手を振ると、ロナの手の振りが早くなった。隣でクルトがガッツポーズをして、ミアが頭を下げてくる。これはみんなが見ている前で負けられないな。

「レディウス、あの子誰だよ？　お前の妹か？」

俺が手を振っていると、隣でガウェインがそんな事を言ってくる。同じ黒髪だからか妹と勘違いしているようだ。

「違うよ。彼女は俺の弟子だよ」

俺がそう言うと、ガウェインはニヤニヤしながらロナとの関係をしつこく聞いてくる。何だよ急に。

「ガウェイン。今は対抗戦に集中して下さい」

すると、ヴィクトリアに怒られてしまった。バカだな、ガウェインは。

「レディウスもです！」

……何故か俺まで怒られたではないか。ガウェイン、許すまじ。

『それでは、選手が揃いましたのでDグループ準備を始めてください！』

グループ戦は時間短縮のためにチーム紹介とかは無いと言っていたな。あるのはトーナメントかららしい。正直あっても無くっても良いのだが。

Dグループも俺たちのチーム以外は全てが合同学科の生徒で作られたチームだ。まあ、合同学科の方が人数が圧倒的に多いからな。仕方がないが。うちぐらいじゃないのか、騎士学科の方が人数が多いのは。ヴィクトリア一人だけだし。

向かいのチームは、屋台のタコヤーキのお店で出会ったゲヒン・バーンだのいるチームだ。それ以外のチームはわからないが、全員が全員、俺たちに対して敵意を持っているのがわかる。

「ガウェイン、これって」

「ああ、やばいかもな。ティリシア……」

『それではDグループ始め！』

ガウェインも気が付き、ティリシアに声をかけようとした瞬間、司会が対抗戦開始の合図をする。それと同時に放たれる魔法。

今までの試合では、それぞれのチームが牽制しあって膠着状態が続いたりしたのだが、今回はまさかの開始早々魔法を放つという。

しかも、一チームだけではない。他の三チーム全てが俺たち目掛けて魔法を放ってきたのだ。普通のチームならこれだけで終わりだろう。だが、

「光魔法、シャイニングウォール！」

「氷魔法、アイシクルウォール！」

ヴィクトリアが即座に光魔法で光の壁を作り出す。それに重なるようにティリシアも氷の壁を作り出した。二重の壁にぶつかる魔法たち。様々な魔法がぶつかり煙が立ち込める。

「やったか⁉」

煙の向こうからそんな声が聞こえてくる。しかし、三チーム共がこっちを狙ってくるってことは、誰かから頼まれたのか？　まあ、俺たちが脱落して喜ぶのはあるチームしかいないのだが。

今回の試合は貴族関係なく怪我をさせても良い事になっている。優秀な水魔法師がいるらしく、死以外の傷は全て治せるらしい。そのため、命に関わらない怪我なら、させても良いというとんでもないルールになっている。

これに関しては国からも許可が出ているので貴族たちも何も言えない。それどころか自分たちも通ってきた道なので、逆に認めている部分もあるそうだ。

俺たち自身も、出場前には誓約書を書かされるしな。出たくない人は出なくても良いらしいし。まあ、この対抗戦の結果によっては名が売れるので、そんな人はいないらしいが。

観客の方にも魔法がいかないように障壁が張られているから、それも遠慮なく魔法が放てる理由の一つだな。この障壁より外に出ても負けだそうだ。

「ここは、俺一人で出るから、みんなはヴィクトリアを頼む」

「わかった。頼むぜレディウス！」

「頼んだぞ、レディウス」

「怪我はしないで下さいね！」

「頑張るんだよ！」

ガウェイン、ティリシア、ヴィクトリア、クララの順に後ろから声をかけられて俺は走り出す。

本来ならティリシアも攻めるのだが、三チームが相手なら防御を固めた方がいい。これは前もって話していた事だ。まさか、本当にこうなるとは。ティリシアの予想通りだな。

俺は腰から二本の剣を抜き、煙から飛び出す。まずは近くにいた右側のチームからだ。右側のチームは男三人、女二人のチームになっている。リーダーバッチを付けているのは、奥にいる女だ。

男たちは煙から俺が飛び出したのに驚いていたが、そのリーダーを守るように剣を構える。だけど、腰が引けて構えも悪い。

二人の女生徒は俺に向かって魔法を放ってくるが、俺は避ける。そして男たちに近づき剣を弾くと、手からすっぽ抜けてしまった。もう少ししっかりと握っておけよ。

俺は戦意喪失した男たちの横を通り抜け、女生徒の喉元に剣を突き立てる。女生徒もへなへなと座り込んでしまった。俺は右手の剣を地面に刺し、女生徒のリーダーバッチを取る。これで一チーム脱落だ。そこに、

「あいつを狙え！　今がチャンスだ！」

と男たちの声がする。俺たちのチームの左側、今俺がいるところの反対側にはいるチームの男だ。あそこは全員が男で、リーダーバッチを付けた男が大きな斧を担いで、一番前に立っている。

そして、俺の方を指差しながら魔法を放つように指示をしてくる。周りの男たちは躊躇いながら

も腕を俺の方へと向けてくる。

「お前ら、早く障壁から出ろ！」

俺はへたり込んでいる女生徒たちに声をかけるが、それと同時に魔法を放ってきた。ゲヒンの方もだ。仕方ない。俺は二本の剣を魔闘装する。そして魔闘眼で魔法の少ないところを狙い、

「風切！」

斬撃を放つ。へたり込んでいる生徒たちに当たりそうな魔法だけを狙って切り落とす。俺の斬撃が当たった魔法は霧散していく。

魔法を防いでいると、魔法が来なくなったためティリシアが反撃に出た。

「穿て、アイスランス！」

斧を持った男のチームにティリシアは氷の槍を放つ。直径一メートルほどの槍が、斧を持った男たちの方へと降り注ぐ。男たちも火魔法のファイアウォールで防ぐが、火の壁すらも突き破り降り注ぐ。本来なら溶けるはずなのだが……。

でもまあ、結果オーライだ。魔法が止んでいる今、次のチームに行かなければ。次は俺のチームの向かい、ゲヒンがいるチームだな。もう一つのチームはティリシアが抑えてくれているから。

「ひ、一人来たぞ！」

「くそっ、予定と違うじゃねえかよ！」

「狼狽えるな！　とにかく奴を狙って魔法を放て！」

ゲヒンたちも男だけで出来たチームだが、どこか纏まりが無い。即席か何かなのか？　まあ、俺

には関係ないが。

リーダーバッチを付けているのはゲヒン……ではなくその後ろにいる男生徒だ。しかも他の四人と比べて落ち着いている。

俺は向かってくる魔法を切りながら突き進む。まずは目の前にいる男のバッチを切る。男はいつ切られたかわかっていない。ただ落ちるバッチを見るだけだ。

その男の横を通り過ぎ、リーダーバッチを付けた男に切りかかると、

「ガキン！」

と剣で塞がれた。防いだのは当然リーダーバッチを付けた男だ。このリーダーは実力を持っているらしい。楽しめそうだな。

◇◇◇

「ぐぬぬぅ！　やはりティリシアに勝つだけはあるな！」

俺が振り下ろした剣を受け止めてそんな事を言う男。どうやら俺がティリシアに勝った事を知っている様だ。まあ、ティリシアも学年で三位の実力だから知らない方がおかしいのか。

男は俺の剣を弾き、直ぐに振り下ろしてくる。俺は右手の剣で男の剣を逸らして、左手の剣で突きを放つ。男は転がる様に避けるが、男の右肩に掠る。俺はそのまま両手の剣を振り上げ魔闘装をする。そして男目掛けて一気に振り下ろす。

「烈炎流、大火山二連！」

男は剣で受け止めたが、大火山をぶつけた瞬間、男の剣がへし折れた。そのまま振り下ろせば男の両腕を切り落としてしまうので、剣にぶつかった瞬間止めたが、男は斬撃の余波で吹き飛んでしまった。

男の剣を持っていた右腕は本来なら向かない方に向いており、斬撃の余波で傷だらけになっている。当然胸元に付けていたバッチも壊れた。少しやり過ぎた感はあるが、治してもらえるから許して欲しい。勝負だしな。

さて、これで二チーム倒した。あと一チームと思い、振り向くと、もう一チームいた場所は氷の壁に覆われていた。

ヴィクトリアとクララはもう立って観客と化していた。氷の壁の上に人が立っている。あれは……ティリシアとガウェインか。

あいつら中々エグい事をするな。氷の壁で相手チームを覆って逃げられない様にして、上から魔法で狙い撃ちとは。

時折氷の壁が揺れているのは、相手チームが魔法を放っているからだろう。だが、ティリシアはかなりの魔力を流している様で全く壊れる気配がしない。

そう思っていたら、氷の壁の上に巨大な風の塊が出来る。あれを作ったのはガウェインの様だ。ガウェインは空に向けて手を掲げ、氷の壁の中に向かって何かを言っている。そして、

『オーノチーム降参のため、対抗戦終了！　Dグループ勝者チーム、ヴィクトリアチーム！！！』

「「「うおぉぉぉぉぉお！！！」」」

ふう、危なげなく勝てて良かった。俺は両手の剣を鞘に戻す。三チーム相手でもヴィクトリアとクララを温存した状態で勝てたしな。

「お疲れ様でした、レディウス」

「ああ、ヴィクトリアもお疲れさん」

「いやー、レディウス一人で二チームも倒すなんてやるねー」

俺がヴィクトリアたちの下に戻ると、二人がそう声をかけてくる。ヴィクトリアはふんわりも微笑み俺を労ってくれて、クララはこのこの～と脇腹を突いてくる。脇腹を突くのやめい！

「ふふ、本当にレディウスの実力には驚かされる」

「全くだぜ。俺らの出番なかったじゃねえか」

魔法を解除して降りてきたティリシアとガウェインが苦笑いしながら戻ってきた。まあ、勝たなきゃと思って力が入ったのは認める。

「それでは行きましょうか。直ぐにEグループが始まります。絶対に勝たなければならないチームなのでよく見ておきましょう」

ヴィクトリアの言葉に俺たちは頷く。次の試合はランバルクたちが出てくる。俺はどれほどの実力かは知らないのでよく見ておかなければ。

◇◇◇

『それではEグループの対抗戦を始めます！　今までは紹介をしていませんでしたが、今回はさせていただきます！　何故なら、このグループには毎年優勝のあのチームがいるからだぁぁ！！！』

「「「「うおぉぉぉぉぉぉぉぉおおおお！！！！」」」」

今俺たちは観客の選手席から訓練場を見ているのだが、ものすごい熱気だ。周りの観客の歓声で会場が揺れるほど。

『それでは入って来ていただきましょう！　四年連続優勝なるか⁉　全戦不敗のチーム、ランバルクチーーーーム！！！！！』

司会の言葉と同時に四つある入口の一つから煙が噴き出す。そして現れたのは、ランバルク・リストニックを先頭にしたチームだ。

直ぐ後ろには双子の弟のランベルトが続き、その次金髪でキツネ目の男が槍を首の後ろに置く様に持っている。それに続いて両手にガントレットを装備した筋肉質の茶髪の女性に、その女性とは正反対のほっそりとしているけど、どこか神経質そうな金髪の女性が続く。

「あれが、毎年私たちの代の対抗戦を優勝しているチームだ。ランバルクはふざけた奴だが、火、水、風、土、闇の五種類の魔法を全て同時に放つ事が出来る。弟のランベルトは前にも話した様に学年、いや学園で最強だ。その後ろの細めの男が、フォックス・モスキート。リストニック家の寄子のモスキート伯爵家の次男で見ての通り槍の使い手だ。あの筋肉質の女は、アリッサ・バイクラム。バイクラム子爵家の次女でさっきと同じ様にリストニック家の寄子で、武闘派の一族だ。一族全員が戦えるという家だ。最後の神経質そうな女が、フューリ・メリストリー。メリストリー伯爵家の長女で、将来は家を継いだランバルクの秘書につくらしい。火魔法と土魔法を混ぜた熔炎魔法を使う。奴の魔法は鉄をも溶かすほどだ。私の氷魔法では相性が悪い相手だ」

ティリシアは苦々しそう話してくれる。なるほど。奴ら全員が将来のランバルクの部下になるわけだ。彼らはかなりの実力者なのだろう。彼らが出て来ただけで、他のチームは萎縮してしまった。

『それではEグループ対抗戦、始め！』

チームが出揃ったため、司会が開始の合図をする。さてと。ランバルク率いる最強チームか。どれほどの実力なのか楽しみだな。

◇◇◇

「今日は昨日以上の人数だなぁ～」

俺は訓練場の観客席に座る観客たちを見て呟く。

「当然だろ。前も話したかも知れねえが、この対抗戦はスカウトも含まれている。今日明日やるトーナメントで貴族や騎士団の人らは、本格的に優秀な学生を探しに来ているのさ」

俺の隣に座っているガウェインがそう教えてくれる。成る程な。貴族の子息は親や周りの貴族に自分の優秀さをアピール出来るし、平民にしても、成績を残せば、貴族や騎士団から雇われたりするもんな。俺が戦争に出たのと同じ理由だ。

今日は対抗戦の二日目になる。今日から各学年がトーナメントをし、決勝までを決める。一から三年生は順当に八チームになったので、試合は第一試合が四回、第二試合が二回行われる。

四年生は一チーム多い九チームなので、一チームだけシードになる。そのチームは当然ながらランバルクのチームだ。トーナメントは第一試合からシードの最終戦の第七試合までである。

第一試合
カトプレパスチームVS．ドロシアチーム

第二試合
シュネークチームVS．カパルトチーム

第三試合
ヴィクトリアチームVS．ヘンリンスチーム

第四試合
アーホンチームVS．シドニーチーム

第五試合
ランバルクチームVS．第一試合勝者チーム

第六試合

第三試合勝者チームＶＳ．第四試合勝者チーム

第七試合

第二試合勝者チームＶＳ．第五試合勝者チーム

となる。俺たちのチームは第三試合となる。目的であるランバルクのチームと戦おうと思ったら、決勝まで勝たなければならない。

「しかし、想像以上の強さだったな、ランバルクのチーム」

「ああ。あれが毎年優勝のチームだ。昨日は全く実力を出していなかったがな」

ガウェインの言葉を聞いて昨日の試合を思い出す。昨日は試合開始と共に、熔炎魔法を使うフューリが魔法を放って、それで半分近くはリタイアした。残りの半分は、ランベルトが自分の身長ほどあるハルバートを振り回し倒していた。

「ランベルトもかなり強かったな」

「あいつは特異体質でな。紫髪で魔法も火、水、風、土、光使えるのだが、攻撃魔法が一切使えないんだ。その代わり身体強化魔法が他の人の倍近く効果があるらしい。同じ風魔法のソニックウインドを使っても、ランベルトには速さで勝てないそうだ。その上同時発動が出来るから、攻撃力強化の火、速さ強化の風、防御力強化の土、常時回復の水、闇以外の全ての特性を持った光を全て発動している」

人の倍の効果か。それ程身体能力が上がるのかはわからないが、かなりの脅威だろう。だからこそ自分の身長と変わらない長さのハルバートを片腕で軽々と振り回せるのか。

「ランバルクは昨日ティリシアが言っていたように、ランベルト同様全ての魔法を同時に使うことか出来る。ランバルクはそれを攻撃魔法で使っているが。後の二人は本気で戦っているところを見た事がないためわからねえ。だが、アリッサの方は噂でだが、殴られた相手は内臓が潰れていたらしい」

「そりゃあ、殴られれば潰れる事もあるだろう」

「殆ど外傷が無いのに？」

……全く意味がわからない。怪我をさせずに内側だけ潰したって事か？

「まあ、やってみなきゃわからねえが、一筋縄ではいかねえ」

「確かにな」

俺とガウェインは、そんな話をしながら試合を見るのだった。

◇◇◇

「はぁっ！」

「ぐうっ、くそっ！」

俺の振り下ろした剣を、女性は槍で受け止めるが耐え切れなかったのか直ぐに後ろに下がる。俺は女性についていくように、突きを連続で放つ。

「ミリー！　このっ！」

その俺の背中を狙って、もう一人の女性が剣を振り下ろしてくる。二人とも騎士学科の数少ない女生徒だ。

俺たちは第三試合を無事に勝ち抜き、現在第六試合を行なっている。相手チームは第四試合の勝者シドニーチームだ。

合同学科のシドニー・ブラハムが率いるチームで、補欠含めて全員が女生徒だ。そのため、俺とガウェインは物凄くやり辛い。

向こうの作戦は、俺を二人掛かりで止めて、その間にリーダーを倒そうと考えているらしい。

シドニー率いる他の三人は交代で魔法を放ってヴィクトリアたちを動かないようにしている。

三人ともが広範囲魔法であるファイアストームという火魔法を放っているため、ティリシアのアイスウォールから出られないのだ。

そのため、ここを早く切り抜けて助けに行きたいのだが、

「せいやっ！」

俺が後ろの女生徒の剣を受けている間に、先ほどまで下がっていた女生徒——ミリー——が再び槍で突きを放ってくる。

俺は腰に差してある剣を左手の逆手で抜く。右手の剣で女生徒の剣を受け止め、左手の剣でミリーの槍を逸らす。

ミリーは直ぐに槍を手元に戻して横払いをしてくるが、俺は跳んで避ける。そして槍の上を蹴っ

てミリーの後ろに再び跳ぶ。

先ほどまで出していた左手の剣は鞘に戻し、左手でミリーのバッチを掴んで潰す。

「ああっ！」

少し柔らかい感触があったが黙っておこう。ミリーは俺を睨んでくるが不可抗力だ。許してほしい。

「ミリー⁉　くそぉっ！」

もう一人の女生徒が剣を構えて走ってくるが、一対一ならば先ほどみたいにはならない。

俺と数合程打ち合うと、女生徒は下がって腕を振っている。俺の力に耐え切れずに痺れているようだ。

もちろんその隙を逃さない。俺は魔闘脚を発動し、即座に女生徒との距離を詰める。そして下から切り上げて女生徒のバッチのみを切る。

女生徒は顔スレスレに通り過ぎた剣を見て、腰が抜けてしまったようで座り込んでしまった。

少し怖い思いをさせてしまったがこれも勝負だ。仕方ない。俺はそのまま魔法を撃ち続けているシドニーたちの下へ駆ける。

三人いるうちの一人が俺に気が付き、直様魔法を放ってくるが、俺には当たらない。俺が避けて近づくものだから、三人とも気が付き慌て始める。

当然その隙を逃すティリシアたちでは無い。魔法が弱まった一瞬をついて、氷の壁からガウェインとクララが走ってくる。

リーダーのシドニーともう一人の女性とが慌ててガウェインたちに魔法を放つが、二人は魔法を避ける。

俺も魔法を放ってくる女生徒の横を通り過ぎ、シドニーの前まで行く。シドニーは俺の顔を見てギョッとするが、もう遅い。俺は振り上げた剣を振り下ろす。シドニーのリーダーバッチは左右に割れてしまった。

『第六試合勝者チーム、ヴィクトリアチーム！！！』

「「「うぉぉぉぉぉっ！！！」」」

「きゃあーーーー！　レディウス様、かっこいいですぅ！！！」

司会の言葉に湧き上がる観客。観客の歓声に混じってロナの声が聞こえた気がしたが気のせいかな？

「おつかれー！　二人相手でも流石だねー、このこのー」

ニコニコと笑いながらクララはやってきて俺の脇腹を突く。だから脇腹を突くのはやめい！

「お疲れ様でした、レディウス。まさかレディウスが狙われるとは思いませんでした」

俺がクララのおでこをデコピンしていると、ヴィクトリアとティリシアがやってくる。

「でも、あの二人は同じ騎士学科だからな。レディウス実力を知っているからこそマークしたんだろうな」

ヴィクトリアの言葉に、俺を突くクララを微笑ましそうに見ていたガウェインがそう言う。確かにそうかもな。

「何はともあれ、これで決勝だ。ティリシアの事もあるが、何としても勝とうぜ！」

「ああ」「うん」「はい」「おう！」

こうして、俺たちの二日目の試合はこれで幕を閉じた。

二日目最終試合、ランバルクチームとカパルトチームの対戦だったが、やはり圧倒的な差でランバルクチームの勝利だった。

明日の対戦チームは予定通りランバルクチームとなったのだった。

◇◇◇

パァーン！　パァーン！

訓練場の上空に打ち上げられる魔法。火魔法で打ち上げられた魔法は、訓練場の上空で音を鳴らして破裂する。その音が鳴り響く度に、訓練場の緊張感が増し、観客の熱気が高まる。

今観客、出場者含めて全員が第一訓練場にいる。入りきれないほどの観客の人数が押し寄せ、入らなかった分は他の訓練場で映像を見る事になる。

あまりの人数なので入場料を取る程だ。入場券を買えなかった者は貴族でも入れない。毎年かなりの倍率になるらしい。

そんな熱気のこもった会場の真ん中に俺たち出場者組は立つ。なんでも、今から国王陛下のお言葉が貰えるそうだ。

国王陛下のお言葉が貰えたら、一年生の三位決定戦から始めていき、一年生の決勝となり、それから二年生、三年生、四年生へと続いていく。

だから、俺たちの決勝戦は今日の一番最後になる。最低でも七時間近くはかかる。

二年生と三年生の出場者はわからないが、一年生の決勝に残ったチームの中にはアレスとクリティシアさんの姿があった。向こうも俺に気が付いたみたいで、俺に手を振ってくる。

俺もアレスたちに手を振り返すと、アレスと同じチームだと思う金髪のイケメン男子が、アレスの後ろから俺を睨みつけていた。何だあいつ？

アレスの隣に立っていたクリティシアさんはその男子に気が付いており、冷ややかな目で見ていたのが印象的だった。

「それじゃあ、ちゅうもく～！　今から各学年対抗戦、最終日を開始するわよ～！　まず始めに国王陛下からお言葉を頂くわ～。国王陛下、こちらへ」

そんな風に周りを見ていたら、デズ学園長がそう言う。そして訓練場に設置された壇上の上に登る煌びやかな服を着た男の人。

年は四十近く。金髪の髪に穏やかそうな雰囲気がある。この人がこの国の王、バーデンハルク・アルバストか。

「ああ。コホンッ！　まずは、対抗戦を勝ち残った生徒たちよ。よくぞ勝ち抜いてきた。年々、実力が高くなっていっている対抗戦。その中でも、最終日まで残れるほどの実力を持っている事は、この国の王として、大変喜ばしく思う。当然、勝ち残った者がいれば、負けた者もいるだろう。その者たちも諦めずに努力してほしい。この対抗戦が全てではないからな。まあ、私の挨拶はこのぐらいにしておこう。では未来ある若者たちよ。熱く血滾る戦いを見せてくれ！！！！！」

「うぉぉぉぉぉぉぉぉっ！！！」

国王陛下のお言葉に、一気に盛り上がる観客たち。観客の中の貴族席。その中でも王族用の個室と、公爵、侯爵が使う特別室がある。その中に国王陛下と王妃様、ウィリアム王子に姉上がいた。

その部屋の中には他にはレイブン将軍やブルックズ近衛騎士団長も一緒にいた。護衛のためかな？　客席にはケインズ将軍やミストリーネさんたちが警戒をしている。まあ、王族全員が来ているから当然か。

特別室も王族用の個室に比べると少し小さいが、個室になっていて、そこには公爵二家と侯爵家が複数家使っていた。訓練場の最上階に作られていて、すべての部屋が繋がって円になっている。

「それでは、まずは一年生の三位決定戦から始めるわよ！　三位決定戦に出場するチームはこの場に残って、他のチームや学年は、観客席で見ているか、待機室で待っているように！」

デズ学園長の言葉に出場者の各々を、それぞれの場所に移動する。俺たちも訓練場から出て、観客席で見ようかと思ったら
「レディウス！」

後ろから声をかけられる。振り向くとそこにはアレスが。その隣には当然のようにクリティシアさんが立っている。

「よう、アレス。決勝まで残るなんて凄いじゃないか！」

俺が褒めながら頭を撫でてあげると、アレスはエヘヘと笑う。何だか犬っぽいな。

「当然だよ！　レディウスに教えてもらった纏のおかげで昔以上に速く動く事が出来るようになっ

たからね！」

　そしてアレスは両手で握りこぶしを作ってそう言ってくれる。それなら俺も教えた甲斐があるってものだ。それからアレスがモジモジとし始めて何かを言おうとした時、

「アレス、クリティシア、そろそろ行くぞ！」

　と二人の後ろから声がかけられる。声をかけたのは先ほど俺を睨んでいた金髪の男だ。その後ろにいたチームメイトらしき男子生徒と女生徒が「はぁ～」と溜息をついて、クリティシアさんが殺気を放ち、アレスがプルプルと震えている。理由はわからないが邪魔してしまったみたいだ。

「アレス、何だか悪かったな。それじゃあ試合頑張れよ。応援しているから！」

　俺が最後にアレスの頭を撫でて、みんなの下へ向かう。後ろで「あっ……」って声が聞こえたが、その後のクリティシアさんの怒鳴り声でかき消された。なんで怒っているんだ？

　俺がみんなの下へ戻ると、ヴィクトリアが、

「……鈍感ですね」

　と俺に一言言って行ってしまった。何だよ。他のみんなも苦笑いだし。そんなみんなの背中を追いかけながら、俺も観客席に向かうのだった。

◇◇◇

『四年生三位決定戦も終え、残るは決勝のみ。みんなぁ！　最後の熱き戦いを脳内に刻み込む準備はできているかぁ！！！？』

「「「うおおおおおお！！！」」」

対抗戦三日目も終わりを迎えてきた。朝の一年生の三位決定戦から七時間近く経っていて、日も傾きかける時間帯だ。

アレスたちの試合も無事に終わったが、アレスたちは負けてしまった。何処かチーム内でギクシャクした雰囲気があって、あまり噛み合っていなかった。何かあったのだろうか。

そんな風に各学年の試合が終わっていく中、俺たちは、待機室で待っていた。ここを出れば訓練場まで一本道で出られる部屋になっている。第一訓練場にしか無くて、しかも対抗戦でしか使われない贅沢な部屋だ。

俺は部屋の中を見渡すと、目を瞑《つむ》って座っているティリシア。自分の剣を手入れしているガウェイン。部屋の中を物色するクララ。自分の家から持ってきたのか本を読んでいるヴィクトリアがいる。

これだけなら落ち着いた雰囲気でいるのだろうと思うのだが、ティリシアの足下を見れば凄い速さで貧乏ゆすりをしており、ガウェインは手元が狂って自分の手を切っている。クララはもう十周ぐらいしているのにまだ見て回り、ヴィクトリアは本を逆さまにして読んでいる。

お前ら、緊張し過ぎだろ……。

「……ティリシア、少し落ち着けよ。ガウェイン、手が剣で切れているぞ。クララ、さっきから何度も同じところを回っているぞ。ヴィクトリア、読んでいる本が逆さまだ」

俺がそれぞれに指摘してあげると、ティリシアはうっ、となり、ガウェインは気付いてなかったのか手元を見て慌て出し、クララは、はっ、と気が付き、ヴィクトリアは「き、気づいていましたし！」と俺に怒る。……いや、さっきまで必死に読んでいたじゃないか。

「みんな緊張し過ぎだろ。もう少し肩の力を抜けよ」

「……そうは言うが、決勝だぞ？　しかも、一番注目される四年生の決勝だ。これには今日一番の観客が入る。そんな中で戦うなんて緊張するだろ！」

ガウェインは、俺にそう言ってくる。まあ、気持ちはわからなくもないが。

「でも、いくら緊張したところで結局は戦わなければならないんだ。それなら緊張せずに戦いやすいように気持ちを落ち着かせるのがベストだろ？」

「それはそうですが……レディウスはどうしてそんなに落ち着いてられるのですか？　ガウェインが言ったようにたくさんの人が集まります。そのため決勝なのに、不甲斐ない戦いをすれば、それは直ぐに国中に広まり、笑い者にされるのですよ？　それに勝たなければティリシアが奴隷に……」

「それがどうしたんだよ？」

「えっ？」

なんだよ。みんな何に不安を感じているのかと思ったら、そんな事を思っていたのか。

「なんで試合前に、負けるかもって思っているのかが、俺には不思議なくらいだ。確かにランバルクたちは強いかもしれない。でも、俺からしたらみんなも負けていないと思っている。防御系の魔法が得意なヴィクトリアに、臨時応変に対応出来るティリシア。みんなをサポートするクララにガウェイン。俺はランバルクのチームに負けているとは思わない。確かに勝負に絶対はあり得ない。

もしかしたら魔法の余波で飛んできた小石が、バッチに当たり割れて負けるかもしれない。躓いてこけるかもしれない」

「……」

「何が起こるかわからないが、試合前に負けるかもって思って不安になっていると、絶対に勝てない。勝つために考える事をやめているからな。だから、みんなもそんな不安に思うより、どうすれば勝てるのか考えようぜ。どちらにせよ、俺たちは絶対に負けられないんだから」

俺がみんなを見渡しながら話すと、ティリシアがふふ、と笑う。なんだよ？

「レディウスには敵わないな。私たちはランバルクのチームの戦い方を見て、少し萎縮していたようだ。奴らがあまりにもあっさり勝ってしまうからな」

「確かにそうだよねー。ほとんどフューリの魔法とランベルトが一瞬で倒しちゃうからねー」

「あんな奴らにビビってられねえな。絶対に勝たなきゃいけないから力が入り過ぎていたぜ」

「そうですね。確かに力が入り過ぎていました。ありがとうございます、レディウス。気が付かせてくれて」

みんなの表情がさっきより和らいだのがわかる。これでいつも通り動いてくれればいいのだが。

そこに、

『それではぁ！　両チームに入場して頂きましょうっ！』

会場から放送が聞こえる。もうそんな時間か。それは腰に差してある二本の剣を確認する。他のみんなもそれぞれの武器を持ち出口に立つ。

「それじゃあ、行きましょうか」

ヴィクトリアを先頭に部屋を出る。一本の道を歩き、訓練場へ繋がる扉を係りの人が開けてくれて、通り抜けると、

「「「「わぁぁぁあああああっ！！！！！」」」」

大歓声が俺たちを包む。向こうにはニヤけた顔をしているランバルクが見える。あいつは既に勝ったつもりでいるようだ。

俺たちとランバルクのチームが定位置まで行くと、

「ティリシア！　僕の奴隷になる準備は出来たか？」

「誰がお前の奴隷になるか！　私たちが勝ったらお前には何でも言う事を聞いてもらうからな！」

「勝てればな！　司会これを！」

ランバルクは懐に入れていた筒を係りの者に渡す。係りの者は、直ぐに司会のところへと行き渡す。司会はそれを開けて中に入っているものを取り出した。あれはティリシアとランバルクが書いた誓約書か。

『ななな、なんとぉ！　ランバルク選手とティリシア選手は今回の対抗戦で賭けをしていたようです！　内容は「ランバルクチームが勝てばティリシア・バンハートは、ランバルク・リストニックの奴隷になる」というものと、「ティリシアが所属するチームが勝てば、ランバルク・リストニックは何でもいう事を聞く」というものです!!　この誓約書には両貴族の貴族印が押されており、この誓約書は公式な物となります！　なんて大胆なんだぁ！』

司会が会場全体に聞こえるように、誓約書の内容を読んでしまった。これで負ければ確実にティリシアはランバルクの奴隷になってしまう。

「ふはは。ティリシア。今ならまだ試合前だ。棄権すれば寛容な僕は奴隷になる事は許してあげよう！」

「ふん。誰が棄権するか！　私たちのチームは勝つ！　自分こそ、何を言われるか恐々としながら試合に臨むんだな！」

ニヤニヤと笑みを浮かべているランバルクに、ティリシアはビシッと指をさしながら言う。おおっ、カッコいい。観客にいる女生徒たちも「きゃあー！！！」と言っている。ティリシアの凛々しい雰囲気が、女性にモテるのだろう。

「後悔するなよ、ティリシア！」

「……」

怒るランバルクの言葉をティリシアは無言で返す。そのまま腰の剣を抜きいつでも始められるように構える。それにつられてガウェインとクララも構える。俺も腰の剣を二本抜く。

『そぉれではぁぁあ！　対抗戦四年生決勝戦を始めます！　はじめぇぇぇ！！！』

司会の開始の声と同時に、フューリが熔炎魔法を発動する。今までの流れと同じだな。

「マグマバレット！」

何もかもを溶かす高熱の熔岩の塊が飛んでくる。

「耐え切れ！　氷の城壁アイシクルランパート！」

フューリの攻撃を防ぐためにティリシアが氷魔法を発動する。いつもの氷の壁でなく、何層にも重ね合わせて分厚くした壁だ。

分厚い壁はまるで城を守る城壁のように不動の物となっている。その壁に熔岩の塊がぶつかり、氷の城壁が揺れる。

あまりの高熱に氷の城壁の表面は溶け始め、水が蒸発し、水蒸気を発生させる。そのせいで視界が悪くなる。

かなりの防御力を誇る氷の城壁だが、欠点がある。それは防げる範囲が狭いということだ。かなりの魔力を消費するため、大きさが制限されてしまうのだ。

当然、ランバルクたちもそこを狙ってくるように、氷の城壁の左右を走り抜けてくる影が見える。右側がランベルト、左側がフォックスだ。

「ガウェイン！」

「ああ！」

ここまでは予想通りだ。前もって話していた通り、俺とガウェインが左右に分かれる。俺がランベルトでガウェインがフォックスに。

フォックスはキツネ目のまま、ガウェインに槍を突き放つ。ガウェインは左手に持つ盾で槍を逸らして剣で切りかかる。

「はぁっ！」

俺も斜め右上から振り下ろしてくるハルバートを後ろに飛んで避ける。ランベルトのハルバートは地面を抉るが、ランベルトは気にした様子もなく手元に戻して構える。

魔闘眼で見ると、ランベルトの身体はそれぞれの属性の色で光っている。既に身体強化魔法は発動しているわけだな。

俺はそれを見て、思わずニヤケてしまう。今日ほど注目される日は無いだろう。この会場の人たちは紫髪の学園最強に、黒髪の平民が勝てるとは思わないだろう。

そんな奴らに見せ付けてやる。黒髪でも強くなれる事を！

◇◇◇

「……」

「……」

氷の城壁に次々と魔法がぶつかる音。フューリの魔法によって、かなりの温度差で蒸発する溶けた水の音。

フォックスの槍とガウェインの盾がぶつかり合う音。

氷の横から走り抜けてくるアリッサに、短剣を両手に持ち迎え撃つために走り出す二人の足音。

周りの観客の声援や罵倒。色々なものが入り混じった声。

様々な音が聞こえてくるが、俺とランベルトは構え合ったまま動かない。その上どちらとも声を出さずに、相手だけを一身に見据える。

この緊張感は久し振りだな。死にかけた戦争でも味合わなかった。あの時とは別の、一流の戦士との試合のみに感じられる感覚だ。

昔はミストレアさんやレーネさんが相手をしてくれる時は感じる事が出来た。どちらの覇気もぶつかり、その空間だけが別の物になって行くような感覚。

「何をしているランベルト！　いつも通りさっさと倒せ！」

……空気読めを馬鹿野郎。せっかく良い感じに二人ともが集中力を高めていたのに、横入りしやがって。ランベルトの顔を見ると、ランベルトも残念そうな雰囲気を出している。

「行くぞ」

ランベルトは一言だけ発して、走り出す。そういえばこいつ、教室でも話しているところを見た事がないな。人見知りなのだろうか？

俺はそんな事を考えながら、ランベルトのハルバートを避ける。身体強化をしているおかげで、ランベルトはハルバートを片手で軽々と振り回してくる。

右斜めからの振り下ろしを、体を逸らして避ける。ハルバートを右手で振り下ろしているランベルトは、直ぐに左手に持ち替えて、横薙ぎを払ってくる。

剣でなんとか受け止めるが、かなりの威力だ。全部受け止めてしまうと、剣がもたないので力を逃すように後ろに跳ぶ。

しかし、ランベルトもそれだけでは終わらない。ハルバートの穂先に魔力を集めて俺の方へ向けてくる。あの魔力の感じは……風か！

「スパイラルブレイブ！」

「ちっ！」

ランベルトが突きを放った瞬間、ハルバートの穂先から螺旋状の風の突きが放たれる。あいつ攻撃魔法使えなかったんじゃねえのかよ、ガウェイン！

俺は横に転がるように避ける。元いた場所の俺の胸部分に風の突きが通り過ぎる。俺はその余波で、余計に転がる。俺の横を通り過ぎ、数メートルほど進んだら消えてしまった。

俺は膝をつきランベルトを見る。ランベルトは振り下ろすように持ちながら走ってくる。今度はハルバートの斧の刃の部分に魔力が集まっているな。あの感じは火魔法。

「バーンスラッシュ！」

俺は腰のもう一本の剣を抜き二本ともに魔闘装をする。真正面からはじき返してやる！

「烈炎流、花火二連！」

ハルバートの斧部分に二本の剣をぶつける。ハルバートと触れた瞬間、俺の腕にかなりの衝撃が走る。魔闘拳をしていなければ痺れていたな。

だが俺の目的通り、ランベルトのハルバートをランベルトの頭上に打ち上げる事に成功する。上手くいけばランベルトの手から離れさせたかったが、そこは身体強化で耐えたようだ。

だが、ランベルトの顔は驚きに染まっている。まさか押し負けるとは思わなかったのだろう。

今度は俺が攻める番だ。俺は直ぐに態勢を立て直し、二刀の剣を構えてランベルト迫る。ランベルトは打ち上げられた衝撃で、まだ立て直せていない。

「はぁっ！」

俺はランベルトに切りかかる。ランベルトは辛うじてハルバートで防ぐが、防戦一方だ。俺は全体的に攻撃をするが、バッチを狙うのも忘れない。

ランベルトは、致命傷になりそうな攻撃とバッチだけは確実に守ってくる。他のかすり傷程度を無視して。このまま押し切れるだろうか？　そう思った時、

「きゃあぁ！」

叫び声が聞こえた。声のする方を見れば、ガウェインとフォックスが戦っており、ヴィクトリアとティリシアが魔法を発動している。そしてその向こうでは、お腹を押さえながら、地面に横たわっているクララと、ゆっくりと歩くアリッサの姿があった。

「よそ見したな？」

俺がクララの方に気を取られていると、ランベルトがハルバートで薙ぎ払ってくる。俺は右側の剣でなんとか防ぐが、よそ見をしていたツケが来たようだ。耐え切れずに吹き飛ばされる。

だけど今はそれどころではない。俺は直ぐに態勢を立て直し、顔を上げると、ヴィクトリアたちに迫るアリッサが見える。クララはバッチを壊されたようだ。

ティリシアは剣を抜くが、一瞬気をそらしたせいで、氷の城壁に流していた魔力が途切れる。そしてフューリの熔炎魔法がぶつかり、崩れる氷の城壁。

「これで終わり。クリムゾンメテオ」

フューリは上空に巨大な岩を作り出す。直径で十メートルほどだろうか。表面はグツグツとマグマが溢れ出し、かなりの熱を持っている。それを放つ気か⁉

近くにいたアリッサにフォックス、ランベルトはランバルクの近くまで下がり、フューリがそれを確認すると、上空にある隕石をヴィクトリアめがけて落としてくる。

「ガウェイン！　倒れているクララを場外へ！」

「わ、わかった！」

クララはどうやら気を失っているようで、微動だにしない。そこにこの魔法を喰らえば、怪我を負う事になるだろう。ガウェインは直ぐにクララの下に駆け寄り、クララを背負う。俺はその間にヴィクトリアたちの下まで戻る。

「ヴィクトリア、ティリシア！　二人は自分たちの周りに防御魔法を出来るだけ強固に張るんだ！」

「でも、レディウスはどうするのですか⁉」

「俺はあの魔法を撃ち落とす！」

「「……はっ？」」

後ろでヴィクトリアとティリシアの素っ頓狂な声が聞こえるが、今は気にしていられない。俺は左の剣を鞘に戻し、右手の剣だけを持って構える。

「纏・真」

全身に魔力を限界まで張り巡らせる。ゴゴゴッ！　と音を立てながら落ちてくる隕石を見ながら、集中する。ミスれば、俺たちに直撃、大怪我をするが、成功すれば、隙をつけるだろう。

俺は右手を限界まで引き絞り、左手で的に向かって狙いを定めるように合わせる。

「旋風流奥義」

右足も後ろに下げると、ジャリっと音がする。隕石と距離は二十メートルほど……十五……十……五……ここだっ！

「死突！」

限界まで引き絞った右腕を解放する。剣の切っ先が隕石にぶつかり、隕石は爆発した。俺は爆風を背に受けながら走り出す。ヴィクトリアたちは防御魔法を発動しているので、爆発の余波を防ぐには十分だ。

俺は敵陣に向かう。狙うはフューリだ。ランバルクでも良いのだが、ランバルクの前にはアリッサとランベルトがいる。だが、フューリは魔法を発動するために全体から一歩前に出ていた。

「えっ⁉」

爆風の中から出てきた俺を見て驚くフューリ。他のみんなが固まる中、ランベルトだけが動き出すが、もう間に合わないよ！

「せいっ！」

俺は無防備に立ちつくすフューリ目掛けて、剣を振り下ろす。フューリのバッチは二つに割れて音を立てながら地面に落ちる。

「……お前、どうやって」

フューリはその場で座り込み、ランベルトは悔しそうな顔をしている。これで四対四。振り出しに戻ったな。

「なっ⁉　フュ、フューリがやられただと！　く、くそぅ！　ランベルト！　直ぐに奴を倒せぇ！　今直ぐにぃ！」

◇◇◇

ようやく現実を見る事が出来たのか、ランバルクが俺を指差しながら喚《わめ》き散らす。うるせぇ野郎だ。俺も剣を構え直し、ランバルクへと迫る。だが間に割り込むようにランベルトが入ってくる。

「兄者の下へは行かせん！」

「押し通る！」

俺の剣とランベルトのハルバートがぶつかり合う。何十とぶつかり合うが、そこを狙うかのように、ランバルクは魔法を放って来た。こいつ、ランベルト毎狙って来たのか。

俺が離れようとした時、俺とランベルトを覆うように透明な膜が張られる。これは……。

「二人の邪魔はさせません！」

ヴィクトリアが光魔法で防いでくれたようだ。ランバルクは顔を怒りに染めて、残りの二人に指示を出す。アリッサとフォックスは指示通りヴィクトリアを狙いに行くが、その二人を止めるようにアリッサにはティリシアが、フォックスにはガウェインが向かう。

「お前は心配なのだろう」

俺がヴィクトリアたちを気にしていたら、ランベルトがそんな事を言ってくる。

「お前は稀に見る強者だ。黒髪なのが惜しいぐらいにな。そんなお前からしたら、奴らみたいな弱者の事が心配なのだろう。その点、俺は奴らに対して何も思っていないからな」

ランベルトは鼻で笑ってそう言ってくる。はぁ～、なんて可哀想な思考をしているんだか。

「心配なんかしてねぇよ」

「なに？」

「俺はチームのみんなを信頼してんだよ。みんなはお前たちのチームにも劣らない才能を持っている。この試合も俺たちが勝つ！」

◇◇◇

「しっ！」

「うおっ！」

あぶねぇ～。フォックスの槍捌きは中々のもんだぜ。俺は辛うじて盾で逸らしているが、少しずつ擦り傷が増えていく。

「ほらほら、どうしたどうした！　落ちこぼれ！　避けてばかりじゃあ勝てないぜ！」

フォックスはニヤニヤとしながらも、俺を挑発してくる。全く、うざい野郎だ。もう、そんな事言われ慣れてるんだよ！

「うるせぇ！」

俺は剣で切りかかるが、フォックスは槍で防ぐ。そのまま、石突きで足払いをしてくる。俺は跳んで避けるが、石突きで突きを放って来た。俺の腹にめり込み、俺は後ろに転がる。

「げほっ、げほっ！」

「いや〜、まさかあの黒髪がランベルトとあそこまでやりあうとは思ってもみなかったぜ。だけど、チームが弱かったら意味がないよなぁ！　なぁ、落ちこぼれぇ！」

ニヤニヤニヤニヤと本当にうるさいな。俺は腹を押さえながらも立つ。確かにレディウスに比べたら俺は弱い。家でも兄貴たちには勝てずに舐められている。だけどなぁ。

「俺もニヤニヤと笑われて黙ってねぇよ！」

俺はレディウスに教えてもらった纏を発動する。俺は生まれつき魔力が少ない。だから、使える技も限られてくる。どデカイのなんかを撃ったら、二発撃てたら良い方だろう。

纏も覚えたの魔闘脚と盾に魔闘装が出来るようになっただけ。レディウスみたいにどれもこれもとは器用には出来なかった。だけど、

「負けねぇ！」

俺はフォックス目掛けて駆け出す。フォックスは先程までの俺のスピードとは違う事に驚いているが、即座に対応する。

俺はフォックスに向かって何度も剣を振り下ろす。魔闘脚が使えるのはほんの数分だ。切れるまでに決着をつけなければ。

「ちっ！　面倒だな！　アースクエイク！」

そこで、フォックスは石突きを地面にぶつけ魔法を発動する。発動は一瞬だったので、揺れはすぐに収まったが、その数秒の揺れのせいで、俺はバランスを崩してしまった。

「これで終わりだ！」

フォックスは俺に槍を突きつけてくる。狙いは当然バッチだ。俺は迫る槍を剣で叩く。軌道を逸らされた槍は、そのまま俺の脇腹へと刺さった。

「ぐうっ！」

口の中に熱いものがこみ上げてくるが、今は我慢だ。フォックスはすぐに槍を抜こうと引っ張るが、俺は右手に持つ剣を放り投げて、槍を掴む。フォックスの引っ張られる力についていく。それと同時に左手に持つ盾に魔力を流す。

「て、てめぇ！」

俺はフォックスの槍を引っ張る力に乗って、フォックスの側まで寄る。そこで槍から手を離し、フォックスの襟元を掴む。慌てた様子のフォックスの顔がよく見えるぜ。

「歯食いしばりやがれ！」

そして、俺は左手に持つ盾でフォックスの顔を思いっきり殴り飛ばす。フォックスの顔が歪むほどの一撃だったが、俺の脇腹を刺したんだ。これでおあいこにしてやる。

ゴロゴロと転がったフォックスは、そこから動く気配がない。気を失ったか。近づくと、フォックスの顔は青紫に腫れて、鼻と口から止めどなく血が溢れる。歯も何本か折れている……回復魔法で歯って治るんだっけ？

わからないが、とりあえずバッチを取っておこう。俺はフォックスの胸に付けてあるバッチを取る。

「確かに俺はクリフィール…………家の落ちこぼれだ。だけどな。その事を甘んじて受けていられるほど、俺も出来た人間じゃねえんだわ。親父にも兄貴たちにも見返してやるんだからよ」

ふぅ、でも今はもう魔力も無くて、治療も出来ない。少し寝かしてもらうぜ、レディウス。

◇◇◇

「ちっ、氷の魔法ばかりうぜぇんだよ！」

私が放つ氷の槍を、悪態をつきながらも籠手に火魔法を流し、打ち砕いていく女性、アリッサ・バイクラム。彼女の独特な足捌きに少しやり辛い点もあるが、彼女は私が抑えなければ。

「アイスニードル！」

私は剣を地面に突き刺し、氷魔法を発動する。地面に魔力を流して発動。地面から氷の棘《とげ》を出現させる。アリッサの周りに出現する氷の棘。

これなら避けられないだろうと思ったが、アリッサは足につけてある脛当てに魔力を流して、

「うぜぇ！」

氷の棘を蹴り、折ってしまった。そして、折れた氷の棘を足場にして、私の下へ向かってくる。

「おらぁ！」

アリッサは、拳を固めて殴りかかってくる。なかなか素早い。私はあまり無手は得意ではないのだが、いざという時のために習っている。だが、彼女のは無手でこそ、本領を発揮出来るようになっている。無手で武器を持った相手を殺せるように。

「おらおら、どうしたお嬢さんよぉ！」

私は剣でアリッサの拳を逸らすが、かなり素早い。剣を振り下ろしても、籠手で塞がれ弾かれる。その隙に、回し蹴りが放たれ、私の脇腹へと入り込む。

「がはっ！」

左側から思いっきり蹴り飛ばされた私は地面を転がる。すぐに態勢を立て直すが、脇腹に鈍痛が走る。

アリッサの方を向くと、今度は首めがけて蹴りを放ってきた。私は何とか右腕で防ぐが、右腕から嫌な音がする。そして再び吹き飛ぶ私。

「全く、何でランバルク様はこんな女が欲しいのかね」

呆れた声で呟きながら私の側まで寄ってくるアリッサ。私は左手で剣を持ち、アリッサに切りかかる。アリッサは慌てる様子もなく右腕で剣を掴む。

すると、剣が折れてしまった。よく見れば、剣の折れた箇所が赤くなっている。火魔法で熱して溶かして折ったのか。そして、私のお腹に左拳を入れる。

「がはっ、げほっ、げほっ！」

私はお腹を押さえて蹲ってしまう。切り傷とかは慣れているが、この殴られる鈍痛は全く慣れない。その上お腹がヒリヒリと痛む。火魔法のせいでお腹が焼けたようだ。

そして、蹲っている私の髪を、アリッサは無造作に掴む。私を無理矢理立たせたいようだ。

「よく見ればムカつくほど綺麗な顔をしているんだね。私なんか、昔から訓練訓練ばっかで、体中傷まみれだっていうのに。そうだ。腹が立つからあんたの顔にも傷をつけてやるよ。それなら、ランバルク様もあんたの事諦めるでしょう！」

そして、火魔法を灯した左の籠手を私に近づけてくる。本当はかなり怖い。怖くて泣き叫びそうだ。だけど、ここでレディウスの言葉を思い出した。

『危ない時こそ冷静に』

レディウスが師匠から習った一つだと言う。私はこの言葉を思い出すと、すぅーと冷静になれた。

そして、左手に持っている折れた剣に魔力を流す。普段はあまり使わない技だ。万が一の時のために考えていたからな。

私は魔力を込めた折れた剣を振るう。すると、

「えっ？」

アリッサは驚きの声をあげて、胸元を押さえる。そこには、左下から右肩まで走る切り傷があった。胸元にあるバッチも一緒に切ってやった。アリッサは胸元から流れる血に驚いているようだ。

私は折れた剣を見る。折れた剣の先から氷の刃が出来ている。氷魔法、アイシクルブレード。剣がない時に、木の枝などを強化できるように考えていた技だが、魔力の消費が大きいためお蔵入りしていた技だ。まさか、こんなところで役に立つとは。

「何とか倒した……げほっ！」

安心したら脇腹が痛み出した。私は片膝をついてレディウスを見る。レディウスはランベルトと打ち合っている。離れたところでは、ガウェインが寝転んでいる。フォックスは倒したようだ。

「ティリシア！　大丈夫ですか⁉」

そこにヴィクトリア様がやって来た。

「ええ。大丈夫ですよヴィクトリア様」

「今すぐ治療するので動かないでください！」

ヴィクトリア様は私の下まで来てしゃがみ水魔法を使ってくれる。痛みが少しずつ引いていく。レディウス。あなたから教えてもらった言葉のおかげで勝ったぞ。私も治り次第に行くから頑張ってくれ！

そう思った瞬間、魔法が飛んできた。あれはランバルクか！　狙っているのは当然ながら私を治療するヴィクトリア様だ。ヴィクトリア様は私に治療する事に集中して気が付いていない。

「ヴィクトリア様！」

私はヴィクトリア様を押し退け、ヴィクトリア様の盾になる。私たちに降り注ぐ数々の魔法。水の球が肩にぶつかり、風の刃が体を切り刻む。土の塊が体に刺さり、火の矢が体を焦がす。闇の球が鉛のように私を押し潰す。

数々の魔法がぶつかり、私は吹き飛んでしまった。体中が痛すぎてどこが痛いのかもわからない。胸のバッチも砕けてしまった。ヴィクトリア様が涙を流しながら何かを言っているが、私には聞こえない。

少し眠くなってきてしまった。レディウス、助けに行けなくてすまない。

◇◇◇

「ティリシア!!」

「は、はは、はははは！　僕に逆らうからこうなるんだよティリシア！　ヴィクトリア様を狙ったつもりだったが、これで一人消えた！　アリッサにフォックスがやられたのは予想外だったが、一人は気を失い、もう一人はバッチを壊した。残るは二人だ！　ランベルト！　そいつを早く倒せ！」

俺がランベルトと打ち合っていると、ランバルクが魔法を放った。さっきまではヴィクトリアの魔法で防いでいたのだが、今のヴィクトリアはティリシアを治療中だった。その隙を突いたらしい。ヴィクトリアは迫る魔法に気がつかず、ティリシアがヴィクトリアを庇う形になり、魔法で吹き飛ばされる。いくら傷を治してもらえるからって、あの野郎……。

「行きたければ、俺を倒せ」

俺がランバルクの下へ行こうとすると、突然ランベルトが邪魔をしてくる。何度も打ち合うがこのままじゃあ、ラチがあかない。

俺は再び纏・真を発動する。両手に剣を持ち、右手の剣でランベルトを指し、左手の剣を肩に担ぐ。体への負担が大きく、あまり使った事のない技だが、今の俺なら使えるはずだ。

「行くぞ、ランベルト・リストニック」

俺は腰を低く構える。そしてランベルトに向かって走り出す。まずは左の剣を振り下ろす。威力は烈炎流、速さは旋風流。全てを打ち砕く神速の斬撃。

ランベルトはハルバートで防ぐが、振り下ろされた剣によって、ハルバートは切り落とされる。

俺は流れるように右手の剣で突きを放つ。ランベルトは右側を逸らして避けるが、脇腹を剣が掠る。振り下ろした左手の剣を、右脇の下で横払いに構えて放つ。ランベルトは残ったハルバートで防ぐが、耐え切れずに吹き飛ぶ。

元の技は、烈炎流桜火。はっきり言えばこの技に形はない。どの体勢どの技からでも強力な一撃が放てるように作られた技だ。

かなりの魔力を消費する程の強力な技を、俺は旋風流と組み合わせて、連撃するが出来るようになった。ただ、体への負担がかなり大きい。今も体中が悲鳴をあげている。

早く終わらせたいところだが、当然ランベルトもやられっぱなしではない。ランベルトは半分程の長さになってしまったハルバートを構えて向かってくる。

ここに来て身体強化を速度と攻撃力強化に絞ったようだ。防御無視の特攻か。俺の魔闘装した二刀の剣と強化魔法で強化したハルバートを打ち合う。

手数は俺の方が上だが、一撃の重さは若干だがランベルトの方が上のようだ。ランベルトの体は傷まみれになるが、俺の方は腕と剣に限界が来た。

右手に持つ剣が粉々に砕け散ったのだ。右手に持っていた剣は、修行の為ミストレアさんから貰ったものだった。

修行をつけてもらい始めた日から今日まで使い続けた剣。色々と思い出はあるが、感傷に浸っている場合ではない。

俺の剣は粉々に砕け散ったが、ランベルトのハルバートも無事ではなかった。刃の部分にヒビが入っていたのだ。俺は見逃さず、ハルバートの横を狙う。

「はぁあ！」

俺は左手の剣を両手持ちに変え、上段からの一閃。ランベルトのハルバートは刃の半ば辺りで切り落とされた。そしてそのまま刃を返す。

「これで、終わりだ！」

右下からの左切り上げにより、ランベルトの体に斜めの傷が入る。剣は無事にランベルトのバッチを切り落とし、ランベルトを吹き飛ばした。今の技を名付けるとしたら、

「桜火乱舞」

かな。そのまんまだけど。もう少し数を打てるようになりたいところだが、まあ、今は良いとしよう。これからの課題だな。

それよりも、

「うそだ……うそだうそだうそだ！　そ、そんなはずはない！　ぼ、僕たちが負けるはずなんて！」

ランベルトが倒れたことにより、狼狽するランバルク。俺は右手の折れた剣を鞘に戻し、左手の剣だけで、ランバルクに近づく。

「くく、来るな！　来るな来るな来るな！」

ランバルクは俺に向かって次々と魔法を放ってくる。俺は魔法を剣で切って近づく。

「これでも喰らえ！　エクスプロージョン！」

ここで範囲魔法か。眼前一杯に広がる魔力の塊。俺は慌てずに剣を上段に構える。剣に魔力を集め一気に、

「死ねぇ！」

眼前が爆発によって一面真っ白になる。その瞬間に俺は剣を振り下ろす！

「烈炎流、大斬火！」

ズヴォン！と音がし、ランバルクが放った爆発は、俺を中心に左右に分かれる。爆発の分かれた先には、俺が傷まみれだと思ってニヤついた顔つきのまま固まっているランバルクの姿があった。

俺はそのまま走り抜ける。ランバルクが正気に戻り必死に魔法を放つが、俺には当たらない。気が付けばランバルクは目の前にいた。俺は左手の指剣を腰に戻して、左手でランバルクの襟を掴む。

「覚悟しろよ、ランバルク・リストニック」

「は、離せ！下賤な黒髪が僕に触れるんじゃない！」

ランバルクはジタバタと暴れるが、全く効かない。俺はランバルクの言葉を無視して、魔闘拳をした右腕で、殴る構えをする。さぁ、歯食いしばれよ！

「ややや、やめろぉぉぉぉ！！　ぐひゃあ！」

俺は手加減無しでランバルクを殴り飛ばした。ランバルクは涙目で何かを叫んでいたが俺は無視した。吹っ飛んだランバルクは何度か地面を跳ねて、会場の中心辺りでようやく止まった。

「ヴィクトリア」

俺はヴィクトリアを呼ぶ。ヴィクトリアは、ティリシアの治療を終えて、俺の側まで来たら、二人でランバルクの下まで行く。気が付けば、さっきまで聞こえていた歓声が無くなって、辺りは静寂に包まれている。

「レディウス。どうしたのですか？」

「んん？　やっぱり最後はリーダーが締めなきゃなと思って。さぁ」

俺はヴィクトリアの背中を押す。ランバルクは白目をむいて気を失っているので、危険はない。

俺の言いたい事がわかったヴィクトリアは、ランバルクの側まで行き、ランバルクの胸元に付いているリーダーバッチを取る。そしてそれを空高く掲げると、

「「「うぉおおおおおおおおおおっ！！！！」」」

と、会場が大歓声に包まれる。

『ななな、なんとぉぉぉお！　歴年の王者、ランバルクチームが敗れたぁ！　彼らを下して、優勝したのは…………ヴィクトリアチィィィーーーーーーームゥウゥ！！！！』

こうして、四年生の対抗戦は俺たちの優勝で幕を閉じる事が出来た。

◇◇◇

「いやぁ～、良くやってくれたわん！　私見ていてスッキリしちゃったもん！」

俺たちの前で、クネクネと喜ぶデズ学園長。筋肉ムキムキの化粧したおじさんがクネクネしても全く可愛くないのだが……。言ったら殴り殺されそうなので言わないが。

対抗戦を終えて二日が経った昼休み。俺たちティリシアを除くヴィクトリアチームは、現在学園長室にいる。ティリシアは、決勝での傷の療養で現在休みを取っている。俺が戦争の時になった様な感じだな。

今日の放課後にバンハート子爵家にお見舞いに行くつもりだ。ヴィクトリアがマリーさんに先触れをお願いしていると言っていたから大丈夫だろう。

「それで、俺たちを呼んだのって」

「ええ、毎年恒例の親善戦よ」

ガウェインが目の前にある料理を食べながら学園長に何かを尋ねる。そして、学園長も当たり前のように答えるが、なんだ、親善戦って？

俺の表情でわかったのか、ヴィクトリアがクスクスと笑いながら教えてくれた。何だか、恥ずかしいな。

「毎年この時期にはアルバスト王国は、隣国の『トルネス王国』と大きな会議をやっているんです。ですが、何代か前の国王陛下が、ただ会議をやるだけでは面白くないから、自国の生徒を戦わせようと、考えたのがこの親善戦です。自国の中だけで満足せずに外も知るべきだ、と言って」

「まあ、簡単に言えば、自国の生徒の自慢がしたいわけよ。うちの国の生徒は凄いだろうってね」

ヴィクトリアの説明にデズ学園長が補足してくれる。トルネス王国か。確か同盟国で仲が良いんだったっけ。

話を聞けばトルネス王国の第一王子の婚約者に、アルバスト王国の第一王女を送るほどらしい。まあ、どちらも子供の頃から会っており、相思相愛だったと言うが。

「参加者は毎年各学年の優勝チームが出る事になるわ。今回はグダグダと文句を言う貴族たちが多かったけど、黙らしといてあげたから」

何でも、リストニック侯爵家に付く貴族たちが、あの試合はおかしいと言って来たらしい。黒髪の俺が、紫髪のリストニック兄弟に勝てるはずがない、何か不正をしていると。

だから、あの試合は無効。若しくはランバルクチームが親善戦に出場させろと。

それに真っ向から反対したのが、セプテンバーム公爵家に付く貴族たちに、バンハート子爵やオスティーン男爵、その上レイブン将軍なども反論してくれたらしい。

学園長であるデズ学園長も加わり話を抑え込んでくれたとか。俺だけならまだしも、チームでやっているのに、そんな事を言われるのは腹が立つな。みんなで頑張った結果なのに。

俺が怒っているのがわかったのか、周りのみんなは苦笑いだ。なんだよ。

「ふふふ、レディウスは優しいですね」

「全くだねー」

「顔でわかりすぎだぜ」

「うふふん、良いチームね。それで、どうするかしら?」

デズ学園長は俺たちを見て尋ねてくる。まあ、こんな機会無いし答えはみんな決まっているよな。

「ティリシアに確認してからにはなりますが、俺たちは出たいと思います」

俺が代表で答えると、周りのみんなも頷く。それを見たデズ学園長も頷いて、

「わかったわ。国王陛下には私から話しておくから。出発は来週になるからそれまで準備しておいてね」

……思ったより期間が短いな。昨年はトルネス王国側がアルバスト王国に来たらしく、今年はこ

ちらが行く側らしい。片道二週間、滞在二週間、合わせて六週間と中々のスケジュールになる。これは色々と揃えなきゃいけないな。剣も一本無くなって寂しいし。

それからは、学園長室で昼ご飯を食べ終えて部屋を後にする。ヴィクトリアは合同学科の校舎になるので、廊下でお別れだ。放課後はヴィクトリアの専用馬車でティリシアの家まで送ってもらう手筈になっている。

それから、みんなで談笑して廊下を歩いていると、色々な視線で見られる。対抗戦から二日しか経っていないが、みんなの視線は色々だ。

好意的なものもあれば、避けているものや、俺に対して敵意を持っているものなど色々と。

好意的なものは武術に心得がある人が多いかな。見ただけで、実力で勝ったのがわかるのだろう。

避けているものは、やはり黒髪だからだろう。これはかりはすぐに変わるものではない。

敵意を持っているものは、当然ながらリストニック侯爵家に付く貴族の子息たちになる。もっと簡単に言えば手下どもだな。そんな奴らは無視だ。どうせ手出ししてくる根性もない。放っておいたら良い。

そんな視線を感じながらも教室に戻ると、教室の中が少し騒がしい。中に入ると、数少ない女生徒たちがある机に群がっていた。そのある机とは、

「なあ、あの机って」

「……ああ、俺の机だ」

まさかの俺の机だった。女生徒たちが囲んでいるので机の上は見えないのだが、何かあるのだろ

うか？

俺が近づくと、女生徒たちもさすがに気が付き、

「あっ、レディウス！　この子ってあなたのペットなの？」

と、女生徒が尋ねてくる。ペット？　……まさかな？　俺は軽く現実逃避をしながらも、自分の席まで行くと、そこには、

「グゥ」

よっ！　って感じで右足を上げるロポの姿があった。その姿を見た女生徒たちは歓声を、ついでにクララも歓声を上げる。やはり、騎士学科にいても女性は女性。可愛いものは好きらしい。結構失礼な事だから口には出さないが。

俺はロポの首根っこを掴むと、ロポはだらーんと宙ぶらりんになる。

「なんでお前がここにいるんだよ。ロナは？　クルトはどうした？」

「グゥ」

俺が尋ねると、ロポは器用に俺に背を向けてくる。ロポの背中には手紙が二枚背負われていた。

俺はロポの背中から手紙を取り、ロポを机の上に降ろす。ロポは再び女生徒たちに囲まれてしまった。

俺はそれを横目で見ながらも、手紙を確認する。一枚は姉上からで、もう一枚はロナからだった。

姉上からの手紙の内容は対抗戦の事だった。俺のチームが勝った事へのお祝いの言葉や、俺がかなり強くなっていて驚いたとか、今度は親善戦を頑張って欲しいとか色々と書かれていた。姉上は、王妃になるための修行中のため、親善戦には来ないらしい。

次にロナの手紙を見ると、書かれている内容は、急遽ギルドの依頼で遠出をする事になったから五日ほど村を離れるというものだった。

本当は俺が帰ってきたから行きたかったらしいが、かなり急いでいるとの事で、手紙での連絡をお許し下さい、と書いてあった。そこまで縛っていないから全然良いのだが。まあ、ロナらしいと言えばロナらしいが。

そうなったら晩飯とか考えなければな。最近は全部ロナがしてくれていたから。……やばい。ロナ無しでは生きられない体になっていっているかもしれない。

「それじゃあ、ロナの方に先手紙を書くか。ロポ、すぐ書き終えるから待っていてくれ。ほらみんなも机使うから退いてくれ」

俺は、女生徒たちからのブーイングを浴びながらもロナへの手紙を書く。内容はロナの自由にして良いという事。俺もまた来週から長期で離れる事になるから、その前に会えたら会おうという事。ロナ無しでは生きられないかも、と冗談めかしに書いて封をする。

「ロポ。それじゃあ頼むよ。ロポはそのままロナたちを手伝ってやってくれ」

「グゥ！」

ロポは一鳴きして、窓から外へと駆けて行く。中々すばしっこいからなあいつは。それを名残惜しそうに見る女生徒たち。まあ、許してくれ。

それからは、普通に授業を受けて今日も終わった。やはりランベルトは来なかったな。昨日も来てないし。昼の時にヴィクトリアに尋ねたらランバルクも来ていないそうだ。他の三人は来ていた

そうだが。家で何かあったのだろうか？　まあ、別に良いのだが。

「レディウス、行こうぜ」

俺が帰りの支度をしていると、既に準備を終えているガウェインとクララに急かされる。少し待ってくれよ。それから廊下を歩き騎士学科の校舎を出ると、

「お久しぶりです、レディウス様」

俺に声をかける男がいた。俺はその男を見て固まってしまった。その次に浮かんできたの怒りだった。その男は、

「……グルッカス」

昔バルト・グレモンドと一緒に俺を痛めつけて楽しんでいた男だった。

◇◇◇

「お久しぶりです、レディウス様」

俺たちの前で恭《うやうや》しく礼をする男。俺はその男の顔を見ただけで怒りが湧いてくる。男の名はグルッカス。バルト・グレモンドの家庭教師をしていた男で、バルトと一緒に俺をいたぶって楽しんでいた男だ。

「レディウス？」

俺の様子がおかしいのにガウェインは気がついたのか、尋ねてくる。クララも俺の顔を覗き込むように見てくる。俺は怒りを抑えて冷静に話し出す。怒りに任せても仕方ない。周りに迷惑をかけ

るだけだ。

「……何の用だ？　お前が俺に会いに来る理由なんてないだろう。それに昔は付けなかった「様」を付けて気持ちが悪いぞ」

こいつの姿は昔とかわ……っているな。髪の毛が薄くなっている。四年ほどで前髪部分が後退している。いい気味だ。

俺が薄くなった頭を見ているのに気が付いたのか、頭を一撫でしている。目元はピクピクと震えているので、怒っているのだろう。

「ゴホンッ！　え、ええっとですね、実はバルト様にレディウス様を連れてくるように言われまして、お迎えに上がった次第です。馬車を用意しておりますので、どうぞこちらに……」

「行かん。とっとと帰れ」

俺はグルッカスに右手をしっしっと振って、行かないと意思表示をする。グルッカスは俺のその行動にさらにピクピクと震えるが、笑顔は崩さない。そして言葉を発しようとした時に、

「お待たせしました皆さん。それでは……ってすみません。お話中でしたか？」

ヴィクトリアがやってきた。後ろにはルシーさんを伴っている。俺たちとグルッカスが話しているのがわかったのか交互に見ながら謝ってきた。

「謝る必要は無いよヴィクトリア。今話し合いは終わったから。だからグルッカス、とっとと帰れ」

「しかし、バルト様から連れてくるようにと……」

「知るか。なんで行かなきゃいけないんだよ。それにバルトが俺を呼ぶ理由が無いだろう。俺と話

したきゃ直接会いに来いと言っておけ」

俺がそう言うと、さすがのグルッカスも笑みが崩れる。ヴィクトリアはバルトの名前で事情を知ったらしく、グルッカスを睨んでいる。

「……下賤《げせん》な女から生まれた忌子が」

普段なら周りの喧騒に巻き込まれて聞こえない程の声だったのだが、その時は偶然にも周りには誰もおらず、静かだったため俺たちにも届いた。そして、俺を怒らすには十分な一言だった。

俺は纏を発動し、一気にグルッカスの側まで駆ける。俺が目の前で消えたように見えたのだろう、グルッカスは驚きの表情を浮かべているが、全く反応できていない。そのまま俺はグルッカスの首を掴む。

「がはっ！」

首を掴まれたグルッカスはジタバタと悶える。それもそうだ。身長百八十ある俺がグルッカスの首を力任せに持ち上げているのだ。グルッカスの身長は百六十後半ほどしか無い。

俺が自分の頭ぐらいまで手を上げれば、掴まれているグルッカスも足が浮くほど持ち上がる。当然首も締まって苦しいのだろう。

だけど……それがどうした？　下賤な女だと？　ふざけた事を抜かしやがって。俺は怒りに任せて、右腕で首を掴んでいるグルッカスを地面に向けて振り……。

「やめなさい、レディウス！」

下ろせなかった。ヴィクトリアが左側から俺を止めるように抱き付いてきたからだ。気が付けば右手に込めていた力は抜けていて、グルッカスは尻餅をついて咳き込んでいた。

「……ヴィクトリア、どうして止める？」

「レディウスに無駄な事をしてもらいたくないからです」

「無駄な事だと？」

「ええ、無駄です。全くの無意味です。レディウスが怒っている理由はおおよそはわかります。ですが、そんな事をされても、された人は喜ぶも思いますか？」

「それは……」

「喜ばないようならそれは全くの無駄です。そんな事でレディウスが手を汚す必要はありません」

俺は母上の顔を思い出す。グレモンド夫人のいじめを受けて罵《ののし》られても、周りの侍女から避けられても、常に笑顔だった母上を。心の中でどのように思っていたかはわからない。だけど、俺の前では一度もその事について文句を言った事はない。たぶん俺を不安に思わせないために表には出さなかったのだろうな。

俺は深呼吸をする。怒りに任せてグルッカスを殺すところだった。昔はそんな事が出来なかったから我慢するしかなかったが、今はそれが出来る程度の力は持っている。

「……すまないヴィクトリア。それから止めてくれてありがとう」

「いえ！」

俺が謝罪と礼を言うと、笑顔で言ってくれるヴィクトリア。俺はそのままグルッカスを見て、

「グルッカス、バルトに伝えておけ。昔と同じように考えていたら痛い目に遭うぞ。今のお前みた

いにな」

俺が少し殺気を放ってそう言うと、グルッカスはヒィッ！　と悲鳴を上げて走って逃げ去ってしまった。

ふぅ、俺もまだまだだな。あの程度の事で頭が真っ白になる程怒るなんて。でも、母上の事を侮辱されたからな。許せるわけがない。

俺が色々と思いながら頭をガリガリと掻いていると、ガウェインとクララとルシーさんがやってくる。ガウェインとクララはニヤニヤしながら、ルシーさんは少し不機嫌な顔をして。一体どうしたんだ？

「いや～、あんな怒ったレディウスを見たのは初めてだぜ。なんだか新鮮だったな！」

そう言って俺の右肩をバシバシ叩いてくるガウェイン。うぜぇ。

「ヴィクトリアもそんなに引っ付いちゃって～」

「レディウスさん、離れて下さい！」

クララがニヤニヤしながらそう言い、ルシーさんが不機嫌に言ってくる。離れてください？

……そういえばさっき俺を止めるためにヴィクトリアが……。

俺は左側を見ると、止める時と同じ姿勢のヴィクトリアの姿が目に入った。俺の左腕を止めるために抱きしめているヴィクトリアを……柔らかい。

そして俺とヴィクトリアの視線が合う。俺の顔を見たヴィクトリアは、クララたちが何を言っているのかわかったのだろう、顔が一気に赤くなり、俺から物凄い速さで離れる。

「こここここ、これは、ちちちちち、ちが、違うんです！　その、あの、レディウスを、と、止めなきゃと思って、その、あの」

「あ、ああ、わかっているよ。だから落ち着いて、ヴィクトリア」

俺がそう言うと、ヴィクトリアは何回も深呼吸をして、自分を落ち着かせる。それから数分ほどしてから、ようやく落ち着いたヴィクトリア先頭に馬車へ向かう。遅くなったが、ティリシアの下へ向かうか。

◇◇◇

「それで、おめおめと逃げ帰ってきたのか、貴様は！」

「も、申し訳ございません、バルト様」

くそ、くそ、くそぉっ！　あの忌々しい黒髪が！　あいつのせいで、俺は、俺はぁ！

「し、しかし、なぜ今更あいつを構うのです？　既にグレモンド家を勘当されている奴を……」

「何故だと！」

俺はあまりの怒りに机を思いっきり叩く。机を叩いた音がドン！　と響き、グルッカスは身を縮こませる。ちっ、こいつに当たっても仕方ない。

「あいつのチームが優勝したせいでな、俺が学園で馬鹿にされるんだよ！『弟より弱い兄』『黒髪に負けるのが怖いから追い出した兄』ってな！　何故かは知らんが、学園中が俺とレディウスが腹違いの兄弟だと知っている。それのせいで俺は馬鹿にされるのだぞ！」

兄である俺が対抗戦予選一回戦負け。黒髪で捨てられたレディウスが四年生の部で優勝だと？　ふざけやがって。それのせいで俺は！

「グルッカス。連れてこられなかったのは仕方あるまい。それで、予め用意していたあの手はどうなった？」

「はい。冒険者ギルドで指名依頼をしました。部下から、村から出た報告も受けております」

「確か、奴の弟子とかだったな？」

「調べた情報によりますとそうなります」

「クックック。その弟子どもを人質にすれば、あいつも嫌でも来るだろう。それに大金をはたいて雇った裏ギルドの連中もいる。あいつの目の前で弟子どもを痛めつけてやる！　くはっはっはっは！」

◇◇◇

「どうやら着いたようですね。降りましょうか」

学園で一騒動があった後、ヴィクトリアが通学に使っている馬車に乗ってティリシアの屋敷、バンハート子爵家へとやってきた。

ヴィクトリアが通学に使っている馬車の性能が良過ぎて、あまり走っているようには感じなかったが。ほとんど揺れなかったからな。

ルシーさんが先に降りて扉を開け、ヴィクトリア、ガウェイン、クララ、俺の順番に馬車から降りる。ここがティリシアの屋敷か。

なんていうか、王宮やヴィクトリアの屋敷を見ているせいか普通の大きさに見えてしまうのは、俺の目がおかしいのだろう。普通に大きいのだけれど、ヴィクトリアの屋敷の方か大きかったせいで、小さく見えてしまう。

「よくぞいらっしゃいました、ヴィクトリア様、ガウェイン様、クララ様、レディウス様。わたしはティリシア様より案内を任されました、テレサと申します」

馬車を降りると、目の前は屋敷の玄関で、玄関の前に一人の侍女が立っていた。年齢はヴィクトリアたちより少し上ぐらいの金髪の女性だった。

「よろしくお願いします。それでティリシアの容態はどうですか？」

俺たちを代表して、ヴィクトリアが挨拶をする。それからティリシアについて尋ねると、テレサさんは困ったような表情を浮かべる。何かあったのだろうか？

「ティリシア様はその……体調は回復されまして、明日からは学園に登校できます。ただ……」

「ただ？」

「その、なんと言いますか、元気が有り余っておりまして。実際に見ていただいた方がよろしいかと」

テレサさんはそう言いながら、屋敷の扉を開ける。どういう事なのかわからないが、実際に会った方がいいか。俺たちもテレサさんの後をついていく。

屋敷の中を歩く事数分。どこに向かっているのかはわからないが、テレサさんの後をついて行く俺たち。すると、

「この音は？」

ガウェインが何か気が付いたようだ。音？　俺も耳を澄ましてみると……確かに音がする。慣れ親しんだ剣がぶつかりあう音だ。訓練でもしているのだろうか？

「……この音はティリシア様の訓練の音です」

テレサさんははぁ～、と溜息を吐きながら答えてくれる。へぇ～、病み上がりだから体でも動かしているのかね？　俺も寝込んだ時は体を動かしたくてうずうずしたもんなぁ。

もう大丈夫だと思って体を動かそうとすると、絶対にロナが止めに入ってくるというのが、あの頃のおきまりのパターンだった。

「こちらになります」

テレサさんが開けてくれた扉の先へ行くとそこには、

「はぁぁぁ！」

騎士十人相手に訓練をしているティリシアの姿があった。それを見たテレサさんは再び溜息を吐く。

「ティリシア様はこれを朝から続けております」

「……はぁ？」

テレサさんが溜息まじりに変な事を言うから思わず変な声を出してしまった。朝からって、もう夕方近くになるぞ？　ティリシアの事だから昼ぎりぎりの朝ではないと思うし。

「ティリシア様はあの試合がよっぽど悔しかったらしく、もっと強くなりたいと」

試合がか。なんだかんだいっても勝ったのだから良いと思うのだけどな。戦場でも生き残った人が勝ちってよく言うだろ？　そりゃあ、圧勝して勝てれば嬉しいが。

「仕方ない」

俺は腰に差してある剣を抜き、足に魔闘脚を発動させ一気に駆け出す。さすがに近くで魔法を使われたら、ティリシアも気がつく。

ティリシアは驚いた表情で俺を見てくるが、俺は御構い無しにティリシアまで駆け寄り、剣を右下から切り上げる。ティリシアは手に持つバスタードソードで防ぐが、耐え切れず手放してしまった。その上、俺の勢いに耐え切れず後ろにこけようとする。

「おっと」

さすがに後ろからこけたら痛いだろうから、こけないように剣を持っていない方の左手で、ティリシアの腰を抱き寄せる。危ない危ない。

「へっ、あっ、レ、レディ、ウス、な、なぜ、ここに？」

ティリシアはしどろもどろになりながらも俺がここにいる理由を尋ねてくる。

「何言ってんだよ。お前のお見舞いに決まっているだろ？　それなのにこんな訓練して。まだ病み上がりなんだから休んでおけよ」

「だ、だが！　私は試合で無様な姿を見せて……」

「それがどうしたんだよ？　それで勝てたんだから良いじゃないか」

「し、しかし……」

「しかしもかかしもないよ。勝ったんだからそれで良いだろ？　それに悔しくて訓練がしたくても、病み上がりは駄目だ。そんな状態で上達するわけがないし、治るもんも治らねえぞ？　だから今日は終わり。わかったな？」

俺が言うとティリシアは黙って頷く。まあ、ティリシアの気持ちもわからん事はないからな。

俺もミストレアさんの下へ修行していた時も全く上達せずに、朝からずっとやっていたからな。休める時に休まないで上達するわけないでしょ！　ってヘレネーさんに怒られたっけな。懐かしい。

「近すぎじゃあないですか、二人とも？」

うおっ⁉　び、びっくりしたぁ～。俺が少し昔の事を思い出していたら、いつの間にかヴィクトリアが直ぐ側までやってきていた。全く気がつかなかったぞ。

俺は直ぐにティリシアから離れてヴィクトリアを見る。ヴィクトリアは顔は笑っているが、雰囲気が物凄く怖い。なんでそんな笑い方しているんだ？

「……ヴィクトリア、怒っている？」

「怒っていませんが？　どうしてそう思うのですか？　何かやましい事でもあるのですか？」

俺が軽く尋ねたらそう返ってきた。こ、怖い。怖すぎる。笑顔なのに物凄く怖い！　ティリシアも困ったような表情を浮かべているぞ。

それからは、学園の時のようにガウェインとクララがニヤニヤしながらやってきて、俺たちは弄《いじ》られながらティリシアの屋敷へと戻っていった。

屋敷ではティリシアの両親のバンハート子爵とバンハート夫人が晩餐の用意をしてくれていて、俺たちも招待された。

なんでも、ティリシアが奴隷になる事から救ってくれたお礼らしい。そういう事なら頂こう。

でも、思っていたよりティリシアが元気そうで良かった。すこし焦っている部分もあるけど、体調が戻って修行をすれば、直ぐに強くなれる。彼女はそれだけ努力しているからな。

俺はクララと楽しそうに話すティリシアを見て、そう思うのだった。

「レディウス。少しティリシアを見過ぎではありませんか？」

「い、いや、そんな事ないよ」

ヴィクトリアのジト目を受けながら。

四章　ロナたちへの依頼

「ふへへへ～」

「何、気持ちの悪い笑み浮かべてんだよ、ロナ」

「だって～、レディウス様の手紙が届いて、そこに書かれていたのが……きゃっ！」

「はぁ～、全く兄貴の事になると直ぐこれだ」

御者台に乗っているクルトが呆れた声でそんな事を言ってきます。むむぅ、仕方ないじゃないですか。レディウス様の手紙には、私がいないと生きられないって書いてあるんですから！

これなら私がアタックすればもしかしたら……最近私の胸も大きくなってきていますし！　えへ

へ～。

「でも、毎回あなたたちの話から出てくるレディウス様ってそんなに凄いの？」

私がレディウス様との夜を想像していると、私の向かいに座る女性が話しかけてきます。

彼女の名前はフランさん。Ｃランクのベテランの冒険者で、以前同じ依頼を受けさせていただいてから一緒に組むようになった方です。膝の上にはロポさんを乗せています。

年齢は二十歳の茶髪の髪の毛を三つ編みにして左肩から前へと垂らしています。フランさんは私たちの持っていない水と風魔法の使い手で、とても頼りになる先輩です！

「はい！　レディウス様はとても凄い方です！　私と同じ黒髪なのですが、そんな事は一切気にせず自分の実力だけで、周りを認めさせている方で、この前も学園主催の対抗戦で四年生のチームで優勝したんですよ‼」

あぁ、今思い出してもあのレディウス様はカッコ良かったですぅ。戦いの時のレディウス様ぁ。カッコ良すぎて、あのお姿を思い出しただけでも、ご飯五杯はいけます！

「それは凄いわね。そんな凄い人、一度で良いから会って見たいわね」

フランさんは腕を組みながら、そんな話をしてくれます。むむっ！　これは会わせて良いのでしょうか？　もし、フランさんがレディウス様と出会って一目惚れでもしたら……うぅ、でも、フランさんは良い人ですし、会ってもらいたいのですが……悩みます。

「二人とも～、そろそろ目的の村に着くぜ～」

フランさんをレディウス様に会わせてもいいのか考えていると、御者台からクルトの声がします。

御者台を見てみると、クルトは地図片手に馬を動かしていました。

私とクルトはガラナさんに読み書きと四則演算に地図を使ったこの大陸の地理も教えて貰いました。まだわからない部分もありますが、アルバスト王国内なら地図があれば、大体の場所はわかります。

「今回の依頼って確か調査だったわよね？　突然畑が誰かに荒らされて全滅したから調べて欲しいっていう」

「はい。調査だけなのでそこまで高い依頼ではないのですが、もしかしたら戦闘になるかも知れないからと、私たちに依頼されました」

調査だけならDランクの私たちが出来ますし、万が一戦闘になってもCランクのフランさんのサポートがあれば戦えまし、ロポさんをもいます。そこまで強い魔獣は確認されていませんし、大丈夫でしょう。

クルトが馬車をそのまま進めて、村の入り口まで行くと、入り口から鍬や手鎌を持った男たちが出てきます。クルトは馬車を止めて村の人たちの元へ向かいます。私とフランさんもあります。ロポさんは私の肩に。

「驚かせてすみません。俺たちは王都の冒険者ギルドからやってきました冒険者です。これがカードです」

クルトは懐からギルドカードを取り出して、村の人たちに見せます。ギルドカードには今受けている依頼も見れますからね。

その間、私は村の様子を見て見ましょう。村の大きさは私たちが住んでいる廃村より少し小さいくらいでしょうか。

人数的には二百人ほどが住めるほどの大きさ。偶然なのか男の人しかいませんね。女の人は家の中にいるのでしょうか？

「おおっ、これは失礼した。君たちが依頼した冒険者か。俺はこの村の村長をしているハタンだ。よろしく」

「はい、俺の名前はクルト。こっちの黒髪がロナ、こちらの茶髪の女性がフランさんです。よろしくお願いします」

クルトから順に村長のハタンさんと握手をしていく……うん？　これは……。

「それでは早速見てもらいましょうか。こちらになります」

ハタンさんはそれだけを言って歩き始めます。他の村人の人たちは各々の家に帰ってしまいました。見張りは良いのでしょうか？

「行こうぜ」

クルトもハタンさんの後ろをついていきます。この村について色々と思う事はありますが、まずは依頼です。私たちもハタンさんの後ろについていきます。

その間、家の中から視線を感じました。どこか値踏みされているような感じです。まだ、子供だと侮られているのでしょうか？

まあ、仕方ないといえば仕方ありませんが。ましてや一人は黒髪。他の依頼でも似たような事はあるのであまり気にしていません。レディウス様も気にしていないと言っていましたし。

そのまま、畑まで案内されると、そこには無惨に荒らされた畑がありました。作っていた作物が全て潰されて、グチャグチャになっています。

「この作物はこの村の財産でしてね。外に出られない子供や年寄りの唯一の収入で我々の食事だったのですが、何者かにこのようにされてしまったのです」

「なるほど。その犯人の目星はついているのですか？」

クルトが尋ねると、ハタンさんは首を横に振ります。

「でも、夜になると奴らは毎日来ているようです。毎晩奴らの鳴き声がしますので。確かめたいのですが、怖くて家の外に出られなくて……面目無い」

「それは仕方ないですよ。誰だって魔獣は怖いものです。わかりました。とりあえず夜まで待ちましょう。後数時間はありますし」

「それでは、私の家に案内しましょう。空き部屋で休んでください」

「ああ、それには及びません。少し村の周りを見て回りたいので。それが終わったら、そのままここで待機します。今日は野宿をするので、皆さんは家で休んでいてください」

「そうですか。わかりました、よろしくお願いします」

クルトの言葉にハタンさんは自分の家へと帰っていった。その後ろ姿を真剣に見送るクルト。そして、

「みんな、少し話がある」

と言ってきた。それから私たちは今回の依頼について話し合うのでした。

◇◇◇

私たちが村にやってきてから数時間が経過しました。すっかり日も暮れて、あたりは真っ暗です。私たちがこの暗闇の中何をしているかというと、見張りをしています。村長のハタンさんの話では畑を荒らしている原因は、夜にやってくるとのことでしたので。

しかし、村の中も静かでしたね。子供や女の人などを一人も見る事がありませんでした。やっぱりこれは……、

「二人とも、来たぞ」

どうやら、目標が来たようです。私は二本の短剣に手をかけます。クルトも背負っている大剣をいつでも抜けるように準備をし、フランさんも杖を構えます。

少しずつ足音が近づいて来ます。かなりの人数のようです。

「どうしましたか、ハタンさん？」

クルトが、畑へとやって来た目標、ハタンさんへと声をかけます。ハタンさんはビクッとしましたが、クルトの方へと振り向きます。

「おお、クルト殿。そこにいましたか」

「ええ。それでどうしたのです？　そんなに人数を連れて。しかも武器も持っている」

そう、ハタンさんが連れて来た人たちは全部で三十人ほど。その上全員が剣や斧を持っている。

明らかに怪しい。

「何、私たちも何か手伝える事があるかもと思いましてね」

「いもしない敵に対してですか？」

「……気が付いていたのか？」

クルトの言葉にハタンさん含む武器を持った人たちが殺気立ちます。やっぱりそうでしたか。不自然だと思ったんです。

村の人は男の人しかいなくて、子供どころか女の人もいません。それに初めにハタンさんと握手した時も、あの手はただ畑仕事をしている人の手ではありませんでした。何か重たいものを振っている手でした。

夜になるまでの間この村を調べましたが、村の大きさの割には人には出会いませんでしたし。

男の人たちはクルトを囲むように動きます。クルトも背負っている大剣を抜き構えます。

「そういえば女どもはどうした？　一緒にいたはずだが？」

「彼女たちはな……」

「ウインドカッター！」

敵だとわかれば容赦はしません！　人数差があるのでまずこちらが奇襲を仕掛けます！　密かに屋根の上まで移動していた私たちは、クルトが囲まれるのを見ていて、隙を窺っていました。

そしてフランさんが風魔法を発動します。男たちと後ろの方にいた三人を風の刃で体の一部を切り落としました。

「な、なんだと⁉」

「どらぁっ！」

その隙にクルトが男たちへと大剣を振り下ろします。強化魔法に纏をしているクルトの一撃はかなり重たいですよ。切りかかられた男は剣で防ごうとしますが、剣ごと真っ二つになりました。

私は魔法を放つフランさんの護衛です。屋根の上から撃っていますが、屋根に登ってこないとは限りませんからね。

「ちっ、てめえら、屋根の上の魔法師を狙え！　依頼はこの二人だけだ！　奴は死んでも構わねえ！」

依頼？　どういう事でしょうか？　指名された依頼が盗賊らしき男たちに占領されているのはおかしいと思っていたのですが、狙いは私たちですか？　しかし、私たちが狙われる理由がわかりません。何故でしょうか？

「いけ、ファイアボール！」

男たちは屋根のフランさん目掛けて火の球を放ってきました。私はフランさんの前に立ちます。あまり得意ではありませんが魔闘眼、魔闘装を発動。放たれる火の球を二刀の短剣で切っていきます！

「はぁっ！」

ふぅ、この程度は簡単ですね。村の人に練習に付き合ってもらっているので成果も出ました！

「な、なんだあいつは⁉　魔法を切りやがったぞ！」

「今です、フランさん！」

「ええ！　ウィンドクラッシャー！」

フランさんの掛け声とともに、男たちの上に圧縮された風の塊が発動されます。私は魔闘眼をしているでわかるのですが、男たちは真っ暗なのでわからないでしょう。

そして、風の塊が男たちの上に落ちると、グシャ、と、潰れる音がします……中々エグい技ですねこれ。今ので十人ほどは死にましたよ。

「な、なんなんだお前たちは！　なんでそんなに強いんだよ！」

残るはハタンさんを残して数人ほど。何人かは逃げようとして、フランさんの風魔法で切り裂かれます。もう数もかなり減りましたし、私たちも降りましょうか。

私とフランさんも屋根から降りて、ハタンさんたちを挟むように立ちます。残りは六人。全員捕らえますか。

「ゆ、許してくれ！　俺たちは命令されて仕方なくお前たちを襲ったんだ。本心じゃないんだ！」

「なら、その命令した奴を教えろ。そうしたら考えてやる」

「わ、わかった！　は、話すから！　俺たちに襲うように命令したのは、バ……ぐひぁっ」

えっ？　ハタンさんが命令して来た人物を話そうとしたら、ハタンさんの頭に突然ナイフが刺さりました。他の男たちにもです。

「ロナ、フランさん！」

そして気が付けばクルトが私たちに向かって走ってきていました。そして背後に殺気！　私は直ぐにフランさんを押してその場から離れさせます、私も反対側にこけます。するとフランさんのいた場所にナイフが通り過ぎました。

そして、私たちの背後には真っ暗なローブを被った男が立っていました。……全く気が付きませんでした。

「はぁっ！」

ローブを被った男にいち早く気が付いたクルトは、男へ切りかかります。男はナイフでクルトの大剣を逸らして、クルトを蹴り飛ばしました。クルトは辛うじて魔闘拳した腕で防いだ様ですが、転がる様にして離れます。

私もその間にフランさんの下まで行き、彼女を庇うように立って構えます。このローブの男の人は先ほどのハタンさんたちと比べ物にならないくらい強いです。

「あんたも、奴らの仲間か？」

「……」

「ちっ、だんまりかよ。それならそのままぶった切ってやる！」

「ダメです、クルト！」

クルトも実力差はわかっているのにどうして!?　ローブの男はナイフをしまい無手で構えます。両手両足に魔力が集まっています。

「おらあっ！」

クルトは大剣で切りかかりますが、ローブの男は全て手で逸らします。全く当たる気配がしません。それほどまで私たちとローブの男には差があります。レディウス様ぐらいでないと……。

「ロナ！　早くフランさんを連れて逃げろ！」

クルトはローブの男を見たまま叫びます。でも、ここで逃げたらクルトは！

「はぁっ！」

「ちっ！　馬鹿野郎！」

私がローブの男へ向かうのを見て、クルトは悪態をつきます。何とでも言ってください！　今はこの人をどうにかするのが先です。

私は背後から短剣で切りかかるのですが、ローブの男は後ろにも目があるのかという程、避けられてしまいます。そして、

「かはっ！」

右腕をローブの男の人に掴まれて地面へと叩きつけられます。肺にあった全ての空気が口から抜け出します。

「てんめぇ！」

クルトは袈裟切りをしますが、男に軽く避けられてしまい、大剣も弾かれてしまいます。そして、お腹に数発連続して殴られ、クルトは地面に倒れます。

クルトは何とか立とうとしますが、ローブの男に蹴り飛ばされてしまいます。足に魔力を纏った一撃です。かなりの威力でしょう。クルトはピクリとも動きません。胸が上下しているので死んではないようです。良かったぁ。

私もその間に立つ事が出来ました。さて、ここからクルトを助けてどう逃げましょうか。フランさんはいつでも魔法を放てるようにしていますが、ローブの男に効くかどうか……。そう思っていたら、

「きゃあっ！」

フランさんの声がします。私が振り向くと、そこにはフランさんを掴むローブの男がいました。まさか、他にも仲間がいたなんて！

「短剣を捨てろ。さもなくばその女を殺すぞ？」

ここで初めてローブの男が話します。この男たちの狙いはどうやら私とクルトのようです。だから、ここで短剣を捨てたところで、多分フランさんは殺されるでしょう。それなら……、

「はぁっ！」

私はフランさんの側にいる男たちに向けて短剣を投げます。いざという時のために投擲《とうてき》を練習していて良かったです！

「ロポさん！」

そして、これもいざという時のために隠れていてもらったロポさんを呼びます。ロポさんは私たちがいた屋根とは別の屋根から飛び降りて、フランさんの近くにいた男の一人に飛びかかります。男は小さいウサギが飛んできたと油断していますが、次の瞬間、

「グウッ！」

体を二メートル程の大きさに変えて、男を殴り飛ばします。殴り飛ばされた男は家にぶつかり動

かなくなりました。首の骨が折れていますからね。これなら逃げられかも。そう思った瞬間、

「グウゥッ⁉」

ロポさんが吹き飛びます。一体何が⁉　そう思い振り返ると、そこにはローブの男が拳を突き出した状態で立っていました。まさか、そこからロポさんに攻撃を？

ロポさんはあまりダメージが無いようですが、ローブの男を警戒しています。でも、このままじゃあ……仕方ありません！

私は体のあるところに隠していた予備の短剣を取り出し、ローブの男へ向かいます。

「ロポさん！　今の内にフランさんを連れて逃げてください！」

男たちは私たちを生きた状態で捕らえるのが目的のようです。それなら捕まっても死ぬような事はされないでしょう。

「はぁっ！」

私はローブの男へ切りかかりますが、腕を掴まれます。そしてお腹を数発殴られます。うぅ、痛みで意識が……。

「ちっ、あの女を逃すな！」

微かですが、後ろから声が聞こえます。どうやらフランさんとロポさんは上手く逃げたようです。

無事にレディウス様の下まで辿り着けると良いのですが……。私はそこで意識が途絶えました。

◇◇◇

「すまねえ、デリス。逃がしちまった」

「構わん。俺たちへの依頼はこの二人を捕らえる事だ。依頼主の下まで連れていくぞ」

「へへっ、なあ、デリス。この女味見しても良いか？　黒髪って部分を差し引いても綺麗な女だぜ。まだガキだがな」

「駄目だ。もし、この女に手を出したらお前を殺す。依頼以外の事はするな」

「わ、わかったよ。わかったからそんな殺気を出すなよ全く。お前は強いけど面白くねえな」

「ふん。俺は強い奴と戦えたらそれで良い。そのために裏ギルドにいるのだから」

◇◇◇

「うぅ〜んっ！　今日も良い天気だなぁ！　何だかいい事がありそうな予感がする！」

俺は自分の家から出て、空を見てそんな事を言う。まあ、ただの思いつきで言っただけなのだが。

昨日は、ティリシアの家で、夜ご飯をご馳走になった。昨日の夜からロナたちは依頼で外に出ているからな。丁度運が良かった。

俺は料理があまり出来ないからな。ミストレアさんの家でも、殆どへレネーさんかミストレアさんが作ってくれたし。あの二人は本当に料理が上手かったな。出てくるもの全て美味しいので、手が止まらなかった。懐かしいなぁ。元気にしているだろうか？

「おい、レディウス。今ロナちゃんといねえんだろ？　俺の家で朝飯食うか？」

俺が家の外で体を伸ばしていると、ガラナがそんな事を言ってくる。

「でも、お前のところマリエナさんがいるじゃないか。そんなところに邪魔するわけにはいかないよ」

ガラナは戦争が終わってから彼女を作った。まあ、年齢もまだ二十後半だったからな。全然良いのだが、彼女は二十手前ぐらいで、とても若い人だ。

なんでも、王都の中で、チンピラに襲われそうなところをガラナに助けられたらしい。その姿を見てガラナに一目惚れしたと言うのを聞いた事がある。

「何、マリエナもわかってくれるさ。さあ、行こうぜ」

俺はガラナに肩を組まれて、ガラナの家まで連れていかれる。ガラナの家からは朝食のいい匂いがする。

「あっ、ガラナさん。いま朝ごはんが出来ま……って、あれ？　レディウス君じゃないの？　どうしたの？」

「ああ、今ロナちゃんたちがギルドの依頼でいないから、こいつ食べるものが無くてな。それならうちで食べさせてやろうと思ってな」

「いや、別に食べるものがないわけじゃないぞ。ロナみたいに美味しく作ってくれる人がいないだけで、いざとなれば干し肉でも齧《かじ》ってれば良いんだから」

俺がそう言うと、ガラナとマリエナさんが揃って溜息を吐く。

「ダメだよ、レディウス君。日々の健康は日頃の食事からなるのだから、しっかりと栄養良く食べないと。ロナちゃんも毎日レディウス君の事を思って作っているんだから、ロナちゃんがいなくてもちゃんと食べないと」

マリエナさんは俺にビシッと指を突きつけて言う。そう言われたらぐうの音も出ない。確かにロナも俺やクルトの健康を考えて作ってくれている。それを無駄にするわけにはいかないな。

「……わかりました。頂きます」

「うむ、素直でよろしい！」

「ほら、席に座れ」

俺はガラナに促されるまま席に座る。待つ事数分、机の上にはサラダにスープ、ベーコンエッグに黒パンと、朝食が並べられる。

それから、三人で朝食を食べていく。途中でたわいの無い話などを挟みながらも楽しく朝食を食べていると、外が騒がしくなってきた。

「……何かあったのかしら？」

「ちょっと見てくるわ」

何かあったのか外を見にいくガラナ。それを不安そうに見送るマリエナさん。俺も見に行くか。置いていた剣を持って外に出ようとすると、

「レディウス！　来てくれ！」

と、ガラナの叫ぶような声が聞こえる。俺はマリエナさんと顔を見合わせてから急いで外に出る。外に出ると、人だかりが出来ていた。

俺とマリエナさんは人をかき分けるように進む。そして、人だかりが無くなり、輪の中心部分に出ると、そこには、一人の女性を抱えるガラナの姿があった。そしてその横には、

「ロポ！」

ロポが寝転んでいた。俺が来たのがわかったのかロポはグゥと手を上げながら一鳴きする。見た限り、あちこち砂埃などで汚れているが、怪我はなさそうだ。

「レディウス。この女性はフラン。ロナちゃんやクルトと同じパーティーを組んでいた魔法師だ」

「それじゃあ、フランさんとロポがこんなボロボロになって帰ってきたって事は……」

「依頼先で何かあったのだろう」

◇◇◇

「……うぅ……こ、ここは？」

私は暗闇の中目を覚ましました。周りは木材で出来た壁で囲われており、少し埃っぽいです。どうやら何処かの使われていない小屋のようです。

私は起き上がろうと体を動かしますが、思うように動けません。どうやら手足を縄で縛られているようです。……そういえば、ローブの男に殴られて気を失ってしまいましたね。

「……っ！　クルト！　クルト！　クルトはいますか！」

「……うるせぇぞ、ロナ」

私は声のした方を見るとそこには私と同じように手足を縛られて寝転がるクルトの姿がありました。良かったぁ。無事だったんですね！

「クルト、大丈夫ですか？　何処か怪我はありませんか？」

「ああ、男に蹴られたところが痛むが、それ以外は大丈夫だ。ロナは？」

「私も殴られたところ以外は大丈夫です。それにしても、ここはどこなのでしょうか？」

「……わからねえ。依頼のあった村から連れ去られたのはわかっているんだが、どの辺かまではな」

「……そうですか」

ここはどこだとか、これからどうなるとか、色々と不安な事はありますが、ここにフランさんがいないって事は無事に逃げ切れたって事でしょうか？　それなら良いのですが。そう思っていたら
「なんだ、貴様ら目を覚ましたのか？　でもまあ、一日も寝ていたら当然か」

扉から金髪の太った男が入ってきます。その後ろにはガリガリの細身の男と、ローブの男が立っていました。他にも十人ほどいます。私たちは一日も気を失っていたのですね。

「グルッカス。こいつらが、あいつの仲間か？」

「ええ、そうです、バルト様」

「クックック、こいつらを使って奴をおびき出せば、奴を殺せるな……その前に、お前たち、楽しませてやる！」

金髪の男がそう言うと、男たちはジリジリと私に寄ってきます。金髪の太った男と細身の男はその光景を同じようにニヤニヤとし見ていて、ローブの男も見ているだけ。

「てめえら！　ロナに近寄るんじゃねえ！　ぶっ殺すぞ！」

「あん？　捕まっているガキが粋がってんじゃねえぞ、コラァ！」

「がはぁっ！」

「クルト！」

男たちは、歯向ったクルトを蹴ります。クルトが血反吐を吐いても蹴りは止まりません。その光景を見ていたら、あの時を思い出しました。

クルトとセシルが殴られ、蹴られ、そしてセシルが死んでしまったあの日を。私はあの時から何も変わっていません。今度はクルトを守れるように修行したのに。私はまた見ている事しか出来ません。気が付いたら涙が出ていました。

「や、やめてください！　お願いします！　お願いしますからクルトを傷付けないでください！」

私が懇願して言うと、ようやく男たちはクルトを蹴るのをやめます。クルトを見ると血塗れですが、息はあります。

「クックック。それなら女で楽しませてもらおうか。逆らったら今度はあの男の命は無いぞ？」

金髪の太った男はニヤニヤしながらそう言ってきます。私にはもう返事する事でしか、クルトを助ける事が出来ませんでした。

「……わかりました。わかりましたから、クルトを傷付けるのはやめてください」

「はっはっは！　女に免じて許してやるよ。やれ！」

金髪の太った男の号令で、周りの男たちは、私に手を伸ばしてきます。ごめんなさい、レディウス様。レディウス様に初めてを上げることが出来ません。私はせめて、歯を食いしばって我慢するだけです。

……。

…………。

………………あれ？　何も起きませんね？　私は恐る恐る瞑っていた目を開けると全員が扉の向こうを見ていました。耳を済ませれば外にいる人が何か騒いでいるようです。

「……おい、お前、見て来い」

「へ、へい！」

金髪の太った男に命令された男が扉の方へ向かい開けようとした次の瞬間、

「ドバァン！」

と、扉が吹き飛びました。扉が吹き飛んだ原因は外から別の人が飛んできたからです。当然扉を開けようとした男の人も巻き込まれて吹き飛びます。

「ななな、なんだ!?」

男たちが呆然と扉の方を見る中、ローブの男だけが警戒心をあらわにして見ています。

扉のあった向こうからカツ、カツ、カツ、と足音が聞こえてきます。そして、少しずつ人影が見えてきました。丁度、日が入り込み見えづらいのですが。でも、私にはわかりました。

その姿を見るだけで、私の目から再び涙が溢れます。でも、今度の涙は悔し涙ではなくて、嬉し涙です。なぜならその方は、

「れでぃ……うす……さまぁ」

私の愛しの方だったのですから。

レディウス様は私とクルトを見てから、金髪の太った男に向いて――。

「バルト・グレモンド。お前は……殺す」

「ききき、貴様！　何故ここにいる！　貴様にはまだ誰も送っていないはずだぞ！」

俺はぎゃあぎゃあと喚くバルトを無視して、ロナとクルトを見る。クルトは血塗れで倒れている。近くには足を血で汚した男たちがいるから、あいつらにやられたのだろう。

ロナは外見的にはどこも怪我などは無いようだが、涙を流している。ガリッ、と俺の奥歯が欠けるのがわかる。俺はそれほど歯をくいしばるほど怒りを覚えていた。

「バルト・グレモンド。お前は……殺す」

◇◇◇

数時間前。

「う……う、ぅん……」

「おい、目が覚めたか？」

俺は落ち着かずに、ガラナの家を歩き回っていると、ガラナが声をかける声が聞こえる。目を覚ましたのか!?　俺はすぐにガラナの側に立つと、寝転んでいる女性――フランさんが目を覚ました。

「こ、こは？　それに、ガラナさん？」

「おう、目を覚ましたか？」

フランさんはガラナの言葉に頷き体を起こす。マリエナさんに事前に怪我はないかを診てもらっているので、彼女が気を失っていたのは、怪我によるものではなく、疲労によるものだ。

予想だが、昨日の夜からロポは走り続けたのだろう。その上に乗っていたフランさんも当然疲労が溜まる。そのせいで気を失っていたのではと思う。

「……私は……そうだ！　ガラナさん、大変なの！　ロナとクルトが！」

「落ち着け、フラン。落ち着いて初めから話してみろ」

フランさんは、ガラナの言葉に再び頷き、ポツリポツリと話し始める。フランさんはロナやクルトと一緒に指名依頼を受けていたらしく、二人と一緒に馬車に乗って依頼の村に向かったそうだ。これは、俺もロナから手紙をもらったので知っている。

その村は入った瞬間から色々とおかしかったらしい。村の大きさの割には住んでいる人の数は少なく、いるのは男たちだけ。女や子供、老人すら一人も見かけなかったと言う。

その事に不思議に思ったクルトが、村を調べる事にしたらしい。ほんの数時間ではあまり見つける事が出来なかったが、村の裏には掘り返されて埋めたような跡が残った地面があったと言う。恐らく村の人を埋めたのだろう。

より、警戒心が高くなった三人は、依頼の原因の畑を監視する名目で夜まで隠れていたら、村人として残っていた男たちが武装してやってきたらしい。

そこで、クルトたちの考えは予想から確定になり、交戦。奇襲を仕掛けて、戦いも有利に進めて、残りは村長を名乗る男たちを捕まえるだけだったところに、ローブを着た男が現れたとフランさんは言う。

フランさんが最後に見たのは、蹴り飛ばされて気を失うクルトと、クルトを助けるためにローブの男に向かうロナの後ろ姿だったらしい。

それが悔しかったの、辛かったのかはわからないが、フランさんは話している途中から涙を流し出す。

「わ、私、ロポの背に乗って逃げる事しか出来なくて、ぐすっ、ロナたちを助ける事が出来なくて……」

「ああ、わかったよ。ありがとな、話してくれて」

フランさんは首を振る。この人は逃げた事を後悔しているが、俺はそんな風には思わない。この人が生きて帰ってきてくれたおかげで、早く事情がわかったのだから。感謝はすれど、怒ったりなどは絶対にしない。

怒るとすれば、ロナたちを嵌めた奴らだ。話からして、依頼の時点で仕組まれていたのだろう。

それに、フランさんが言うにはフランさん以外は生かして捕らえるように計画されていたと言う。

それならロナたちは生きているだろう。殺す必要があるなら、その時点で殺しているからな。そして、二人を生かす理由があるとすれば、

「俺が狙いか……」

あの二人と関わりがあるとしたら俺しかいないだろう。身代金狙いなら貴族の子供を狙うだろうし。奴隷にするなら黒髪のせいで売れないロナは狙われる理由がない。唯一狙う理由があるとした

ら、俺に恨みがある連中だな。

「ガラナ、俺行くわ」

「レディウス、当てはあるのか？」

「少し知り合いに力を借りるよ」

俺はそのままガラナの家を後にする。日が昇って二時間ほどか。まだ学園には行ってないだろうが、急がないと入れ違いになる。俺は纏を発動して走り出す。急がないとな。

◇◇◇

「ふぅ、ギリギリ間に合ったな」

俺は王都に入ってある屋敷の前へとやってきた。その屋敷というのは、

「あら？　レディウスではないですか？　どうしたんですか？」

ヴィクトリアの屋敷だ。俺は今セプテンバーム家の屋敷の前にやってきた。そこでちょうど、馬車に乗ろうとしているヴィクトリアに出会う事が出来た。ギリギリ間に合った。

「ヴィクトリア、セプテンバーム公爵はおられるか？」

「えっ？　お父様ならいますが、お父様に何か用ですか？」

「ああ」

ヴィクトリアは訝しげに俺を見てくるが、俺がこれ以上何も言わないと思ったのだろう。

「わかりました。付いて来て下さい」

と言ってくれた。御者の人が学園はどうするのかと聞いてくるが、ヴィクトリアは遅れていくと言う。すまないヴィクトリア。

そして、ヴィクトリアに屋敷を案内されついたのは、一つの扉の前だった。

「ここはお父様の書斎です。いつも朝はここにいるはず」

そして、ヴィクトリアが扉をノックすると、一人の男性が顔を覗かせる。たしか、ゲルムドさんだったたか？

「おや、お嬢様どうされたので？　それにそちらの方は……」

「ごめんなさいねゲルムドさん。レディウスがお父様に会いたいと言って」

「……うーむ、いくらお嬢様の頼みでも、旦那様にもスケジュールがあってな」

そう言い、考え込むゲルムドさん。たしかにセプテンバーム公爵は忙しい身だろう。本来であれば俺なんかが会える人物ではない。だけど、

「そこをなんとか出来ないかしら？」

「しかしですなぁ……」

「構わん、入れろ」

ゲルムドさんに断られると思ったら、扉の向こうから声が聞こえる。その言葉を聞いて、ゲルムドさんは扉を開けてくれた。俺はヴィクトリアの後ろに続き中へ入る。

中では、椅子につき机の上に乗せられた書類と格闘しているセプテンバーム公爵の姿があった。

「何の用だ小僧。見ての通り俺は忙しい。手短にな」

セプテンバーム公爵は俺に見向きもせずにそう言い放つ。ヴィクトリアはその姿に何かを言おうとしたが、俺が止まる。そしてそのまま、

「ちょっと、レディウス！　何をしているのです⁉」

ヴィクトリアは慌てたように声を出す。俺はヴィクトリアの声を気にせずに両手両膝をつき頭を下げる。土下座の姿勢だ。

「……一体なんの真似だ小僧？」

さすがにヴィクトリアの驚いた声を上げれば、見ないわけにはいかなかったのだろう。セプテンバーム公爵から尋ねられる。俺はその姿勢のまま話し始める。

「セプテンバーム公爵。無礼を承知でお願いがあります！　公爵家の力を私に貸してください！」

ロナたちを早く探し出すには俺一人では到底見つけられない。こういう時はいくら自分を磨いても意味がない事に悔しさが募る。だが、今はその悔しさで立ち止まっている暇は無い。

そこで考えたのが、公爵家の力を借りる事だった。公爵家の情報網を一部でも借りる事が出来れば、ロナたちを見つけ出す手がかりが掴めるはず。

「とりあえず顔を上げて理由を説明してみろ。内容次第だ」

俺はセプテンバーム公爵に言われた通り顔を上げてから、フランさんに聞いた話をする。俺の話を聞き終えたセプテンバーム公爵は、

「それで、犯人を見つけるために公爵家の力を借りたいと？」

「はい。そういう事です」

それから、少し考えて公爵は、

「……よかろう。公爵家の力を貸してやる。しかし、借りるからには何かを返すべきだろう。お前は公爵家に対して何を返してくれるのだ？」

「私は……」

◇◇◇

セプテンバーム公爵に力を借りる事が出来るようになってからは、話はどんどんと進んでいった。

セプテンバーム公爵が部下に命令すれば、直ぐに情報が集まっていく。ロナたちに依頼したギルド職員から、その職員の経歴に、職員の家族構成。

その依頼をした者から、その家族まで色々と。たった半日ほどで全ての情報が集まった。俺一人だったら到底無理だっただろう。

そこで出てきた名前が、

「バルト・グレモンド。そいつがギルド職員を脅して、指名依頼をさせたらしい」

「バルト……」

俺は怒りに顔が熱くなっていくのがわかる。あの野郎。俺に手を出すだけでは飽き足らず、まさか、ロナたちも巻き込むとは。

「そいつは、金貸しから借金をしているようだな。その金で闇ギルド、盗賊、傭兵、色々と雇って今回の計画をしたようだ」

「闇ギルドって何でしょうか？」

俺は聞き慣れない言葉に尋ねる。セプテンバーム公爵はゲルムドさんの方を向いて、ゲルムドさんは頷く。

「闇ギルドってのは、冒険者ギルドで受けてもらえないような依頼を受けているところだよ。例えば人の誘拐、強盗、殺人とかな。国は表立っては取り締まっているが、裏では見逃しているのが現状の組織だ」

「今回のバルトみたいな奴がいるからですね？」

俺の言葉にゲルムドさんは頷く。まあ、闇ギルドとかは今はどうでもいい。今回の事に手を貸した奴は殺すが。

「バルト・グレモンドは今日は学園に登校しておらず、屋敷にもいなかったようです」

「どこに向かったか、わかったか？」

「はい。ここから一日程馬で走らせた場所にある森のようです。そこからはわかりませんが」

「そこまでわかればいい」

「はい、ありがとうございます」

俺はそのまま席を立つ。早くロナたちを助けに行かなければ。そう思ったが、

「待て」

セプテンバーム公爵に止められてしまった。早く助けに行きたいのにどうして！　と叫びたいが、我慢して振り向く。

「……何でしょうか？」

「今からどこへ行く気だ？　もう直ぐ日も暮れる。今日は屋敷で休め」

「しかし、こうしている間にも！」

「慌ててもどうしようも出来ないだろうが。明日の朝直ぐに出られるように準備をしといてやる。これは命令だ。それともここまでさせておいて、例の話を断るか？」

「……わかりました。失礼します」

俺はそのまま部屋を後にする。部屋を出ると侍女が立っており今日泊まる部屋へと案内される。夕食はどうするかと聞かれたが、食欲が無いので断らせてもらい、部屋に入る。

部屋は一人用の客室だが、やはり公爵家。置いてあるものはどれも高価そうなものばかりだ。俺はその中のベッドの上に座り頭を抱える。

やっぱり考えるのはロナたちの事だ。どうしても無事なのかどうかと考えてしまう。最悪な想定までしてしまう。その度にバルトに対する怒りが湧いてきて、直ぐにでも部屋を飛び出して探しに行きたい衝動に駆られる。

そんな事を考え始めてどのくらいが経っただろうか。気がつけば日は暮れて夜になっていた。そんなに考え込んでいたのか。

そんな時、扉が叩かれる音がする。侍女でも来たのだろうか？　夜ご飯なら断ったはずだが。そう思っていたら再び叩かれる。

本当なら無視したいところだが、こっちはお世話になっている身だ。さすがにそれは不味いと思い立ち上がり扉に近づく。

扉を開けるとそこにいたのは、

「……ヴィクトリア」

両手で食事を乗せたおぼんを持ったヴィクトリアが扉の前で立っていた。

「レディウス。侍女から夕食は要らないと聞きました。でも、少しでも食べておかないと、明日体が持ちませんよ?」

そう言い中にある机に食事を持ち運ぶヴィクトリア。普段なら有難く思うのだが、今はそんな気持ちにもなれない。

「侍女に言ったはずだ。食欲は無いからいらない」

「でも、少しでも食べておかないと……」

「いらないと言っているだろ!」

ガシャン!

俺は怒りのまま手を振ってしまった。それが運悪くヴィクトリアの持つおぼんに当たってしまい、食器が床に落ちる。当然中に入っていた食事も床に散らばり、食器も割れてしまった。

俺はそれを見た瞬間一気に顔の熱が冷めるのがわかった。俺は最低の事をしてしまった。俺のためにと思ってわざわざ持って来てくれたヴィクトリアに当たってしまった。

「あっ……す、済まない、こんなつもりじゃあ……」

俺がヴィクトリアの側に寄って謝ると、ヴィクトリアは一呼吸し、俺の方を見る。そして、

「バチンッ！」

俺は一瞬何をされたのかわからなかった。ただ、時間が経つにつれて左頬に熱を帯びていく。何をされたかわかった時には俺はベッドに座り込んでいた。

俺は左頬をヴィクトリアに叩かれたのだ。その勢いのまま後ろに下がり、ベッドに座り込んだようだ。俺は左手で左頬を撫でながら恐る恐る見上げると、そこには、

「……」

涙目で俺を見るヴィクトリアの顔があった。

……俺は一体何をやっているんだ。バルトに対する怒り、ロナたちを直ぐに助けに行くことができない焦り、俺一人じゃあ何も出来ない自分に対する怒り。色々な事でイライラしていたからってヴィクトリアに当たるなんて。

俺は直ぐに謝ろうとしたが、それよりも早くヴィクトリアが近づくのがわかった。俺は何発でも叩かれる、殴られる覚悟で歯を食いしばってその時を待つ。

……しかし、いくら待っても叩かれない。叩かれる気配も無い。俺の事に呆れて部屋を出ていったのだろうか？　まあ、それもあんな事をすれば仕方ないか。俺はそんな事を考えながら目を開けようとした時、ボフッ、と、何か温かくて、柔らかい物に顔全体が包まれる。な、なんだこれ？

そして俺の頭の上から、

「そんな辛そうな顔をしないでください、レディウス」

と、ヴィクトリアの声がした。辛そうな顔？　俺、そんな顔をしていたのか？　訳がわからない

まま固まっていると、ヴィクトリアは続ける。

「こんな時まで我慢しなくて良いんです。誰かに甘えても良いんですよ？　ここでは誰も見てませんからね」

そう言ったヴィクトリアに合わせて、俺の頭は柔らかい物にギュッと引っ付く。ここでようやく気がついた。俺はヴィクトリアに頭を抱き締められているのか。そして頭を撫でられる。

この感じは懐かしい。昔良く母上にしてもらったのを覚えている。母上がいくら辛くても、笑顔で俺を抱き締めてくれたあの感触に。優しく頭を撫でてくれた感触に。

俺は知らず知らずの内にヴィクトリアに腕を回していた。そして、

「……俺は怖いんだ。自分のせいで自分の大切な人が死ぬのが。昔から何度も思った事がある。俺の周りで不幸な事が起きるのは黒髪のせいなんじゃ無いかって。俺のせいで、俺の周りで不幸な事が起きる。母上が病気で亡くなり、アレスは死にかけて、ティリシアはもう少しで奴隷になるところだった。今回だってそうだ。俺のせいでロナやクルトが傷付き、それに巻き込まれてロポやフランさんもボロボロになった。俺のせいで！　俺のせいでみんなが……。俺がいなかったらこんな事には……」

「レディウス！」

俺が言葉を続けようとすると、ヴィクトリアの怒る声が聞こえる。俺はその声に驚いて黙ってしまった。それと同時に俺の頭を抱き締める力は弱くなり、ヴィクトリアの手は俺の頭から両頬へと移動した。

そして、ヴィクトリアは両手で俺の顔を持ち上げるようにする。目の前には真剣なヴィクトリアの顔があった。

「レディウス。あなたがいてくれて良かったです」

「えっ？」

「あなたがいてくれたおかげでアレスは命が助かりました。あなたがいなければアレスは死んでいたでしょう。あなたがいてくれたおかげで対抗戦で勝利する事が出来ました。あなたがいなければ私はティリシアたちのチームに入る事もなく、ティリシアは敗北、奴隷になっていたでしょう。あなたのお母様の事は仕方なかったと思います。病気はどうしても治らないものもありますから。でも、その事でそのお母様はあなたの事を恨んでいましたか？」

俺はヴィクトリアの言葉に首を横に振る。母上は俺の前では一度も病気が辛いとは言わなかった。俺の前ではいつも笑顔でいてくれた。そして
「……母上は俺の事を生んで良かったと言ってくれた」

「なら、それが全ての答えじゃないですか。レディウス。あなたはいなくて良い人ではありません。そんな事を言うのはあなたを生んでくれたお母様、あなたを慕ってくれている人たちに失礼です！」

俺はヴィクトリアの言葉に次々と顔が浮かんでくる。姉上、ミア、ミストレアさん、ヘレネーさん、アレス、ミストリーネさん、ガラナ、マリエナさん、ガウェイン、ティリシア、クララ。それにロナにクルト。

俺は前を向くとそこには笑顔で俺を見てくるヴィクトリアの顔があった。

「確かに……その通りだな」

気が付けば目から涙が溢れる。俺は何を考えているんだ。黒髪なんて気にしないと思っていながらこんなザマだ。

「レディウスはいなくて良い人ではありません。私も……あなたの事が大切なのですから」

「ありがとう、ヴィクトリア」

◇◇◇

「ふぅ……よっぽど精神的に参っていたのでしょう。すぐに寝てしまいましたね」

私はベッドで眠るレディウスの髪を梳《と》きながらそんな事を思います。でも、それも仕方ありませんね。レディウスにとって大切な人たちのようですから。

……羨ましいですね。もし、私が同じような目に遭ったら、レディウスは同じように心配してくれるのでしょうか……はっ⁉　一体何を考えているのです私は⁉

レディウスは、同じ学園の生徒。対抗戦で偶々同じチームを組んだだけに過ぎません！　……でも、さっきの弱音を吐くレディウスは、その、なんて言いますか……可愛かったですね。

普段は周りから何と言われようと堂々としているのに。あの国王陛下が見ている対抗戦の決勝でも、笑みを浮かべながら凛々しく戦っていたのに。

……このような姿を見せるのは私だけでしょうか？　それなら嬉しいのですが。うふ、うふふふ

「なぜ一人で笑っているのですか、ヴィクトリア様？」

「ひゃあぁ!!」

私は慌てて振り向くと、そこには、ニヤニヤした顔で私を見てくるマリーの姿がありました。

「ままま、マリー！　あ、あなた、いつからそこに⁉」

「私ですか？　私は『ふぅ……よっぽど精神的に参っていたのでしょう』からです」

それって、レディウスが眠って直ぐじゃないですか！　一言言ってくれても良かったのに！　私は恨みがましげにマリーを睨みますが、マリーは飄々《ひょうひょう》といった風に、床に散らばった食器や料理を片付けます。

「あっ、ありがとう、マリー」

「いえ、お気になさらずに。ヴィクトリア様は気にせず、そのままレディウス様に添い寝しても構いませんよ？　公爵様と奥様には黙っておきますから」

私を見てウフフと笑うマリー。

「わわわ、私はそんな破廉恥な事はしません！」

と、マリーに言い、私はそのまま部屋を出てしまいました。ふぅ、全くマリーは！　私がレディウスと、そそそ、添い寝なんてするわけないじゃないですか！

『私も……あなたの事が大切なのですから』

ボンッ！

わわわわわ、私は、ななな、なんであんな事を言ったのでしょうか⁉

私はその日は、どの場所に行ってもその言葉を思い出してしまい顔を真っ赤にして、お父様たちを心配させてしまうのでした。

◇◇◇

「……これで良しっと」

俺はベッドの側に立て掛けていた剣を腰に差し、窓を見る。窓からは顔を出したばかりの太陽が輝き、世界を明るく照らしていた。

俺はそのまま部屋を出ると、部屋の前には、

「……ヴィクトリア」

ヴィクトリアが立っていた。服装はいつもの制服ではなくて、家着なのかドレスを着ている。

「おはようございます、レディウス。よく眠れましたか？」

「ああ、よく眠れたよ。ヴィクトリア、昨日の事なんだが……」

「あっ、ええっと、もちろん、他の人には黙っておきますよ。それにきき、昨日言ったことも忘れて下さい。その、なんて言いますか、勢いで、その……」

「ありがとうな」

「へっ？」

俺は顔を赤く染めながらあたふたと慌てふためくヴィクトリアの手を取り、目を見る。ヴィクトリアは俺の言葉を聞くと変な声を漏らすが、俺はそのまま続ける。

「ヴィクトリアが俺の事を大切な人だと言ってくれて嬉しかった。ヴィクトリアのおかげで楽にな

ったよ」

「そ、そんな、私は思った事を言っただけで、そんな感謝されるような事は何もありません……それにレディウスの寝顔も見れましたから」

ヴィクトリアは照れるようにそんな事を言ってくる。最後の方はボソッと呟いただけなので聞こえなかったが。ヴィクトリアはそのまま上目遣いで不安そうに、

「それよりも、無事に帰ってきてくださいね。待っていますから」

と言う。握りっぱなしの手にも力が入っている。俺は右手をヴィクトリアの頭の上に置いてポンポンとしながら、

「もちろんさ。ロナもクルトも助けて帰ってくる。心配するな」

「ぁぅ、は、はい、待っています」

さすがに頭をポンポンとされるのは恥ずかしかったのか、再び顔を赤く染めるヴィクトリア。そんな可愛いヴィクトリアを見ていると、

「そこです。そこでキスをするのです、ヴィクトリア様」

「わわわ、だ、大胆ですね、ヴィクトリア様」

曲がり角から顔を覗かせるマリーさんとルシーさんに気が付いた。と言うか、あれほど声が大きければ誰でも気がつくぞ。当然ヴィクトリアも気が付いたわけで、

「あああ、あなたたち！　なな、何を見ているのですか！」

ヴィクトリアが怒ると、ルシーさんは慌てながら、マリーさんは堂々と角から出てくる。

「いえ、旦那様がレディウス様をお呼び出したので、呼びに来たのですが、ヴィクトリア様が先に逢引きしているものでしたから、少し様子を見ていたのです。……あのまま抱き付いてしまえば良かったのに」

「あああああ、あい、あいび……きゅう～」

「お、おい、ヴィクトリア！　おいっ！」

マリーさんの言葉にヴィクトリアは顔を先程以上に真っ赤にして気を失ってしまった。初心《うぶ》過ぎるだろ。

「ルシー。あなたはヴィクトリア様を寝室へ運んでください。すぐに目を覚ますでしょう。では、レディウス様、行きましょうか」

マリーさんは特に気にした様子もなくそんな事を言ってくる。でも、口元が笑っているぞ。この侍女、主人を弄って楽しんでやがる。

俺はそんなマリーさんを見ながらも、ルシーさんにヴィクトリアを預けて、マリーさんの後ろについていく。俺がさっきの事を聞く前にマリーさんは、

「ありがとうございます、レディウス様」

「えっ？」

何故かお礼を言ってきた。俺はあまりにも身に覚えがなさ過ぎて変な声を出してしまう。マリーさんは気にした様子もなくそのまま続ける。

「以前にも話したと思いますが、ヴィクトリア様は婚約破棄されるまでは毎日が辛そうでした。そ

んなヴィクトリア様が変わったのはあなたに対抗戦に誘われてからです。それにレディウス様は気が付きませんでした？」

「気がつく？　何にです？」

俺が疑問を尋ねると、マリーさんは立ち止まり俺の方を見てにやぁ〜と笑みを浮かべる。さっきのヴィクトリアを弄った時も同じ笑みだ。な、何だよ？

「これも前に話したと思いますが、ヴィクトリア様は婚約者であったウィリアム様以外に話せるのは殆どが身内のみで、男性との接触は最低限にし、それ以外は全て私かルシーが対応していました」

そういえばそんな話を聞いた事があったな。未来の王妃が他の男と会ったりして、妙な噂が立たないように男性は会うのを制限されているんだったたっけな。

「しかし、そのウィリアム様とも殆ど話す事はありませんでした。話しても少しだけ。今までそんな風に過ごされて来たヴィクトリア様は、当然ながら男性に対して免疫がありません。以前もレディウス様の裸を見ただけで気を失ったのを覚えていますか？」

「ええ」

その言い方だと全身脱いでいるみたいだが、上半身を裸をヴィクトリアは見ただけで気を失っていたな。確かに男に対して免疫は殆どないのだろう。あっても身内だけ。

「そんなヴィクトリア様ですが、おかしいと思いませんか？」

「おかしい？」

「ええ。見るのが無理なら触れるのも無理なはず。それなのにレディウス様に触れても嫌がらない」

……そういえば。さっきも俺が手を握ってもヴィクトリアは顔を赤く染めるだけで、何も言わなかった。

「でも、手を握っただけです。それなら握手とかでも……」

「自分から抱き付いてもですか？」

「……」

昨日のを見ていたのか？　俺は昨日の事を思い出して、顔が熱くなるのがわかる。今でも鮮明に思い出せる。ヴィクトリアの優しい声、ゆっくりと頭を撫でる感触、温かく柔らかい胸、とくんとくんっと心地よい心臓の音。

「ふふ、ヴィクトリア様はそれくらいレディウス様に心を許しているのですよ。だから私はお礼を言っているのです。あの方が心を許せる存在になっていただき、ありがとうございます」

そう言いマリーさんは俺に頭を下げてくる。

「そんな頭を下げられるような事ではありませんよ。俺自身ヴィクトリアに助けられているのですから」

「そうですか。ああ、昨日の覗いていたのは申し訳ございません。でも、あんな食器が割れる音がすれば、誰でも覗きますよ」

と、マリーさんは言う。そういえば昨日は食器を割ってしまったな。その音がマリーさんに聞こえて、見られていたのか。恥ずかしいな。昨日は久し振りに泣いた。母上の墓石の前で誓ったあの日から一度も泣かなかったのに。

……俺もヴィクトリアにそれ程心を許しているって事かな？　今までは姉上、ミア、ミストレアさん、ヘレネーさん、ロナ、クルトぐらいだったのに。他のみんなには見せられないと思っていたのもあるが、やっぱり、温もりが母上に似ていたからかなぁ。

そんな事を考えながら歩いていると、昨日と同じ書斎に辿り着いた。マリーさんがノックすると、扉が開かれ、ゲルムドさんが顔を出す。

「おっ、来たな。入れ」

「それでは私はここまでで」

「ありがとうございました、マリーさん」

俺はマリーさんに頭を下げて、書斎へと入る。中にはゲルムドさんとセプテンバーム公爵にグリムドさんが立っていた。

「ふん、昨日よりマシな顔になっているじゃないか」

「はは、昨日は失礼いたしました」

昨日は焦りと怒りでとんでもなく醜い顔になっていたのだろうな。修行が足りないな。精進しないと。

「構わんさ。身内がそうなれば誰だってああなる。早速話に移ろうか。準備は既に出来ている。案内はグリムドがする。調べた結果、敵は傭兵や盗賊が合わせて五十人ほど、闇ギルドの奴らが三人、それならバルト・グレモンドにその家庭教師だ。今日中に森へ着きたいのであれば、つけられる人数はあと五人と言ったところか」

「わかりました、それでお願いします」

俺が頷くと、セプテンバーム公爵は立ち上がり外に出る。その後をついていくと、外には既に馬に乗った兵士が五人いて、その横には馬が二頭いる。

一頭は茶色の馬で、もう一頭が純白の汚れひとつない綺麗な馬だった。

「お前にはこの白馬に乗ってもらう。こいつはとんだお転婆娘でな、あまり人を乗せないのだが、お前ならいけるだろ」

いやいやいやいや、どこからそんな自信が出てくるのです⁉　しかも、乗らない人なのに！　でも、美人な馬だな。スラっとしていて綺麗だ。

「彼女の名前は？」

「その子の名前はブランカだ」

「ブランカか。よろしくなブランカ」

俺がブランの頭を撫でようとしたら、鼻頭で手を弾かれ、顎で頭を叩かれた……地味に痛い。ブランカは、そんな事を気にせずに、ヒヒンッ！　と鳴いて首を自分の背中の方に振る。さっさと背に乗れって事かな？

俺がブランカに付けられた鞍に乗るけど、物凄く大人しい。ブランカは俺の方を見てヒヒンと自慢げに鳴く。まるで期待していろと言っているかのように。それなら期待させてもらおうかな。

その時にチラッと屋敷の方を見ると、玄関から顔だけ出しているヴィクトリアの姿があった。目を覚ましたようだ。俺は真剣な顔で頷くと、ヴィクトリアは胸の前で手を合わせて祈ってくれる。

「グリムド、案内は任せたぞ」

「はっ！　では行ってまいります。行くぞレディウス！」

グリムドさんは、はっ！　と言い馬を走らせる。それに続いて他の兵士の方も後に続く。ロナ、クルト、待っていろよ。すぐに助けに行くからな！

「行くぞ、ブランカ！」

「ヒヒーン!!」

絶対みんなで帰ってくるからな、ヴィクトリア。待っていてくれ。

◇◇◇

「ここが、例の森だ」

王都から馬を走らせる事半日。途中休憩を挟みながらだが、それでも、本来なら馬車で一日かかるところを、半日で踏破したのは、馬たちが頑張ってくれたからだろう。

特にブランカは、他の馬に比べて速さも耐久力もずば抜けて高い。今もドヤ顔で俺を見て、ブルルゥ、と鳴いているからな。

「ありがとな、ブランカ」

俺が俺にブランカを撫でると、ブランカはドヤ顔をやめてそっぽを向いてしまった。何だよ、褒めてやっているのに。

「何だ、ブランカ、物凄く嬉しそうじゃないか？」

そこにグリムドさんがそんな事を言ってくる。そんなはずないでしょう。今無視されているんだから。

ここからは馬から降りて、森の中を歩いて進む。ここに置いていくのが少し心配だったが、外からは馬がいる事がわかりづらいし、馬の鞍にはセプテンバーム公爵家の家紋が入っているらしく、盗んだら罰せられる。

ブランカは俺が降りると、フン、といった風に一頭で木の側に行き、草をムシャムシャと食べ始める。全くこいつは……。

「それじゃあ、すぐに帰ってくるから待っててくれよ」

俺がブランカのたてがみを撫でていると、ブランカは、さっさと行け、と言わんばかりに体を揺らし、ブルル、と鳴く。こ、こいつ……。

「懐いているブランカが可愛いのはわかるが、早く行くぞ」

俺がそんなブランカを見ていると、グリムドさんは意味不明な事を言ってくる。ブランカが懐いている？　意味がわからない。

小一時間グリムドさんを問い質したいところだが、今はそれよりも、ロナたちの救出の方が先だ。終わってから尋ねることにしよう。

周りを警戒しながら、森の中を進んで行く。森の中を進んで行くとわかるが、所々に獣や魔獣の死体が落ちている。

大方襲ってきたのを片っ端から殺して、放置しているのだろう。ゴブリンとかは売れる場所が無いからな。だが、この死体のおかげで、奴らがここにいるのを確定する事が出来た。

俺は兵士の人たちとグリムドさんの後ろについていく。

歩き始めて一時間ほど。ようやく小屋を見つける事が出来た。小屋は全部で三つほどあり、そのうち二つは扉が開きっぱなしで、中には盗賊や傭兵がいるのがわかる。後一つは扉が閉じられており、前には扉を守るように見張りがいる。

「どうする？　救出対象はあの扉が閉まっている小屋にいると思うのだが」

「ええ。俺もそう思います。ここは俺が一直線に突き進もうと思います。皆さんは後から周りの盗賊たちをお願い出来ますか？」

「それは構わないがお前は大丈夫なのか？」

少し心配そうに伺うグリムドさんに俺は黙って頷く。俺は腰の剣を抜き、纏・真を発動する。そしてそのまま森を出て小屋に向かう。

もう我慢の限界だ。ここからコソコソとやっていたら間に合わないかもしれない。このまま押し通らせてもらう。

俺が森から出て来た事に気がついた盗賊や傭兵たちは、武器を持って集まってくる。中には俺がどれだけ耐えられるか、賭けをしている馬鹿もいる。

「おい小僧。なんのよ……がひゅぅ？」

「口を開くな」

盗賊の男が何かを言おうとしていたが、こいつらの言葉を聞く気は無い。そのまま剣を振るい男の下顎を切り落とした。そして喉に剣を突き刺す。そのまま剣を横に振ると、首は半ばで切れて、体に辛うじて引っ付いている状態のまま男は死に絶えた。

「て、てめぇ、ぶっ殺……」

「風切」

だから聞く気は無い。風切を連続で放ち、盗賊たちを切り落とす。腕が落ちる者や足を切られる者。顔を縦に切られる者など様々だが、みんな同じなのは、畏怖の目で俺を見て固まっている事だ。

「死にたくなければ退け」

俺は殺気を放ちながら言葉を発すると、盗賊たちが割れるように左右にわかれる。そして小屋まで一直線に道が出来た。俺がそのまま歩いていくと、小屋の前にいた見張りのような奴らが武器を構える。そして、右側の男が向かってきた。

「死ねぇ！」

たぶん、この中では腕が立つのだろう。だから見張りに選ばれたようだが、この程度なら他の奴らと変わらない。

振り下ろされる剣を魔闘拳した左手で弾き、右薙ぎで剣を振る。男の腹は切り裂かれ、中から臓物が零れ落ちていく。男は痛みを忘れて一生懸命に拾おうとするが、次々と零れ落ちていく臓物を見て、絶望しながら自分の血の海に沈んだ。

「うう、うわぁぁあっ！」

もう一人の見張りは恐慌しながらも向かってくる。男が両手に持った斧を振り下ろす前に、剣で両手を切り落とす。そして、男の喉元を掴み、小屋に向かって放り投げる。

男がぶつかり吹き飛んだ入り口を進むとそこには、目的のロナとクルトがいた。

「ききき、貴様！　何故ここにいる！　貴様にはまだ誰も送っていないはずだぞ！」

俺はぎゃあぎゃあと喚くバルトを無視して、ロナとクルトを見る。クルトは血塗れで倒れている。近くには足を血で汚した男たちがいるから、あいつらにやられたのだろう。

ロナは外見的にはどこも怪我などは無いようだが、涙を流している。ガリッ、と俺の奥歯が欠けるのがわかる。俺はそれほど歯をくいしばるほど怒りを覚えていた。

「バルト・グレモンド。お前は……殺す」

俺は殺気を放ちながらバルトに向かって言うと、バルトはひぅっ！　と情けない声を出して数歩下がる。

「おおお、お前たち！　ここ、こいつを殺せば金貨十……いや、二十枚やろう！　こいつを殺せ！」

そう言って命令するバルトは、誰よりも俺から遠くに離れた位置に立っていた。そこにいれば当たらないと思っている馬鹿に向かって風切を放つ。ローブを纏った男は気がついたようだが、もう間に合わない。

「さっさと、殺……うわっ！」

「ば、バルトさ……なっ!?」

ぎゃあぎゃあと喚いていたバルトは突然地面に這《は》い蹲《つくば》る。その事に驚いたグルッカスは今のバルトの姿を見て、あまりの姿に声を失う。

それもそうだろう。何故なら、

「な、なんだ？　……あぁ、あぁぁぁぁあ！！　あああ、あしがぁぁあああ！」

バルトの両足は切り落としたからだ。バルトが喚いているうちに周りの奴らも殺す。呆然と立っている男を殺し、逃げようとする男を殺し、怯えながらも剣を振り下ろしてくる男を殺し、めちゃくちゃに武器を振り回す男を殺す。

気がつけば、辺り一面男たちの死体で真っ赤に染まっていた。ローブの男はバルトを守るように立ち、バルトは涙や鼻水で顔をぐしゃぐしゃに汚しながら壁に背をつけ座っていた。ズボンも床も濡れている。何もかもが汚ねえ野郎だ。

グルッカスは何とか足を引っ付けようとするが、奴の水魔法ではせいぜい止血が精一杯だ。足をつけるほどの水魔法が使えるのは殆どいないだろう。

俺はその内にロナを縛っている縄を切る。ロナは直様俺に抱き付いてきた。

「ごめんなざい、れでぃうずしゃま。わたじたちが、ヘマをじたばかりにごめいわくをがけて……」

ロナは怖かった事より、俺に迷惑をかけた事に後悔していた。……こんな時に言う言葉じゃ無いだろうに、全く。俺はロナの頭を優しく撫でながら、

「馬鹿だなロナは。お前は俺の大切な家族なのだから、迷惑なんていっぱいかけていいんだよ。俺が助けられる範囲だったら俺は自分の力を惜しまず、助けるからさ。だから泣くな、ロナ。ロナに泣かれると俺が困る」

俺がそう言うと、ロナはまだ泣き止んでいないが、笑って頷いてくれる。俺はロナをそのまま連れて、クルトの縄を切る。クルトは気を失っているようだ。

「ロナ。クルトを頼む。武器は、今はこのナイフで我慢してくれ」

腰に下げていた非常用のナイフをロナに渡して、バルトを見る。バルトの足の血は止まったようだが、痛みが続くようで、顔を汚く汚しながらも、憎悪の目で俺を見てくる。

「殺す！　絶対に殺してやる！　レディウス！」

……はぁ。何を言っているだこいつは。俺は阿呆の言葉に益々怒りが溜まっていく……それはこっちの台詞だ、クソ野郎。

「ふざけるなよ、バルト。お前は俺の大切な物を傷付けた。お前は俺の逆鱗に触れたんだ。覚悟しろよ？　俺たちに手を出した事を後悔させてやる」

俺が剣を構えると、ローブ男が立ちはだかる。とっとと、退いてもらおうか。

◇◇◇

「そこを退け。今なら命は助けてやるよ」

「くくく、お前のような強者と戦えるのに退くわけがないだろう。行くぞ！」

ローブを着た男は笑いながら俺へと向かってくる。ちっ、戦闘狂かよ。

「はぁぁっ！」

男は俺の顔面を狙って、拳で殴りかかってくる。男は拳闘家のようだ。俺は男の拳を避ける……

ん？　この男の拳に纏っているのって……、

「どうした、小僧！　ちっ、強者だと思ったのだがな」

やっぱり、この技は……。男は俺が考え事をして、動きが緩慢になったのを見て、喜ぶどころか落胆の声を上げる。

しかし、俺はそんな男の声に気にする事なく、男の両手両足に纏っている魔力の流れを観察する。

やはりこの魔力は纏だ。

ミストレアさんやヘレネーさんたち以外で初めて見た。でもまあ、ミストレアさんが若かった頃は纏が主流だったようだし。

「おらおら！　どうした⁉」

この男、先ほどまでは一言も話さなかったのに、戦闘になった瞬間饒舌になったな。俺はそんな男の言葉を無視して、攻撃を避ける。

「ちっ！　なんで攻撃が当たらない！」

男の拳と蹴りは俺に掠る事なく空を切る。確かにローブの男の動きは速いが纏・真を使っている今なら遅れは取らない。

「おらぁっ！」

男は俺に向かって回し蹴りを放ってくるが、俺は跳んで避ける。そのまま、男の顔を蹴りとばす。

男は地面を転がるが直ぐに立ち上がる。

「ぐっ」

「なんだよ。闇ギルドって言うからもう少し強いのかと思ったがこの程度かよ」

これならまだランベルトの方が強かったな。あいつの身体強化は本当に厄介だったからな。男は俺の言葉に怒り、真っ直ぐ突っ込んでくる。俺は剣を構え、そして、男の殴りかかってくる腕を掻い潜り、剣を振るう。

男の右腕、脇腹、左足、と流れるように切っていく。旋風流鎌鼬。切られた事にすら気がつかない程の速さで切りつける技。

「がっ、がぁぁぁあああ!!」

気が付いた時にはもう手遅れ。ボトッボトッと音がして落ちるのは切り落とした右腕と左足。男は痛む手足を押さえようにも残っている手は左手だけ。どこかを押さえれば、別のところが押さえられない。

「悪いが、お前のせいでロナたちが危険になったと聞く。じゃあな」

「まっ、ま……」

俺はそのまま剣を振り下ろす。男の頭はローブを被ったまま飛んでいってしまった。

「さてと……」

俺は残っている奴らの方を見る。俺と目があってヒィイ！　と怯えるバルト。その横で今にも逃げ出そうとしているグルッカス。

当然そんな事をさせる訳もなく、俺は地面に落ちているナイフを手に取り、グルッカスに向けて投擲する。ナイフは、グルッカスの右足に刺さる。ナイフが刺さる痛みに地面をのたうち回るグルッカス。

「逃すと思うか？　グルッカスよ。お前には言ったはずだよな。『昔と同じように考えていたら痛い目に遭うぞ』と。いや、ここまでされれば昔と同じではないか。覚悟はできているんだろうな？」

「ヒイッ！　おおお、お待ちください、レディウス様！　わ、私はバルト様の命令に仕方なく従っただけで！」

「なっ！　グルッカス、貴様！　俺を裏切るのか！」

二人は勝手にぎゃあぎゃあと喚きだしたが、今はそんな事はどうでもいい。俺はイライラしながら剣で地面を叩く。

その音にビクッと震える二人。丁度黙ってくれた。話を進めよう。

「ぎゃあぎゃあぎゃあぎゃあ、うるせえんだよ。お前らに選択肢はない。ここで死ぬ。それだけだ」

「ままま、待て、待つんだレディウス。おお、俺たちは家族だろ？　は、半分とはいえ血を分けた兄弟じゃないか。そんな兄を殺そうとしてお前は心が痛まないのか？」

……こいつ、此の期に及んでそんなくだらない事を言うのか？　俺の頭の中でブチっと何かが切れる音がした。俺が剣を振ると、バルトの左手が飛んでいく。

「ぎゃあ……ああ、あああぁぁあああ！　腕が、俺のひだりうでがぁぁぁあっ！」

「てめえ。ふざけるなよ。誰が家族だって？　誰が血の分けた兄弟だって？　俺と血の繋がった家族は亡くなった母上と姉上だけだ。それ以外は家族じゃねえよ。ふざけた事を抜かすんじゃねえよ！」

俺はそのままバルトへ剣を振り下ろす。しかし、剣がバルトへ届く事はなかった。その理由は、

「……なぜ止めるのです、グリムドさん」

後ろから剣を持った俺の右腕を掴むグリムドさんに止められたからだ。

「悪いが、公爵様からお前がバルト・グレモンドを殺そうとしたら、止められるように言われている。それと、犯罪者のバルト・グレモンドを連れてくるようにと。お前も聞いているはずだ。村一つをこいつに潰されている事を。その事についてもそいつから話を聞かないといけないようだ。何、安心しろ。こいつが死刑なのは決まっているからな」

グリムドさんはそう言って他の付いてきてくれた兵士に指示を出す。あまりの痛みと恐怖で気を失ったバルトとグルッカスを縛り連れていってしまった。

グリムドさんは近くの村まで来ているという、後発隊に連絡の取れる魔道具で連絡を取る。ここの処分はその人たちに任せるそうだ。

俺たちはこのまま帰る事になる。クルトは別の兵士が馬に乗せてくれるそうで、俺の方にはロナが付いてくる。ロナはあれから一言も話さずに俺の服の袖を掴んで後ろを付いてくる。

そして、ブランカがいるところまで戻ってくると、向こうも俺たちに気が付いたのか、寄ってくる。

「レ、レディウス様、この綺麗な馬は？」

「この白馬はブランカと言って、俺をここまで乗せてくれた馬だよ」

俺がロナにブランカの事を教えている間、ブランカはロナの事をしげしげと見る。まるで観察をするかのようにじっくりと。そして、納得がいったのか、ブルルゥと鳴いて、まるで乗れと言わん

ばかりに背に首を振る。

俺が先に乗って、ロナの手を引っ張り乗るのを手伝う。

「ロナ、しっかり捕まれよ」

「は、はい！」

ロナは俺の腰に手を回しギュッと抱き付いてくる。うおっ、背中に柔らかいものが。そんな事を知らないグリムドさんは、

「今日は途中の村で一泊してから帰るぞ。さすがに馬を一日中走らせるわけにはいかないからな。では、出発！」

彼の号令でみんなが走り出す。さてと、俺たちも帰りましょうかね。

「帰ろうか、ロナ」

「はいっ！」

◇◇◇

「やっと帰ってきたな」

「はい、レディウス様！」

俺たちは、ようやく王都の村へと戻ってきた。昨日助けた後は、森から二時間ほど走ったところにある村で一泊してから、今日の朝早くに出て、昼前には帰ってこられた。

グリムドさんたちは先にセプテンバーム公爵の下に帰っているから、後で来いと言われている。

クルトも王都の屋敷で治療してくれるそうだ。ありがたい。

そして、俺たちは心配しているであろうガラナたちに会いに来たのだ。特にフランさんは心配しているだろうからな。

俺とロナはブランカに乗ったまま村に入ると、

「ググゥッ！」

村のとある家から黒い毛玉が走ってくる。その毛玉は器用にブランカの頭の上に飛び乗り、そして、俺へと飛んで……来ずに、俺の頭の上を通り過ぎてロナの胸元へと落ちた。そしてロナの胸元へとスリスリと……ロポめ、うらや……けしからんぞ、全く！

「あはは、ただいまです、ロポさん。あはは、くすぐったい！」

「グゥグゥ！」

ロポのロナの胸元へとスリスリ、頬へとペロペロとしている姿を見て、引き剥がしてやろうかと、考えていたら、

「ロナ！」

と、再び家から走ってくる人影がある。あれはフランさんだな。ロナも気が付いて、ブランカから降りると、フランさんの下まで駆けていく。

「フランさん！」

そして、ロナはフランさんに抱き着く。フランさんもロナを抱きしめながら涙を流す。

「よ、よかったよぉ、ロナが無事で！」

「私もフランさんがご無事で良かったです。ご心配お掛けいたしました」

「そんなの良いのよ！　ロナが無事だったんだから！　うぇぇぇんん！」

そして、大声で泣き出してしまったフランさん。それほどロナたちの事を心配してくれたんだな。

そう思うと俺も嬉しい。

「やったじゃねえか」

ロナたちを見ていたら、ガラナがやってきた。

「ああ、何とか助ける事が出来たよ。それよりガラナ、ロナを頼んでも良いか？　今から王都に行かないといけないんだ」

「おう、任せとけ」

俺は笑顔で言ってくれるガラナに感謝をしながら、ブランカを走らせる。ブランカなら十分ほどで王都に着くだろう。後少しだ、頑張ってくれ。

◇◇◇

「レディウス！」

俺がセプテンバーム公爵家に辿り着くと、門の前で待っていたヴィクトリアが走ってきた。俺はブランカを止めて、降りると、ヴィクトリアは勢いを止める事なく俺に抱き付いてきた。うわっ！　や、やわらかっ！

「良かったです！　無事に帰ってきてくれて！」

「……ああ、心配かけて悪かったよ、ヴィクトリア」

俺もヴィクトリアを抱き締め返す。ヴィクトリアには色々と心配をかけてしまったな。何かお詫びが出来たら良いのだが。

「ほら、そこですヴィクトリア様。そこでぶちゅっ、とキスをするのです」

そして、そこに毎度お馴染みのマリーさんが、しかもその後ろには、

「ゴホンッ!」

「ひゃあ！　えっ、お、お父様⁉」

そう、マリーさんの後ろには悪魔のような顔をしたセプテンバーム公爵が立っていたのだ。その後ろにはやれやれといった風に苦笑いをするゲルムドさんもいる。

「おい、小僧、なに人の大切な娘に手ェ出したんだ、ゴラァッ!」

そして、セプテンバーム公爵は俺の頭を鷲掴みにしてくる、い、いてててて！　地味に痛いぞこれ！

「ま、待ってお父様、今のは私から抱き付いたの！　余りにも心配で、無事に帰って来た姿を見たらつい……」

俺を庇うためにヴィクトリアはセプテンバーム公爵に説明しようとするが、先ほどの行為を自分の口に出すと、さっきの事を思い出したのか、顔を真っ赤にして屋敷へと走り去ってしまった。

「ちっ、お前を死刑するのは後にして、今から王宮に行くぞ」

なんか物凄く怖い事をサラッと言われたが、尋ねる暇もなく馬車に乗り込むセプテンバーム公爵。

その後に続くゲルムドさんも、

「ほら、乗れ」

と、言ってくる。仕方がないので俺も乗ると、腕を組んでイライラとしているセプテンバーム公爵がいた。いや、いるのは当たり前のなのだが、物凄く気まずい。そんな重苦しい空気の中馬車が走り出す。

「え、ええっと、今から王宮に行くのに私を連れて来た理由は？」

「そんなの決まっているだろう。バルト・グレモンドを罰するためだ」

「んん？　バルトを罰するためにわざわざセプテンバーム公爵が行くのですか？」

俺が不思議に思った事を尋ねると、セプテンバーム公爵は首を横に振る。

「普通は行かん。だが、今回の案件は普通ではないからな。グレモンド男爵家は今や貴族たちの中では一番出世した貴族だ。なんて言ったって、家族の中で王族の婚約者が現れたのだからな。だが、その家の後継がとんでもない問題を犯した」

「村のことですか？」

「そうだ。貴族が守るべき民を、自らの手で殺したのだ。百歩譲ってそれが自分の領地の村なら、まだ話は簡単だったが、奴が潰した村は、私の寄子の子爵が管理する村だったのだ。これは貴族たちからすれば、寄子を使ったリストニック侯爵家の、セプテンバーム公爵家に対する嫌がらせと見られても仕方ない。そうなれば当然、婚約しているエリシア嬢にも関わってくる」

「……もしかして、セプテンバーム公爵はヴィクトリアを再び王太子の婚約者に戻そうと？」

俺はそう考えると物凄く嫌な気持ちになってしまった。ヴィクトリアは王太子の話をするときは物凄く辛そうだった。そんなヴィクトリアを見たくはなかったから。だけど、セプテンバーム公爵は——。

「そんなわけなかろう。私たちもヴィクトリアが苦しんでいたのは知っている。何度、婚約を承認した事を後悔した事か。あんな王太子に嫁に行かせるぐらいなら、お前と婚約させた方が百万倍マシだ！」

「えっ？」

「旦那様、それはちょっと……」

セプテンバーム公爵の突然の発言に俺は固まってしまい、ゲルムドさんは頭を抱えてしまった。そして、セプテンバーム公爵は何を言ったか気が付いて、

「……言葉の綾だ。まさか、本当に思ってないだろうな？　あぁん？」

と、ドスの効いた声で俺に尋ねてくる。俺は慌てて首を横に振ると、セプテンバーム公爵も腕を組んで背もたれに背を預けて黙ってしまった。

時間的にそろそろ王宮が見えてくる頃か。でも、俺の中にはさっきのセプテンバーム公爵の言葉がぐるぐると回っていた。

五章　断罪

物凄く気まずい馬車の中、ようやく王宮に辿り着いた俺たちは案内の侍女を先頭に、セプテンバーム公爵、俺、ゲルムドさんの順に王宮の中を進む。

ゲルムドさんが俺の前でなくていいのか尋ねると、少し離れている方がセプテンバーム公爵の全体を見渡せるから、俺の後ろが丁度良いらしい。

そのまま、王宮の中を進むと、待たされる事なく謁見《えっけん》の間まで案内される。侍女が、扉の前に立つ兵士にセプテンバーム公爵が来た事を伝えると、兵士たちはセプテンバーム公爵に敬礼をして、扉を開ける。

俺はその時に兵士に武器を預ける。危うくそのまま持ち込むところだった。危ない危ない。

セプテンバーム公爵の後に続いて謁見の間入ると……おおぉっ、これはまた煌びやかなところだなぁ。踏んでも良いのか気になる程柔らかい絨毯に、多分高いだろうと思われる美術品が飾られている。

扉から真っ直ぐに玉座まで赤い絨毯がひかれ、その絨毯を挟むように左右に貴族が立っている……って、グレモンド男爵と夫人が混ざっている。セプテンバーム公爵が呼んだのか。

他にはレイブン将軍やリストニック侯爵に、ウィリアム王太子に姉上までいるぞ。グレモンド男爵と夫人、それから姉上は俺見ては驚きの表情を浮かべている。そういえば、グレモンド男爵たちと出会うのは四年ぶりだな。少し老けたな。

「国王陛下のおなり～」

文官の人が全員揃ったのを確認すると、国王陛下が謁見の間に入ってくる。それと同時に全員が片膝で頭を下げる。俺も習って頭を下げなければ。

「うむ。面をあげよ」

国王陛下の許可が出たけど、良いのかな？　良いんだよな？　横目でチラッと見ると、上げているから俺も上がる。くそっ、こういう事なら前もって教えて欲しかったぜ。物凄くドキドキするじゃないか。

「セプテンバーム公爵よ。お主が公爵権限を使って皆を集めるとは珍しいではないか。お主が使うという事はよっぽどの事が起きたのだろうな？」

「はっ。少々面倒な問題を見つけてしまいまして。国王陛下のご判断を仰ぎたく、皆を召集させていただきました」

「成る程な。その話にはグレモンド男爵とその夫人、それにウィリアムやエリシアを呼ぶ必要があったのか？」

「はい。ウィリアム王太子は兎も角、グレモンド男爵と夫人、エリシア王太子妃は無関係ではありませんからな」

セプテンバーム公爵はそれだけ言うと、レイブン将軍に目で合図をする。レイブン将軍とは前もって話していたのだろう。

レイブン将軍は側にいた兵士に何か指示を出すと、兵士は部屋を出ていった。

「しかし、セプテンバーム公爵が私たちを集めるという事は、まさかウィリアム王太子の婚約について何か言いたい事でもあるのですかな？」

そう言いニヤニヤと笑うのはリストニック侯爵。でっぷりと太ったお腹が苦しそうだな。あの双子は父親の面影を少しだけ受け継いでいるけど、ほとんど似ていない。母親似で良かったな。

セプテンバーム公爵はリストニック侯爵の言葉を無視だ。それを見たリストニック侯爵は面白くなさそうな顔をする。

そこに丁度扉が開かれて、先ほど出て入った兵士が先頭に歩く。その後ろには、縄で括られたバルトとグルッカスが入ってきた。その姿を見たグレモンド男爵と夫人が悲鳴に近い声を出す。姉上も口元を押さえて驚きの表情を浮かべている。

「ババババ、バルト！　何でお前がここに⁉」

「グルッカスまで！」

……あっ、バルトの腕と足が治ってやがる。誰が治した、こら！　せっかくぶった切ってやったのに！

バルトとグルッカスは丁度みんなから中央の位置ぐらいまで連れてこられ、無理矢理座らされる。後ろにはバルトたちが動かないように兵士が長い棒で押さえつけている。

「こやつは確かグレモンド家の長男だったか？」

「そうです。この男バルト・グレモンドは許し難い罪を犯したので私たちが捕らえました」

「……皆を集めるほどだ。こやつは余程の事を仕出かしたのだろうな」

「ヒイッ！」

うおっ、国王陛下の声のトーンが一つ下がっただけで、周りの空気が一変した。これが王の威圧ってやつか。これだけでバルトの体は震えが止まらなくなっている。

「ええ。バルト・グレモンドは私の隣にいる少年。国王陛下も対抗戦の決勝でご覧になってご存知かと思いますが、レディウスと腹違いの兄になります」

「うむ。それは聞いたぞ」

「当然、学園でもその事は広がりました。その結果、バルトは『黒髪に勝てない弱い兄』や『弟より成績の悪い兄』などと、陰口を言われるようになったのです。その事に腹立てたバルトはレディウスを亡き者にしようとしたのが、今回の騒動の発端です」

「なっ！　バルト、あなた！」

セプテンバーム公爵の言葉に一番初めに反応したのが姉上だった。この謁見の間は魔法が使えないようになっているらしいが、姉上の周りで時折火花が散っている。かなり怒っているなあれは。

「エリシアよ。落ち着きなさい。セプテンバーム公爵、続きを」

国王陛下は姉上を止めて、セプテンバーム公爵に話の続きを促す。

「はっ、そしてバルトがまず行ったのが、レディウスと親しい仲間をおびき出す事でした。そのためにバルトは冒険者ギルドの職員を脅して、その仲間たちに偽りの指名依頼を受けさせ、裏では闇ギルド、傭兵、盗賊を雇い、その依頼の村へ先回りをさせていました」

「村に盗賊たちを先回りさせていた？　何故そのような事を？」

「村にやってくるレディウスの仲間を待ち構えるためです。そのためにその盗賊たちは村にいた住民を皆殺しにしたのです」

「なんだとっ！」

バルトの仕出かした罪を聞いて、国王陛下は声を荒げて椅子を思いっきり叩く。それと同時に夫人は気を失って倒れてしまった。グレモンド男爵も何とか夫人を支えようとするが、顔面蒼白だ。

「その村は私の寄子であるバーロ子爵の村でした。確認したところ村の人口は三百人ほどだったようですが、兵士に確認させたところ、村の裏からそれに近い数の死体がアンデッドとなって出てきたようです」

……それは初耳だったな。殺されている話は聞いたが、まさかそのまま埋められていたとは。

「そのバルトの罠に嵌ってしまったレディウスの仲間は、無事に助ける事が出来ましたが、二人いたうちの一人は大怪我で今も寝込んでいます。これがこやつらが起こした罪です」

セプテンバーム公爵の説明が全て終える。周りの貴族はシーンと黙り込んでしまった。あのリストニック侯爵でさえ、苦虫を潰したような表情を浮かべている。

「……レイブンよ。こやつの処分はどう考える？」

「はっ。今の話を聞きますと、バルトが行った罪は我が国の大切な国民を傷つけ、裏切る行為です。そうなれば一家全員が死刑と考えてもおかしくはないでしょう」

「ちょっと、待ってください。さすがにそれは重すぎるのではありませんか？　確かに彼がやった事は許しがたい事ですが、それが家族全員が死刑とは」

そして、ここで口を挟んで来たのが、リストニック侯爵だ。まあ、リストニック侯爵は姉上が無事なら良いのだろう。

「ふむ、とりあえずはバルトとそれに付き従った者の死刑は確定だ。それは変わらん。そのほかの家族も何らかの罰を与えなければならん。しかし、片方は死刑と、もう片方はそれは重たいと言う。セプテンバーム公爵はどう考える？」

「私でしょうか？　私はまずは貴族位の剥奪は確定だと考えます。そして、エリシア王太子妃の事もどうするか考えるべきだと思います。家族の一人がとんでもない罪を犯したのに、その家族に国の母となって頂くわけにはいきませんからな」

「な、ちょっと、待ってくれ、セプテンバーム公爵！　せっかく私とエリシアが一緒になれたのに、それを引き離すと言うのか！」

セプテンバーム公爵が貴族位の剥奪と、姉上の婚約の話の取りやめを提案したのだが、当然ながらウィリアム王太子が反対する。だけど、

「ウィリアム王太子。そういえば、話に聞いたのですが、今回の婚約の話は、ウィリアム王太子がこの前の戦争で活躍したから、その褒美として許可貰ったそうですな？」

と、セプテンバーム公爵は何故か今の話とは関係ない戦争の時の話をする。何かあるのか？

「そ、そうだが、それがどうした!?」

「いえ。私が聞いた話では、活躍したのは別の人物だと聞いていたものですから」

「っ！」

そして、その言葉にかなり反応するウィリアム王太子。そんな反応したら嘘だってバレてしまうぞ。ほら国王陛下はウィリアム王太子の顔を見て疑問に思っている。

「それはどういう事だ、セプテンバーム公爵よ」

「いえ、国王陛下も聞いているかとは思いますが、ブリタリス王国のニート山で危険になったところある人物によって助かったという話を」

「ああ、それは当然聞いているぞ。軍がニート山の中を進んでいたところをブリタリス軍に奇襲をかけられたのだろう。その時にウィリアムたちが逃げ惑う兵士を纏めて反撃した聞いたが」

なんか、初めて聞いたぞ、それ。全く別の話になっているじゃないか。誰が言ったんだ？

「それは誰から聞きましたか？」

「ん？　それはウィリアムたちと側にいた近衛兵たちだが？　何か違うのか？」

「ええ。私の聞いた話とは違いますね。私が聞いた話は、奇襲により危険になったところをこのレディウスが体を張って食い止めたからこそ、立て直す準備が出来たと聞いています」

「……何だと。全く違うではないか。どういう事だウィリアム！」

「そ、それは……」

「はっきりせんかぁ！」

うおっ！　び、びっくりしたぁ！　しどろもどろになったウィリアム王太子を国王陛下が怒鳴り散らした。さすがに予想外だったのか、セプテンバーム公爵も目を丸くしている。なんか新鮮だ。

「ウィリアム。お前は嘘をついていたのか？」

「……ぐっ、申し訳ございません」

「……レイブンはこの事を知っておったか？」

「はっ、私はケイネスから報告を受けていましたから。てっきり国王陛下もその話は知っているものと」

「いや、儂のところに来たのはケイネス将軍の部下だった。ウィリアム、お前まさか」

「……はい、私が指示を致しました」

ウィリアム王太子の言葉に国王陛下は頭を抱える。さすがに予想外過ぎる事が起き過ぎて、少し可哀想になってきた。

「……仕方あるまい。ウィリアムよ。お前の王太子の話は一旦無しだ。少し頭を冷やすが良い。グレモンド家の罰は、まず主犯のバルト・グレモンドとその指示に従った者は死刑。グレモンド家は爵位剥奪、その上国外追放だ。エリシアよ。お主にも申し訳ないがグレモンド家として罰を受けてもらう。だが、本来であれば家族死刑だったところを、国外追放まで下げたのは、お主にも迷惑をかけてしまったお詫びも込めてだ。許してほしい」

「……はい。私はリストニック侯爵家の養子ではありますが、グレモンド男爵家の長女でもあります。今回の罪は私も当然の事受けましょう。国王陛下のご配慮感謝いたします」

そう言い頭を下げる姉上。こうして、バルトたちへの断罪は死刑と国外追放という、重い罪で幕を閉じた。

……ある程度予想はしていたが、なんだか後味の悪い結果になってしまったな。

◇◇◇

おおよその話は終わり、全員が退室したところ、セプテンバーム公爵と俺が王様に呼び出された。セプテンバーム公爵はわかるが、何故俺も？　と思ったが、とりあえず付いていく。特段用事はなかったし良いだろう。

謁見の間を出る時に、ウィリアム王太子……王子に戻ったのだったっけ。王子とリストニック侯爵に睨まれたが自業自得だ。俺は無視して謁見の間を出る。

その時、チラッと姉上を見たのだが、どこかホッとしている様子だった。やはりグレモンド男爵や夫人が助かった事だろうか？

まあ、さっき国王陛下が仰っていたが、本来であれば死刑らしいからな。そう考えたら国外追放でも辛いが、まだマシというものか。ホッとするのもわかる気がする。

ただ、その現状に二人が耐えられるかは別の話だが。そこまで俺も考えるつもりはない。あの二人は母上が辛い日々を送る事になった元凶だからな。特にどうこうするつもりは無いが、特にしようとも思わない。姉上が頼ってくれれば別だが。

そんなこんなで侍女に連れられて歩く事五分。王宮の中は入り組み過ぎて迷うな。覚えにくくするためなんだろうけど、絶対迷子になる奴がいるぞこれ。

侍女は気にした様子もなく、扉をノックする。中から顔を出したのはレイブン将軍だった。

「ああ、来ましたか。君も案内ありがとう」

「い、いいえ！」

レイブン将軍はセプテンバーム公爵と俺を見て微笑むと、俺たちをここまで案内してくれた侍女に礼を言う。笑顔で礼を言われた侍女は顔を真っ赤にして、去っていった。

「ふん、女たらしが」

そして、隣でセプテンバーム公爵が呆れた様子で呟く。どうやら、レイブン将軍は女性にモテるようだ。まあ、歳を感じさせない筋肉に、シワひとつない渋い顔。好きな人は好きなんだろう。

「セプテンバーム公爵、レディウス君。入ってください。国王陛下がお待ちです」

レイブン将軍が扉を開け、その中をセプテンバーム公爵が進んでいく。俺も後についていく。ゲルムドさんは外で待機しているらしい。

「よく来たな、ベルゼリクス。それにレディウスだったか？」

「……国王陛下よ。いくら周りの目がないからと言って、昔のように呼ぶのはどうかと思いますが」

「何、ここにはお前たちとレイブンしかおらん。別に構わん。それに誰かが聞いていようと、儂が命令したと言えば誰も言えんからな。お前も昔と同じように話せ」

そう言って笑う国王陛下。どうやら国王陛下とセプテンバーム公爵は親しい仲らしい。まあ、それもそうか。

呆れた様子だが、何処となく嬉しそうなセプテンバーム公爵が席に着くのを見てから俺も席に着く。

「全く。それで呼んだ理由は？」

「何だ、もう少し話しても良かろう？」

「私にも色々とやる事があってな」

そう言って腕を組むセプテンバーム公爵。もう既に国王と家臣の関係では無く、親友みたいな感じになっている。

「まあ、良かろう。お主たちをここに呼んだのは謝罪のためだ」

「謝罪？」

「ああ、まずはベルゼリクス、ヴィクトリアに申し訳ない事をした。あの子の心を傷付けてしまった。儂の謝罪では済まないと思うが、悪かった」

そう言い国王陛下はセプテンバーム公爵に頭を下げる。ちょっ、いくら周りで誰も見ていないからって国王が頭を下げるのはまずいのでは⁉ 俺が一人で慌てていると、

「頭を上げろバーデン。もう過ぎた事だ。それに謝るべきはバーデンではない。王子自身だ。だから頭を上げろ」

セプテンバーム公爵は頭を下げる国王陛下を見て淡々と伝える。だけどセプテンバーム公爵も思う事があるのだろう。手が白くなるほど強く握って我慢している。

本当は国王陛下に怒鳴りたいはずだ。公爵と国王という立場ではなく、一人の親として。だけど、それを我慢するのは昔からの親友であり、その上セプテンバーム公爵も言っていたが、謝るのは国王ではなくて王子の方だ。だから我慢が出来る。

「……済まない。儂がウィリアムを甘く育てたせいだな。姉弟の中で唯一の男で、末の長男だ。本

当に甘やかし過ぎた。そのせいでレディウス、君にも迷惑をかけてしまった」

そして、国王陛下は俺にまで頭を下げようとするから、どうしようかと慌てると、

「バーデン、一般人に頭を下げるのは流石に不味い」

セプテンバーム公爵が止めてくれた。それに合わせてレイブン将軍も同じ意見だと伝えてくれる。

国王陛下は渋々ながら頭を上げてくれた。

「……それもそうだな。レディウスよ。言葉だけの謝罪で申し訳ない。その代わり、お主に戦争での褒美をやろう。大抵のことは何でも叶えてやるぞ」

「いや、そんな恐れ多いです。それに褒美なら学園に通わせていただいているので」

「いや、それは褒美にはならん。ある意味お主への投資のようなものだからな」

学園に入学させてもらっている事を褒美にしようと思ったら断られてしまった。うーん、褒美かぁ。全く思いつかんぞ。

「何も思いつかないんだったら、爵位をあげておけば良いだろう」

「おお、なるほどな。爵位か」

俺が悩んでいると、セプテンバーム公爵はそんな事を言い、国王陛下も納得してしまった。いや、爵位ってそんな簡単にもらえるものなのか？　その事を尋ねてみると、

「そんなわけないだろう。小僧がそれ相応の戦果を挙げているからこそだ」

「うむ。レイブンに聞いたところお主は隊長首を二つ、それに軍の危機を救ったそうじゃないか。それほどならば過去にも爵位を貰って貴族になった者はおる。それに丁度空いたしな」

丁度空いた？　……それってもしかして……。

「お主も想像がついていると思うが、元グレモンド領をお主に任せよう」

やっぱりか。でも、いきなり爵位を持って、その上領地持ちは俺には荷が重過ぎる。何も知らないのに領地の経営なんて出来ない……あっ、それなら出来る人に任せれば良いのか。あの人がいれば。

「受け取っておけ、小僧」

……そうだな。今回の事で力不足を痛感したばかりだ。少しでも使える手札があった方が良いだろう。そのために貴族になるのも一つの手か。

「わかりました。受けさせてもらいます」

「うむ。それは良かった。爵位についてはそのまま男爵だ。家名についてはグレモンド家は無くなったからそれ以外で考えて欲しい。何かあれば今決めてもいい」

家名か。それならすぐに浮かび上がる。俺が万が一貴族になった時に考えていた家名だ。

「その家名は昔あった貴族の家名でもいいのでしょうか？」

「うむ？　犯罪を犯して没落した家でなければ構わんぞ」

「それなら、私の家名はアルノードを使いたいと思います」

アルノード。昔母上がまだ貴族だったころの家名だ。既に没落しているので無いはずだ。

「アルノード？　……ああ、商売を失敗して借金で没落した家か。何故お主がその家名を知っておる？」

「はい。私の母がその没落したアルノード男爵家の長女と言っていたのです。没落してからはグレモンド家に侍女として働いていたところ、見染められたらしく」

俺の言葉になるほどと頷く御三方。そして、

「良かろう。略式ではあるが、お主、レディウス・アルノードを男爵として命じる。これからも国のために頼むぞ、アルノード男爵よ」

「はっ、国王陛下！」

成り行きではあるが、俺はこうして貴族になる事が出来た。

◇◇◇

「ふわぁ～、よく寝たぁ～」

俺はベッドから体を起こし体を伸ばす。今日はさすがに学校に行かなければ。一昨日と昨日はロナたちを助けに行っていたので行けていないからな。

昨日は、俺が国王陛下にアルノード男爵として爵位を賜ってお開きとなった。バルトの死刑は明日になるらしく、姉上たちはそれを見届けてから王都を出るようにすると国王陛下は言っていたな。最後に俺と会えるようにはしてくれると言っていたから、今日でも会えるかな。

クルトに関しては、昨日今日はセプテンバーム公爵の家で治療してくれると言ってくれた。こちらも有り難かったのですぐに了承した。本当に助かる。早くても明後日には治療が終わると言っていた。

男爵領には、俺が学園を卒業するまでは代官を派遣してくれるらしい。そこで、俺が唯一知って

いる文官、クリスチャン・レブナレスについて尋ねてみた。

国王陛下は知らなかったが、レイブン将軍が知っていた。どうやらまだ牢屋にいるようだ。俺がクリスチャンさんが閉じ込められている理由を説明すると、国王陛下が直ぐに出る手配をしてくれた。これでその日のうちには出られると言う。

俺はその人を代官にお願いした。あの牢屋に入った時に少し話しただけだったが、あの人の知識は中々だった。それが活かせるかどうかはまた別の話だが、上司の悪事を見つけ出す手腕はさすがだと思うし、優秀なのだろう。

国王陛下もクリスチャンさんが大丈夫な人物が調べてから送ってくれるそうだ。有難い。俺も一回ぐらいは領地に行っておいてほしいそうだ。そのうち行こうか。

トルネス王国との親善戦は予定通り行うそうだ。だから四日後の出発までに準備をしておかないといけない。この三日間は本当に忙しかったからな。何とか用意しなければ。

話し合いが終わった後はセプテンバーム公爵が村まで馬車を手配してくれた。ブランカはセプテンバーム公爵に返した。返したのだが、セプテンバーム公爵が、爵位を賜ったお祝いに譲ってくれると言ってくれた。

俺自身もブランカを気に入っていたからその申し出は有り難かったので直ぐに返事をした。俺が男爵領に行くまでは、セプテンバーム公爵の屋敷で預かっていてくれるそうだ。助かる。

村に帰って来る頃にはもう日は暮れていた。村に帰ると、ガラナに家まで引っ張られた。中にはマリアナさん、フランさん、ロナが席に座っており、机の上には豪華な食事が並んでいた。

どうしたのか尋ねると、ロナたちが助かったお祝いにフランさんがお金を出して食材を買ってきてくれたそうだ。何だか申し訳ないので、俺も払うと言ったが、何故か固辞された。

俺に対するお礼も込めているそうで、払ってもらうのは申し訳ないと逆に謝られたほど。俺は国王陛下から爵位と一緒に金貨も貰ったから懐が暖かいのだが、そういうことなら頂くとしよう。

みんなで楽しく夕食を終えた後は、フランさんはガラナのところで泊めてくれるそうなので、俺とロナは家に帰った。

それから体を洗ってから眠ろうとベッドに入ったのだが、ロナが部屋にやってきたのだ。

俺たちが住む家は小さいのだが、家族で住めるようになっており、食事をみんなですることが出来る部屋が玄関にあり、一回は台所と部屋が一つ。この部屋はクルトが使っている。

ロポは玄関付近に加護を置いて、中に布を敷いて上げるとそこで寝ている。番犬ならぬ番兎だな。

それから二階が付いており、ここには俺が一つ部屋を使い、ロナも一つ部屋を使っている。本当なら自分の部屋で寝るはずなのだが、昨日に限ってはどうしても一緒に寝たいと言ってきたのだ。

まあ、俺も断る理由もなかったので、直ぐに了承したら、ロナは嬉しそうに布団の中へと入って来て、俺にピタリと引っ付く。

何でも、ロナは俺の温もりが好きだそうだ。それからロナのご所望で、頭を撫でてほしいと言うので、頭を撫でて上げると、いつの間にか眠ってしまっていた。

まあ、色々と怖いも思いもしただろうし、疲れただろうから仕方ないか。俺も可愛いロナの寝顔を見ながら眠りについた。

そして今は、そんなロナの隣で目を覚ましたと言うわけだ。ロナは相変わらずぐっすりと眠っている。可愛い寝顔をしながら。

俺はそんなロナを見ていたら、好奇心を抑えきれずに、ロナの柔らかそうな頬をつついてみると、

「……ふへへぇ～……」

と、嬉しそうに笑った。可愛い。ロナの俺に対する気持ちはわかっているつもりだ。俺もロナは大切な存在になっている。でも、ロナの事をヘレネーさんが認めるかはまた別の話だからなぁ。

一夫多妻は認められているとしても、女性の中には許してくれる人とくれない人がいるという。ヘレネーさんが認めてくれるかどうか……。俺次第だな。

そんなヘレネーさんとも、離れてもう一年が経つのか。あまりにこの一年が濃いかったのでもっと長く感じる。早く会いたいなぁ、と、そんな事を考えていたら、

「……むぅ……」

ロナに脇腹を捻られた。地味に痛いんだけど。もしかして目を覚ましたか？ と思い見ても眠っているみたいだ。なんだ？ 俺が他の女の人を考えていたのがわかったのかな？

試しにロナの事を考えてみる。ロナ可愛い。ロナ可愛い。ロナ可愛い。すると、

「……えへへぇ～……」

と笑う。次にヘレネーさんの事を考えてみる。ヘレネーさん可愛い。ヘレネーさん可愛い。ヘレネーさん可愛……痛い痛い！ 脇腹を捻るなって！ 絶対起きているよな、これ!? だけど、なんだ頬をつついても目を覚まさない……謎過ぎる。

……はぁ、学園に行く準備をするか。俺はベッドから起きて、顔を洗い、服を着替える。それから俺の分とロナの分の料理を準備していたら、玄関の扉が叩かれる。

……こんな朝早くに誰だ？　ロポは顔を上げて扉の方を見るが直ぐに寝転がるので、大丈夫だとは思うが。もしかしてクルトが早く帰って来たのだろうか？　そう思いながら扉を開けると、そこには、

「……おはよう、レディウス」

「……姉上」

姉上が立っていたのだった。

◇◇◇

「……」

「……」

「あら、レディウスの料理美味しいわね」

一人黙々と、俺が作った朝食を食べる姉上。今日の料理は野菜炒めと黒パンだけだが、姉上は特に気にした様子もなく俺の野菜炒めを美味しそうに食べていく。

俺も美味しそうに食べてくれるのは作った身としては嬉しいが、姉上がここに来た理由を確認しないと。

「姉上。今日ここに来たのは……」

「ええ。国王陛下がレディウスには話していると言っていたけど、別れる前に会えるように手配してくれたのよ。今日を逃したら、当分……いえ、これが最後かも知れないからね」

そう言い悲しそうな顔をする姉上。……そうだよな。姉上たちは国外追放だ。二度とこの国には戻って来られない。俺がこの国を出ない限り二度と会う事は出来ないだろう。

「だから、国王陛下が朝早くに馬車を出してくれたのよ。一緒に過ごせるようにって。学園の方には国王陛下が使者を出しておいてくれるそうだから気にしなくて良いって」

それ有難いが、その内学園長に殴られそうだな。三日後にはまた学園には来なくなるし。

でもそういう事なら、俺も姉上と過ごそうと思うのだが。そして、そこに合わせるかのように、

「レディウス様。私はクルトの様子を見てきますね」

と、ロナが笑顔で言ってきた……ロナに気を使われてしまったな。申し訳ない。

「ありがとなロナ」

俺がお礼を言うと、ロナは笑顔で首を横に振る。本当にありがとう。

それからは、三人で朝ご飯を食べてから、俺は着替えていた制服から私服へと着替える。ロナはその間食器を片付けてくれて、姉上はロポと遊んでいた。

「それでは、私は行って来ますね」

「ああ。門番の人に俺の名前を伝えたら取り次いでくれる筈だから」

「わかりました！」

そして、ロナはロポを連れて王都へと向かった。さてと、俺たちはどうしようか。

「姉上。俺たちはどうしますか？」

とりあえず今日一日は自由にして良いそうなので、姉上と一緒に過ごそう。姉上もそのつもりのようだし。

「その前に少し話しがしたいのだけど、良いかしら？」

だけど、姉上はその前に何か話したい事があるようだ。三人で朝ご飯を食べた机に座るので、俺も対面に座る。一体何の話だろうか？

「まずは、ごめんなさい」

「えっ？　どうして姉上が謝るのですか？」

話し始めたと思ったら、姉上は急に謝ってきた。どうして姉上が俺に謝ってくるのかわからずに戸惑っていると、

「バルトの事よ」

と、謝って来た理由を教えてくれた。なんだ、バルトの事か。

「別に姉上が謝る事ではありませんよ。悪いの全てあいつなのですから。それにそれ相応の罰も受けるのです。もう俺は気にしていません。ロナたちも無事でしたから」

俺は姉上に笑顔で伝える。バルトに対してだったらいくらでも腹が立つだろうが、全く無関係の姉上には何も思わない。逆にあの阿呆のせいで、姉上には申し訳ない気持ちで一杯だ。

「逆にすみません姉上。俺とあいつのせいで、姉上の人生もメチャクチャにしてしまって。ウィリアム王子との婚約も無くなってしまって……」

バルトやグレモンド男爵に夫人がどうなろうと、俺からしたらどうでも良いのだが、姉上だけは別だ。昔から俺を助けてくれた大切な家族だからな。だけど、姉上は首を横に振る。

「ふふ、その事はもう良いのよ。私も乗り気では無かったし。そうだ。レディウスは私が学園を卒業してら、何をしようと思っていたか、知っている？」

「姉上がですか？　いえ、知らないですが？」

「私はね、冒険者になろうと思っていたの。あの頃はまだレディウスが生きているって知らなかった時でね。亡くなったレディウスの代わりに私が冒険者になって、色々な土地を見て回るんだって思っていたのよ」

「そうだったのですか」

それは初耳だったな。それに俺の代わりか。確かに死にかける前はそんな事も考えていたな。冒険者になって世界を見て回りたいって。

「だから、アルバスト王国を出たら、どの国に行くかはわからないけど、とりあえず冒険者になろうと思っている。お父様やお母様を養わないといけないしね」

……そうか。あの二人も当然ついて行くから、その分も稼がないといけないのか。姉上もだけど、それ以上にあの二人は生粋の貴族だ。二人だけでは平民として暮らしていけるわけがない。姉上がいなければ野垂れ死ぬだろう……ん？　誰か足りない……あっ！

「姉上、ミアの事を忘れていますよ。ミアも当然連れて行くのですよね？」

クルトは少し可哀想だけど、ミアは姉上について行くだろう。今までずっと一緒にいたんだ。ミ

ア本人が付いていく筈だ。そう思っていたが、

「いいえ。あの子は連れて行かないわ。昨日ミアにも話して解雇しましたから」

「はっ？」

姉上の口からとんでもない話が飛び出してきたぞ。ミアを連れていかないのか？

「ミアを解雇した理由は？」

「レディウス。こんなお願いは甘いと思っているのだけど、ミアの事をレディウスのところで雇って欲しいの」

「俺のところで？」

「ええ。私たちについてきて苦労させるより、あなたの元にいて、好きな人と一緒にいる方が、ミアもずっと幸せだから」

「好きな人ってもしかして……」

「ええ。ミアもクルト君だっけ？　彼の事を少なからず良く思っているわよ。私の手紙をお願いした時は喜んで行ってくれるし、帰って来たら話をしていたのだけど、出てくる話は殆どクルト君の話ばかり」

その時の様子を思い出したのか、可笑しそうに笑う姉上。そうか、ミアもクルトの事を良く思っているのか。それは良かった。俺も思わずにやけてしまう。

「だから、ミアの事をお願い。こんなお願いをするのはおかしいのはわかっているのだけど」

「そんな事はありませんよ。わかりました。そういう事なら責任持ってミアを雇います。俺の大切

なもう一人の姉でもありますからね」

そう言って俺が微笑むと、姉上もクスクスと笑う。やっぱり姉上は笑っている方が綺麗だ。

そんな風に二人で話していると、村の方もみんなが起き出して、働き出す時間帯へとなっていた。

「姉上これからどうしますか？　今日一日は一緒にいられるとは言っても、時間は限られていますからね」

「そうね。王都の方もこれから店を開ける時間帯だから、これから王都に向かえば丁度いい時間帯かもしれないわね。レディウス。今日は私とデートしましょう」

「デートですか？」

「ええ。今日一日はレディウスは私の大切な彼氏。私はあなたの大切な彼女。これで行きましょう！」

そう言い姉上は俺の右腕を抱きしめてくる。ヴィクトリア程ではないが、大きな胸に挟まる右腕。柔らかい。

「あ、姉上……」

「ストップ。さっきも言ったでしょ？　今日一日は彼氏彼女の恋人同士。私の事はちゃんと名前で呼んで、ね？」

ああ、これはもう意見を変えない時の姉上の顔だ。昔も何度かこういう事があったな。なんだか懐かしい。よし！　男レディウス。姉上が楽しめるように頑張ろうじゃないか！

「わかりま……こほんっ、わかったよエリシア。一緒にデートに行こう」

姉上の事を呼び捨てにするのはなんだか、物凄く恥ずかしかったが、言ってやった。姉上も頬を赤く染める。

「それじゃあ、行きましょう、レディウス！」

そして、俺は姉上に手を引かれて外に出る。そして、外に待たされていた馬車に乗って王都に向かう。こうして俺と姉上のデートが始まったのだ。

◇◇◇

「さて、どこに行こうかしら？　レディウス？」

「どこに行きましょうかね？」

「まあ、どこでもいいわ。さあ、エスコートお願いね？」

そう言い俺の腕を自分の腕に巻きつける様に組んでくる姉上。ハタから見れば確実に恋人同士と思われる格好になっている。

家を出てから馬車に揺られて十分ほど。王都に着いた俺たち。さて、ここからどうしようかと悩んでいたら姉上にそんな事を言われる。

……エスコートかぁ〜。俺、そういうの得意じゃないんだよな。前にロナの服を見繕うために回った時も、ロナに引っ張られるまま服屋を見て回って、何故かロナが俺の服を選ぶという謎な状態になったりしたしな。

「やっぱり俺がエスコートしなきゃダメ？　あまりそういうところ知らないのだけど……」

「ダメ」

姉上に一応尋ねてみたが、笑顔で即答された。仕方ない。腹をくくるか。

「……わかりましたよ、エリシア。頑張ってエスコートしますよ」

「ふふふ、楽しみにしているわよ、レディウス」

そしてデートが始まった。まず向かったのは雑貨屋だ。雑貨屋で色々な小物などを見ていく。その中で気が付いたのが、どうやら姉上は小動物が好きらしい。

さっきから、動物の絵柄が描かれた食器や猫や犬の置物に目を引かれている。そういえば、さっきの家にいた時もロポと楽しそうに触れ合っていたな。

「あね……エリシアは動物が好きなのか？」

「ええ、大好きよ。さっきのロポちゃんだっけ？　あの子もふわふわもさもさで可愛かったわね」

そう言って、動物の置物を見ていく姉上。姉上は置物を手に持って、どれが可愛いとか、これはかっこいいとか色々と話をしながら見ていく。

その次は服屋だ。服屋では姉上が選んだ服を、何故か俺が着ていくという、前にロナと来たときを思い出させる様な状態になった。

だけど、俺が着替える様子を見て楽しそうに笑っている姉上を見たら、やめさせる様な事は言えなかったので、俺は延々と姉上が持って来た服を着ては脱いで、着ては脱いでと繰り返していた。

まあ、それで姉上が喜んでくれるなら良しとしよう。

俺の着せ替えが終えると、次は姉上の番だった。姉上が自分が良いと思った服を選んで着替えて、俺に良いかどうか確認してくるのだ。語彙が少な過ぎてあまり上手く褒めることが出来なかった。姉上はとても綺麗なので、どの服を着ても似合ってしまう。店員の女性も、姉上が着替える度に感嘆の声を出す。

かなりの数を試着したのだが、結局買ったのは三着ほど。俺が払うと言っても、あまり持っていても運ぶのに大変だから良いという。しかもその三着も、店員さんオススメや、高価な物ではなくて、俺が似合っていると言った服の内の三着だった。

もっと良いやつとかあったのにその服で良いのか尋ねて見たら、この服が良いと言われたので、俺はそれ以上は何も言わなかった。

その頃には丁度昼時のいい時間帯になっていたので、俺と姉上は昼食を食べに行くことになった。この辺りには、姉上が学園に通っていた頃によく来た店があるらしく、そこへ行く事になった。

「いらっしゃ……あれ、エリシアちゃんじゃないかい。久し振りだねぇ！」

その店の名前は「小麦亭」という名前の店で、中に入ると恰幅の良いおばさんが姉上に対して親しげに話しかける。

「お久しぶりです、マーガリンおばさん。二人大丈夫かしら？」

「ああ、丁度二人席が空いているよ……おや、見ない顔だねぇ？　誰だい？」

「彼はレディウス。私の腹違いの弟になるわ」

「初めまして、レディウス。レディウスと言います」

「これは丁寧にありがとうね。私はマーガリン。この店の女将だよ。この店は私と旦那でやっていてね、エリシアちゃんの弟ならいつでも歓迎するよ」

そう言い、俺の背中をバシバシ叩いてくるマーガリンさん。俺とエリシアは苦笑いするしかなかった。何でも、昔マーガリンさんがスリにあった時に姉上が助けたらしい。それからこの店の味に惚れた姉上が、たまに通う様になってからの仲と言う。

マーガリンさんに二人席まで案内されてから、姉上のオススメを注文して、姉上と二人で料理を待っていたら
「おう、そこの姉ちゃん。俺らのところで楽しくお話しない？」

と、隣の席に座る二十代後半ぐらいの男が、姉上に話しかけてきた。その席には他に三人男がいて、全員が何かしらの武器を持っている。格好からして冒険者だろう。

こんな真っ昼間から酒飲んでやがる。話しかけて来た男も、顔を赤く染めて楽しそうに笑ってやがる。こいつも酔ってやがるな。

「いえ、私には連れがいますので」

「おいおい、そんな寂しい事を言うなよぉ〜。そんな野郎より俺たちといた方が楽しいからよぉ〜」

姉上は俺がいるので断ろうとしたが、男は聞く耳を持たない。その上他に二人の男も、はじめに話しかけてきた男に合わせて、話しかけてくる始末だ。

後、もう一人の男はと言うと、俺の方を見て顔を真っ青にしていた。そして、仲間の男たちへ俺が誰なのかを教えている。

どうやら、倍率がかなり高かった対抗戦の決勝戦のチケットを手に入れる事が出来た人らしく、

俺が出ていた決勝戦を観ていて、俺の顔を知っていたみたいだ。

だけど、酒を飲んでいて酔っている男たちは、酔いのせいで気が強くなっている様で、全員が立ち上がり、俺たちの元へとやって来る。まあ、そのうちの一人は一生懸命、仲間を止めようとして、立ち上がったのだが。

「何だよ、お前ビビってんのかよ？　どうせ、学園の優勝と言ったって、ガキの遊びみたいなもんだろ？　そんなところで優勝した奴に、日々実践で鍛えられている俺たちに叶うかよ！　ほら嬢ちゃん。早く来いよ」

酔っ払った男は、忠告する男の話には一切耳を傾けずに、姉上に触れようとした……が、触れる前に俺が男の手を掴む。

「おい、ガキ。てめぇ、痛い目を見たくなかったら手を離しやがれ！」

そう言って、俺の手から離れようと男は暴れるが、俺は魔闘拳をしているので、そう簡単には離れない。逆に俺が、握っている力を入れていく。

男も、全く微動だにしないどころか、逆に痛くなって来た腕を見て、顔色は青くなり冷や汗を流す。こんなもんかな。

俺は顔色は青くしている男の手を離すと、男は尻餅をつく。そのまま、握られていた右腕をさすりながら俺を見上げてくる。

その時に俺は、殺気を飛ばしながら、

「汚い手で、エリシアに触れるなよ」

と、脅しておいた。男たち四人ともに殺気を飛ばしたので、四人ともに顔面蒼白になり、お金だけ置いて、店を出ていってしまった。

俺は男たちが出ていくのを見送ってから、座って姉上を見てみると、姉上は俺見ながらニヤニヤとしていた。

「……なんですか?」

「いいえ。レディウスは本当に強くなったなぁ～、と思ってね」

そう言い俺の顔を見ながら微笑む姉上。俺は少し居心地が悪かったので、

「そりゃあ、昔に比べたら少しぐらいは強くなったとは思いますよ。それ相応の努力はしてきたつもりですから」

「ふふ。レディウスは昔から強かったわよ。確かに力とかは無かったけど、他の誰よりも心は強かったわ」

昔を思い出しながら懐かしそうに語る姉上。改めてそう言われると恥ずかしいな。

それから程なくして、姉上のオススメの料理が運ばれる。しかもなんと、あの酔っ払いを追い払ったお礼に食事代をタダにしてくれた。

あの男たちは今までも何度か客に迷惑をかけていたらしく、マーガリンさんも困っていたらしい。いくら言っても聞かないし、いくらマーガリンさんでも、冒険者には勝てないので、強く言えなかったそうだ。

それから、姉上といろいろ話をしながら、昼食を食べ終えて、小麦亭を後にする。マーガリンさ

んにまた来てね、と言われた時の姉上の悲しそうな顔が忘れられなかった。

それから、再び色々な店を物色していって、気が付けば夕方だった。

「あら？　もうこんな時間だったのね。レディウス。最後に行きたいところがあるのだけれど、良いかしら？」

「ん？　構わないけど」

俺が了承をすると、姉上に腕を引っ張られる。一体どこに連れていくつもりなのだろうか？　表通りの店と店の間の細い道を抜けて、入り組んだ道に入り、歩く事十分ほど。俺が連れてこられたのは、四階建ての店だった。しかし、ただの店ではなかった。

「……姉上。ここって……」

「呼び方が戻っているわよ。さあ行きましょう！」

姉上は俺を引っ張っていこうとするが、この店って……うおっ、姉上身体強化使ってやがる⁉

俺はその店に入らないように何とか踏ん張って見せたが、姉上にはかなわなかった。

いや、本当の本気でやれば勝ったのだろうが、姉上に本気を出す訳にもいかずに、連れてこられてしまった。その場所は、

「……姉上、どうして連れ込み宿なんかに入ったのですか？」

そう、姉上に連れてこられたのは連れ込み宿だった。男と女が、あんな事やこんな事をする場所だ。俺は姉上に尋ねるが、姉上は俺の言葉を無視して、服を脱ごうとする。さすがにそれは力づくでも止める！

「姉上！　やめてください！　どうしてこんな事をするのですか！　もしかしてバルトの助命とかですか？　もしそうならバルトの運命はかわりません。既に国王陛下の命は下ったのですから。ですから……」

「違うわよ」

「えっ？」

「私があなたをここまで連れてきた理由は、そんな事じゃないわ。それにバルトに関しては私も許せないもの。身をもって償うべきだわ」

そう言って振り返った姉上は、服は脱いでおり、姉上の綺麗な肌を隠すのは既に下着だけだった。

俺は慌てて視線を逸らす。そのまま姉上を見ていたら、深い谷間をじっと見てしまうからだ。

「そ、それならどうしてここに？」

「そんなの決まっているじゃない。彼氏とのデートの最後にする事といったらこれしかないでしょ？」

「で、でも、これはそういう振りですよね。だからそこまでしなくて良いと思いますよ？」

俺がそう言うと、姉上は悲しそうな顔をして俺を見てくる。

「振りで、弟とデートをしたりする訳ないじゃない。本当に思ってなかったら」

「えっ？　それってどう言う……むぐっ！」

俺は姉上の言葉の真意を尋ねようと思ったら、気が付けば姉上の綺麗な顔が目の前にあって、俺の口は姉上の口によって塞がれてしまった。

そのとき姉上が抱きついて来たため、そのまま後ろへ倒れると、そこにはベッドが。

姉上はそんな事、気にした様子もなく、俺の口を貪るように熱い口づけをしてくる。俺はベッドの上に倒れているため、俺の体の上に跨《また》ぐようにして。そして、呼吸が苦しくなったのか、ようやく口を話す姉上の顔は熱に浮かされた様にとろんとしていた。

「はぁ……はぁ……れでぃうすぅ」

「あ、姉上、ど、どうしてこんな事を？」

正直に言うと、俺もここまでされればさすがに気がつく。姉上が俺の事をどう思っているか。だけど、聞かずにはいられなかった。

「……そんなの決まっているじゃない。レディウスの事が好きだからよ」

そう言って、俺の事を見つめる姉上の目から涙が溢れる。

「あなたが死んだかもしれないって聞いた時、私の目の前は真っ暗になったわ。もう二度とあなたに会えないと思ったら、悲しくて涙が止まらなかったもの。その時に初めて気が付いたの。ああ、私はレディウスの事が好きなんだって」

「姉上……」

「……それから生きているとわかってとても嬉しかった。その後にあなたと話せて、涙が出るほど喜んだわ。でも、その時は既に王子と婚約していたから、あなたにこの思いを伝えることは出来なかった」

「……」

「でも、昨日の事で婚約は解消された代わりに、またあなたと離れ離れにならなければいけないと思ったら、もう我慢が出来なかった。だから、今日は絶対にここに来ようと思っていたの」

「そ、それは一体どう言う……」

「……私はレディウスの子供が欲しい。出来なくてもいい。レディウスとの思い出があるだけで、私は辛く感じる事なく生きていく事が出来る」

そう言う姉上の目は真剣だった。そこまで、俺の事を思ってくれていたんだな。それなのに俺は姉上に心配ばかりかけていて、全くダメな弟だな。俺は姉上の腕を掴む。

「れ、レディウス？」

困惑する姉上……エリシアの腕をそのまま引っ張って、ベットに寝転がす。エリシアはびっくりしながらも、ベットに寝転がり俺を見上げてくる。その上に俺が跨る。さっきとは逆だな。

「れ、れでぃ……うむっ！　あむっ……あぁん！」

「ぷはぁ……エリシア。今日は一日俺の彼女だったよな？　昔から優しくて、強くて、ずっと尊敬してきた大好きな姉上……エリシアにそんな事を言われたら我慢出来ないじゃないか」

「で、でも、さっきは反対的だったのに、ど、どうして？」

「そんなもの、急にあんな事をされたら、何か考えがあるのかとか疑ってしまうに決まっているだろ？　でも、エリシアの気持ちを聞いて変わった。エリシア、今日は俺の女だ」

さっきのエリシアの言葉を思い出す。俺の事を本当に好きだと思っていなかったら、彼氏なんかに誘うわけがないって。ああ、本当にその通りだ。俺もエリシアの事を思っていなかったら、この

役を受けなかっただろう。

周りからすれば俺は最低な事をしている。その場の流れに身を任せているのもわかっている。だけど、俺は姉上を、エリシアを一人の女性として今から愛す。

「覚悟しろよ、姉上。俺、我慢出来ないからな」

「うん、来てレディウス。愛してる」

涙を浮かべながらも笑みも一緒に浮かべ俺に向かって手を伸ばしてくるエリシア。俺はそんな彼女に抱き着く。

その日は、俺とエリシアは姉弟ではなくて、一人の男と女として夜が更けるまで愛し合った。温もりを忘れない様にしっかりと……。

◇◇◇

「だ、大丈夫か姉上？」

俺は少し歩き方がおかしい姉上に心配する。昨日姉上と夜通しでヤッてしまったからな。はあ、駄目駄目だな俺は。

「ふふ、気にしなくても大丈夫よ。まだ違和感があるだけだから。痛みはもう無いし」

「それなら良いのだけど」

姉上は笑顔で大丈夫だとは言うが、これ以上尋ねても、言わないだろう。

「もう直ぐ家だから、時間まで中でゆっくりしててよ」

「ええ、そうさせてもらうわ」

時間というのは、バルトの死刑の時間の事だ。国王陛下は昨日から一日俺と過ごす時間を作ってくれて、今日馬車で迎えに来ると言っていたらしい。そして、そのままバルトの死刑を見届ける事になっているという。

時間的には昼前に馬車は来ると言っていたそうだから、それまでは家で休んでもらおう。ようやく家に辿り着いて、扉を開ける。

「ただいま……って、あれ？　クルト、お前帰っていたのか。それにミアまで」

「ミア？」

扉を開けて中に入ると、中にある机に座っていたのは、当然ながらロナと、セプテンバーム家で治療中だったクルト。そして、その隣にはミアが座っていた。姉上もミアを見て気まずそうだ。

しかも、ロナは何だか怒っているようだし。頬をぷくぅと膨らませて腕を組んでいる。俺からしたら愛らしいのすがたなのだけど、それを言うと余計に怒るだろうから言わない。

「レディウス様！　聞いてくださいよ！　クルトったら、ミアさんについていくって言うんですよ！」

ロナは俺を見ると、勢いよく立ち上がってそう言う。クルトがミアについて行く？　一体どういう事なんだ？

「落ち着けロナ。一体どう言う事なのか話してくれないか？」

俺は、怒っているロナを落ち着かせるためにロナの隣に座って頭を撫でる。姉上は俺の反対側に座る。ロナも落ち着いて来たのか、なんで怒っているのか話してくれた。

昨日、治療を終えたクルトと村に戻って来ると、家の前にミアが立っていたらしい。

当然二人とも面識があるのでミアに話しかけると、ミアはどうやらお別れの挨拶に来たと言う。その言葉に姉上はミアを見ると、ミアはぷいっとそっぽを向いてしまった。これは黙ってついていくつもりだったのだろう。

当然、その言葉に狼狽えるクルト。まあ、それは仕方ないよな。好きな人が離れ離れになってしまうのだから。

「それで、クルトも一緒に行くって言い出したんです」

「なるほどなぁ」

ロナの話を聞いて、俺は一人で納得していると、

「それは一体どう言う事なの、ミア。あなたはもう私のメイドではないのよ」

と、姉上はどう言う事なのかミアに尋ねる。昨日聞いた通り、姉上はミアを連れていくつもりは無いようだ。関係ないミアを巻き込みたくないという事で。だけど、

「はい。その通り私はもうメイドではありません。だから私個人としてエリシア様についていきます」

と、普通に返して来るミアに姉上は開いた口が塞がらない。ミアも意見を変える気は無さそうだな。

「姉上、これは諦めた方がいいよ」

「で、でも、私たちなんかについてくればミアが苦労するのよ！　私や父上たちは貴族だったから世間知らずだし、物凄く迷惑をかける事になるわ！　それでも……」

「構いません」

有無を言わさないミアの一言。それだけで姉上は黙ってしまった。これは姉上の負けだな。俺が姉上を見て笑っていると、姉上は俺の脇腹を捻ってくる。い、痛いって。

「……もう、わかったわよ。苦労かけると思うけどよろしくね」

「はい！」

ミアは姉上の言葉に嬉しそうに返事をする。二人が解決したので、次はこっちだな。

「それでクルトはそのミアについて行きたいと？」

「ああ。その通りだ、兄貴。俺はミアさんの事が大好きだ。だからついていきたいんだ」

真剣な表情で俺を見てくるクルト。

「ミアはどうなんだ？　クルトの事、どう思っている？」

姉上から少しはクルトの事を良く思っているとは聞いたが、本人の口から聞いておかないとな。本当は嫌なのに、無理矢理クルトを連れて行かせても迷惑なだけだ。

「私はクルト君の事は好きですが、なんて言いますか、異性というよりかは、弟のような感覚の方が今は大きいです。この先どうなるかわかりませんが」

そう言って、クルトの方を見ると顔を赤く染めるミア。そんな事を言っているが、時間の問題な気がするな。

「それじゃあ、ミアはクルトの事を悪く思ってはいないんだな？　一緒にいても嫌にならない程度は」

「はい、大丈夫です」

うむ。俺は再びクルトを見るが、クルトも意見を変えそうにないな。

「わかった。クルトの人生でクルトが決めた事だ。俺は何も言わん」

「レディウス様⁉」

「ありがとう、兄貴！」

隣からは驚いた声、前からは喜びの声が聞こえる。ロナには悪いが、さっきも言った通り、これはクルトの人生でクルトが決めた事だ。俺がとやかく言うことではない。

クルト自身も強くなってきたし、ガラナからは読み書きや一般教養も習っている。冒険者としてもやって行っているし、足は引っ張らないだろう。

「姉上、後で渡そうと思っていたけど、今渡すよ」

俺は家の棚の引き出しから、ある袋を二つ取り出して姉上の前に置く。

「これは？」

「開けたらわかるよ」

姉上は促されるまま袋を開けると、驚きの表情を浮かべる。そして、直ぐにその袋を俺に返してきた。

「こ、こんなの受け取れないわよ！」

姉上が机の上に勢い良く置いたため、袋の中に入っていたものが飛び出す。それは……金貨だった。中には百枚ずつ金貨が入っている。一枚五万ベクだから、総額一千万ベクある。

「うおっ、す、すげぇ。こんな数の金貨初めて見たぜ。兄貴、これどうしたんだよ？」

「この右側の袋は国王陛下からだ。国王陛下は表立って姉上に謝る事は出来ないから、代わりに俺から渡して欲しいと言われたんだ。王子のせいで迷惑をかけたお詫びだって」

「そ、それなら左のは？」

「こっちは、俺からだ。これも、俺が戦争での働きを国王陛下に認められたんだけど、王子のせいで褒美が遅くなった事のお詫びって言っていたな」

よくよく考えれば、国王陛下、謝ってばかりだな。少し同情してしまう。

「姉上たちには苦労して欲しくないしな」

「で、でも」

それでも姉上は受け取ろうとしない。仕方ない。俺は姉上の側により耳元で、

「それに、もし子供ができたら、姉上は働けないだろう？　その時のために持っていて欲しい」

俺がそう言うと、姉上は渋々ながら頷いてくれた。これだけの金貨があれば、贅沢さえしなければ、働かなくても十年近くは生きていけるだろう。

家族の一月分の食事が金貨一枚で済むと考えればだけど。かなりの大金にはなるが、ミアがしっかりと管理してくれるだろうし、姉上とクルトがいる。大丈夫だろう。

それに万が一足りなくなったら送るつもりだ。姉上たちからは落ち着いたら手紙を送ってくれる事になっているから、その時に一緒に送れば良いだろう。

ただ、両親の二人には内緒にするように伝える。もし、このお金があるとわかれば、使うかもしれないからな。

「それから、この剣も渡しておくよ」

「えっ？　で、でも、これって……」

俺は腰に下げていた剣を渡す。その剣は母上から貰った形見の剣だ。

「俺はこの剣を姉上に預けておくよ。今度出会った時にその剣を返してくれたらいい」

俺が姉上に向かって微笑むと、姉上も俺の言葉の意味がわかったのか、涙を流す。確かに国外に出たら、もう殆ど出会う事は出来ないだろう。だけど、これが最後ではない。俺も落ち着いたら会いに行くつもりだ。だから、再会を誓うために剣を渡しておく。

それからクルトは大急ぎでついて行く用意をする。用意と言っても大したものは無いから直ぐに済んだのだが。

それが、終わる頃に迎えの馬車がやってきた。その馬車にみんなで乗り込む。馬車に揺られて辿り着いたのは。王宮の前の広場だった。

既に、死刑台は作られており、住民たちが集まっていた。俺たちも、見える場所まで案内される。それから少しすると、死刑台に今回の主犯であるバルトとグルッカスが連れてこられた。

そして、国王陛下が壇上へ上がる。周りにはレイブン将軍などが護衛をしている。

それから、国王陛下の説明が始まった。バルトが行なった罪。村に盗賊を手引きして皆殺しにした事や、誘拐した事など、全ての事を国民に話した。そして、それが原因でグレモンド家は断絶、姉上の婚約も無くなった事の説明をする。

国王陛下はどうやらバルトを目立たせて、婚約の話を静かに終わらせたいようだ。まあ、ある意味王家の汚点になっているから、事を荒立てたくないのだろう。

そして、そのままバルトとグルッカスは国民の罵声を浴びながら、断罪された。俺も姉上も涙を流す事なくその光景をただ見ていた。

バルトたちの死刑が終えると、姉上たちはこのまま王都を出るそうだ。馬車に乗って国外まで。この馬車も国王陛下のお詫びとか。

王都の外までやってきた俺たちは、姉上たちと別れの挨拶をする。ここにいるのは俺とロナ、姉上とミアとクルトだけだ。グレ……ゲルマンと夫人は馬車の中だ。俺と顔を見合わせるのも嫌だそうだ。まあ、俺も嫌だからいいけど。

「兄貴、俺もっと強くなって、ミアさんたちをしっかりと守るからな！」

「ああ、頼んだぞ、クルト」

「しっかりと守りなさいよ」

クルトの言葉に俺は笑顔で、ロナは少し心配そうに返す。

ミアには万が一姉上に子供が出来た時の事を頼んでおいた。ミアは驚いた顔で俺と姉上を交互に見るが、真剣な表情で頷いてくれた。

そして、最後に、

「姉上……」

「レディウス、色々とありがとう。あなたのおかげで、私たちも無理する事なく過ごせるわ」

「いえ、俺なんて大した事はしていません。本当は俺も付いて行った方が良いのですが」

俺がそう言うと、姉上に強めにデコピンをされた。地味に痛い。

「あなたにはやる事があるでしょう。それにこれが最後じゃないんでしょ？」

姉上はそう言って、腰に下げている剣をさする。ああ、そうだ。これが最後じゃない。だから、俺が姉上に伝える言葉は、

「絶対にまた会おう、姉上」

「ええ。また会いましょう、レディウス」

そう言って抱き締め合う俺と姉上。また会うのだから涙は要らない。笑顔で見送るだけだ。

二人は馬車の中へ、クルトは御者台に乗り、馬車を走らせる。俺は馬車が小さくなるまで、ずっと眺めていた。絶対にまた会おう、姉上。

◇◇◇

「くそぅ！　くそくそくそくそくそ！　エリシアが、エリシアが私から離れていくだと！」

私は怒りのあまりに部屋の中にあるものに当たり散らす。こうでもしないと、イライラが収まらないからだ。

「落ち着いてください、ウィリアム王子」

そこに、部屋にいたリストニック侯爵が落ち着くように言ってきた。

「これが、落ち着いていられるか、リストニック侯爵！　せっかく一緒になれると思ったのに。あの馬鹿な弟のせいで、それに父上も父上だ！　あんな事で国外追放にするなんて！」

「しかも、王命でしたからな。もう二度とエリシア嬢はこの国には入ってこれませんな」

「くそおっ！」

もう二度とエリシアに会えないのか？　そう思った時にリストニック侯爵は、

「ただ、方法が無いわけではないですよ？」

と、言ってきた。私は直ぐにリストニック侯爵の方を見る。

「そ、それは一体どう言う方法だ？　教えてくれ！」

私はすがるような気持ちでリストニック侯爵に尋ねる。そしてリストニック侯爵の口から出てきたのは――。

「なに。簡単な話ですよ。王命を覆せるのは王命のみ。それなら、新しく王命を出せば良いのです」

「しかし、父上はこの件についてはもう取り合ってくれないのだぞ？　それをどうやって……」

「なにを言っているのです、ウィリアム王子よ。将来なら王命を出せる人物がいるではないですか？」

リストニック侯爵の言葉に、何を言っているのかようやくわかった私は顔を青くする。

「そ、それは、私に父上を退けて、王になれと言うのか⁉」

父上は、五十近くだがまだ元気だ。そんな人を退けようと思ったらそれは、反乱を起こすしか無いぞ⁉

「いえいえ、そんな事をしなくても大丈夫です。数年ウィリアム王子が我慢すれば、時期に陛下の方からウィリアム王子にお譲りしますよ」

その時はどう言う意味かはわからなかったが、私が王位についてエリシアを呼び戻せるならなんでもよかった。待っていろよ、エリシア。必ず王妃として迎えてやるからな！

番外編
出会うために

KING
of
BLACK
HAIR
The rise
of a swordsman
who can not
use magic

「無事、レディウスたちも出発した事だし、私たちは私たちでやる事をやろうかねぇ」

お婆様はそう言って愛用の剣に手をかけて家を出る。レディウスが家を旅立って二日が経った。私にお婆様、レディウスにロポと賑やかに過ごした三年間だったから、一人と一匹がいなくなると、家がとても広く感じた。

そんな寂しさは、私だけが感じてたわけじゃないみたい。お婆様寂しいのね。それを誤魔化すように、私がお婆様にお願いした事、王級になるための訓練を始めてくれるようだ。

「さて、ヘレネー。王級へと至るため訓練は、今までの訓練とは比べものにならないくらい過酷なものとなる。それでもやるかい？」

真剣な表情で威圧を放ちながら尋ねてくるお婆様。目的も無かった前なら、この威圧に体を震わせていたかもしれないけど、絶対に曲げない思いが出来た今は、体を震わせる事もなく耐える事が出来る。

「ふふっ、良い顔さね。男を知った女は強くなるけど、ヘレネーもそうだったみたいだね」

「お、お婆様っ!!」

と、突然変な事言わないでよっ!!　た、確かにレディウスに早く会うために頑張るから間違いじゃないけどっ!!

「良いじゃないかい。蛇足で習うよりも、何か好きなもののためにやる方が、力の入れようが違う。ここまではヘレネーの才能で乗り越えられて来たが、ここからはそれだけじゃ、乗り越える事は出来ないからね。それじゃあ始めようかい。こっちに来な」

私は呼ばれた通りにお婆様に近づく。お婆様は私の肩に手をおいて、

「さあ、飛ぶよ」

お婆様の魔力が周囲を覆って視界が変わった。お婆様が転移を使ったようだ。そして、目の前に広がる景色は緑一杯だった。ここは……。

「ここは、アルバスト王国の南にある大平原の奥にある森の中さ。ここで一ヶ月生き抜いてもらうよ。山や森での生き方はヘレネーには叩き込んでいるからね。ただ、いつもの森とは違って、少しでも油断すれば死ぬ。この一ヶ月の間で、一度でも私に助けられたらそこで修行は終了。わかったかい？」

「……わかったけど、王級に至るには数年かかるって言っていたじゃない。一ヶ月で良いの？」

「勿論、技術面も後でやるさ。だけど、それよりもヘレネーには精神面が足りていない。これは私のせいでもあったのだけど、ここでは精神面を鍛えて欲しい」

「精神面？」

「そうだ。この森では全て自分で準備して、魔獣たちから命を守らなければならない。それだけでなく、天候の変動や魔獣じゃない毒虫や毒草にも気を付けないといけない。その極限の環境の中で生き残れるか。今なら辞められるよ。上級のままレディウスに会っても良いと私は思うけど？」

私の事を心配るように尋ねてくるお婆様。だけど、私は首を横に振る。

「……多分ここで逃げちゃったら真っ直ぐとレディウスと会えないと思う。レディウスの事をこれから好きになる人も増えると思うし、その人たちに私は負けてないいんだっ！　て、胸を張って前に

出るためには」

本当を言うと怖いってのはある。私やお婆様は水魔法が使えない。だから今まで回復系はポーションに頼っていた。それを使えない環境で一ヶ月生き抜く事が出来るのか、本当は不安で一杯だ。だけど、レディウスは私以上に不安な気持ちを抱えて戦争に向かったはず。そんな彼に堂々と会うためには、ここで折れてちゃダメよ、私！

「私はやり遂げるわ、お婆様！」

「……そうかい。なら、私は何も言わないさ。無理するんじゃないよ？」

私はお婆様に頷く。それを見たお婆様は転移で移動をした。それを見送った私は気合いを入れるために両手で頬を叩く。

お婆様がいなくなった今、辺りの魔獣たちがざわつき始めている。お婆様が辺りに威圧を放っていたから何も寄ってこなかっただけだから、一旦直ぐに離れなきゃ。

まずやる事としては水場を探す事。水と光の属性魔法が使えない私には、まず水が必要になるものね。

風魔法で周囲を索敵。水場を見つけるまではなるべく戦闘は避けていきましょう。息が上がって喉が渇いてはいけないもの。

……しかし、索敵してより詳しく辺りの状況がわかったけど、かなりの魔獣が辺りを歩き回っている。それも、一体一体がかなりの魔力を持っているのがわかる。奥の方にはとんでもない魔力を持った魔獣が何体かいる。それにはなるべく出会わないようにしないと。

私は移動しながら索敵に合わせて集音の魔法も発動。これで、水の流れる音を聞き取れる。とりあえず、近くにいる魔獣にバレないように水の流れる音のする方へと向かったため、普通なら三十分ほどで行ける距離を、二時間ほどかけて進んだ。

何とか魔獣に出会わずに川へと辿り着いたけど、次の問題はこの川の水が飲めるかどうか。見る限りは透き通って綺麗な川だ。魚も泳いでいるから大丈夫だと思うけど。

少し掬って飲んでみる……うん、大丈夫みたい。舌先が痺れるような感じもないし、喉が焼けるような感じもない。

これなら、この辺りを拠点にしても良いかもしれない。ただ、あまり川に近かったら魔獣が寄ってくるくるから少し離れた場所に作らないと。

それから、川から少し離れた場所に土魔法で穴を掘る。木の上に作ろうかと思ったけど、魔獣の中には木を登って来られるものもいるし、虫なども多いだろう。

だから、土魔法で少し穴を開けて、周りを土壁で覆った。そして、その場所を燃やさない程度の熱さの火魔法で焼いていく。これで虫などは死んだでしょう。

魔獣に潰される可能性はあっても、虫なんかを気にして休めないのは辛いものね。後は虫除けの草なんかを探して、辺りに置いておけば簡易ではあるけど拠点の出来上がり。

この日から森での生活が始まった。水場を探して拠点を作って次にしたのは食料を探す事だった。この森の中は魔獣ではない動物もいるみたいだけど、この森で生き抜いて来ただけあって、何らかの能力を持っていた。

気配を無いと思うほど消すことの出来るネズミや、魔獣を大きな角で貫き殺すイノシシなど、魔獣に負けないほどの動物が暮らしている。

それらを初めは狩ろうかと思ったけど、魔獣よりも手強かったため早い段階でやめた。その魔獣並みの動物を探すよりも魔獣を探した方が楽だと思ったから。

初めの五日間は食べられる魔獣と野草などを捜し集めた。大平原の奥にある森に出る魔獣だけあって、家のあった山に出て来る魔獣に比べたら強さは段違いだった。

食材として探したのはオークだった。ただ、ここのオークは普通のオークじゃなくて、進化したハイオークだった。普通のオークよりも知能があり、森の中を隊を組んで獲物を狩るのだ。

こんな雌の少ない森の中で見つけた私を執拗に追いかけて来るハイオークたち。私を孕ませようと目を血走せて迫ってきた。

だけど、私からしたら普通のオークと変わらず食料にしか見ていない。私を襲って良いのは……レ、レディウスだけなんだからっ!!

そんな事を考えながら食料を集める五日間、それから辺りを見回るのに五日ほどかかった頃、食料も肉に魚、野草など食べられる物がある程度集まったので、少し遠くに足を運ぼうとしたその日、森の奥で異変が起きた。

一気に空高く羽ばたく鳥たち。中には魔獣だとわかる姿をしたものまでもが高く飛び上がっていた。そして、一気に揺れる地面。同時に森に広がる殺気に私は立っている事が出来なかった。

……これは、初めに素敵で感じたとんでもない魔力を持つ魔獣の一体。全くその場から動かないから放っておいたけど……もしかして寝てたのが起きた？

その起きたと思われる魔獣の咆哮が森の中に轟き、視線がこちらに向けられたのがわかった。こと魔獣との間にはかなりの距離があったはず。それなのにこちらを見たのがはっきりとわかった。

そして、再び地面を揺らす大きな音が辺りに鳴り響き、目の前に黒い大きな影が落ちてきた。その落ちて来た衝撃に私は吹き飛ばされてしまう。

風魔法で抵抗しながら体勢を立て直す。剣を構えて土煙の上がっている場所を睨む。……あそこから放たれる殺気に冷や汗が止まらない。お婆様ほどでは無いけど、あまり感じた事のない強烈な殺気。

土煙が晴れて現れたのは、四メートルほどの大きさの熊だった。全身が赤黒い色をした熊で、右側の耳が無く、左目も抉れたように潰れた跡があり、体中も傷痕だらけだけど、その体から放たれる威圧は相応のものだった。

……この森で生き抜いてきた歴戦の魔獣なのだろう。その魔獣に私は今狙われているんだ。足が竦《すく》みそうになる威圧感。私は深呼吸して心を落ち着かせる。

いつもお婆様の言う通りなら、勝てるかわからない相手なら逃げるべきでしょう。でも、今ここで逃げたら、もうあの背中に追いつけない気がする。

少し震える手に力を入れて剣を握る。お婆様から託されたお母様の剣。お母様、私に力と勇気を下さい！

私は剣を抜き一気に駆ける。私を睨みつける熊は体に自身の体と同じような赤黒い魔力を迸らせ咆哮を放つ。その咆哮に体が震えるけど、足を止める事はしない。足を止めた瞬間殺されるのがわかっているからだ。

熊は咆哮しながら右手の鋭い爪を地面に突き刺して、一気に振り上げた。地面から掘り起こされるように放たれた土の塊が私目掛けて飛んでくる。

私は風魔法の風壁を体を覆うように発動し、防ぎきれない大きな塊は避け、それ以外は風壁で防ぐ。バチバチと小さな土塊がぶつかって来るけど、気にすることなく熊へと迫る。

「烈炎流昇火」

剣の切っ先が地面に擦れそうになるほど下から熊に向かって振り上げる。魔闘装で強化はしていたけど、魔力を纏った上に、硬い熊の毛に剣が弾かれる。

熊は気にした様子もなく左腕を横に振ってくる。私はそれをしゃがんで避けるけど、そのまま熊は右腕を叩きつけてきた。

後ろに飛んで避けるけど、地面に叩きつけた衝撃で土が舞う。視界から熊を見失わないように魔闘眼も発動。魔力で熊を見る。

熊は私を叩き潰せなかったのに腹が立ったのか、牙を見せながら唸っている。……しかし、思った以上に毛が硬かった。魔力を纏っているのもあるのだろうけど、全く切る事が出来ないなんて。

烈炎流の中でも速さ重視の技だったとはいえ、全く効いてないとなると、他の技もあまり効果が無さそうね。唯一あるとすれば奥義ぐらいかしら？

……だけど、あれを使うには溜めが必要になる。それをこの熊が許してくれるはずがない。そんな事を考えている間に、熊の爪に魔力が集まっていた。そして、熊は腕を振るい溜めた魔力を飛ばしてきた。

あたりの木々を容易くなぎ倒す爪の斬撃。あんなの当たったら私の体なんて簡単に切られてしまうわ！

熊を中心に円を描くように爪の斬撃を避けるけど、中々近づく事が出来ない。少しでも当たれば死んでしまうだろう斬撃を前に一歩が踏み出せなかった。

気が付けば熊が暴れまわった周りの木々は全てなぎ倒され、熊の周りだけ木のない空白地帯になっていた。余りの惨状を見て私は息を飲む。その一瞬が油断になったのだろう。熊が魔力を地面に叩きつけた。

周囲に衝撃波として広がる熊の魔力は、少し離れた私のところまで迫り、私は吹き飛ばされてしまう。吹き飛ばされた私は地面を転がり、木にぶつかる事で止まった。

背中からぶつかったため息が口から漏れるのがわかる。それに合わせて咳き込んでしまう。しかし、倒れている暇なんてなかった。

熊は直ぐにこちらへと走ってきた。見た目の重さを感じさせない速さで迫ってくる姿は恐怖でしかない。私は立ち上がって直ぐに横に跳ぶ。熊はそのまま私がぶつかった木をへし折って、方向をこちらに向けて再び走ってくる。

私の目の前まで迫った熊は左腕で殴りかかってきた。それを跳んで避けて、熊の左腕の上を駆け上る。熊は煩わしそうに腕を振るけど、そこで跳んで、

「烈炎流大火山!!」

熊の脳天へと剣を振り下ろした。ガギィンとまるで金属に当たったかのような音が鳴るけど、大火山は切るというよりかは、魔力を叩きつける技だ。それによって脳を揺らされた熊は、右手を地面について頭を振っていた。やるならここだ!!

私は剣を鞘に戻して魔力を溜める。持てる限るの魔力を一気に鞘の中に溜める。その間に視界が戻った熊は怒りに吠えながら魔力を溜めた右腕を突き出してくる。強化した爪で突き殺そうとしてきたのだ。

怖い怖い怖い怖いっ!!! 本当は直ぐに溜めるのをやめて逃げたい。だけど、それをしてしまうとこの熊にはもう勝てないのはわかっている。それに、

『ヘレネーさん、俺待ってるから』

微笑むレディウスの顔が脳裏に浮かんだから。彼が私に勇気をくれる!! 彼に……愛するレディウスに会うためなら、私は何とだって戦える!!

「恋する乙女を舐めんなぁぁっっっ!!!」

目前まで迫った熊の爪をスレスレで避ける。ズシュッと少し左肩が切られたけど、その痛みを食いしばって耐え、溜まりきった魔力を一気に解き放つ。

——烈炎流奥義——

「はあぁぁぁぁっっ!!」

——絶炎——

魔力を爆発させて一気に振り抜いた剣は、熊の体を左下から斜めに切り上げた。手に途轍もない衝撃が走ったけど振り抜く事が出来た。

だけど、剣を持っている事が出来ずに落としてしまう。その音と同時に地面が揺れるほどの音が鳴り響く。熊の体が落ちたのだ。

「まだまだ鍛え足りなかったわね……でも、勝った」

私は震える手を見てから熊を見る。心の奥底から恐怖を感じた相手だったけど、倒す事が出来た。

……これもレディウスのお陰ね。ふふっ。

それから、期限の一ヶ月はあっという間だった。理由は熊の死体のお陰だった。お肉は食料として、毛皮は寒くなった時とかのために加工したら、この辺りの魔獣が寄ってこなくなった。多分、死んでも残っている熊の匂いに魔獣たちが恐れたのだろう。

それをどこからか見ていたお婆様に合格を言い渡され、今は家で技術面の修行をしている。後数ヶ月もすれば旅立つ許しを出してくれると言う。

……早くレディウスに会いたいわ。

あとがき

「黒髪の王～魔法の使えない魔剣士の成り上がり～」第二巻をお手に取って頂き、誠にありがとうございます！

本書を手に取ってくださった皆様初めまして、そして「なろう」読んでくださっていた皆様、一巻から続けて読んでくださっている皆様、改めまして、著者のやまです。

今回、無事に二巻を発売する事が出来ました。

二巻は戦争の話と対抗戦。そして、レディウスがいたグレモンド家との決着までが書かれています。この話を書くのに結構シリアスな場面もあって難しくもあったのですが、レディウスの心情などを書くことも出来て、中々楽しかったです。

そして、何よりも今作で登場した新ヒロインたちの可愛さですよ！ ヴィクトリアの凛々しい姿に、ティリシアの負けて泣いてしまうシーンも書いてくださり、しかもエリシアとのシーンは、一巻のヘレネーとのシーンにも負けないものがありました。ロポの手紙を運ぶシーンも可愛く描かれていると思えば、戦争での威嚇するシーンはカッコよく描いてくださり、本当に夕薙様の絵は素晴らしいですね！

後、一巻の発売後に初めてファンレターが送られて来ました！「小説家になろう」で感想などを頂いたりする事はあるのですが、私の本を買って続きを楽しみにしていますと言ってくださるのは、また違った嬉しさがありました。本当にありがとうございます。

最後にはなりますが、書籍化するにあたってＴＯブックス担当様、イラストレーターの夕薙様、そしてなにより、この書籍を購入してくださいました読者の皆様は感謝申し上げます。

次は次巻でもお会いする事が出来る事を心より祈りつつ、引き続き「黒髪の王～魔法の使えない魔剣士の成り上がり～」をよろしくお願いいたします。

フォンターナ領が未曾有《みぞう》の危機へ！
対巨人戦に水上要塞の攻戦が始まる！

異世界の貧乏農家に転生したので、
レンガを作って城を建てることにしました
3
カンチェラーラ ― 著
Riv ― イラスト
INFORMATION
2020年
発売決定！

聖ミーア学園開校へ！

庶民のために…さすがミーアさまです！

新種の小麦開発ってお祖母さますごいですっ！

しかし、このままでは…

第二部「導《しるべ》の少女」クライマックス！

わたくしによる
わたくしのための
学校ですわっ！
ティアムーン帝国物語Ⅳ
断頭台から始まる、姫の転生逆転ストーリー
2020年発売決定！
Tearmoon Empire Story
餅月 望―著
Gilse―イラスト
コミックス1巻も好評発売中！

妾《わらわ》らも活躍するのじゃ！
ピクニックがてら、モンスター討伐って……
嘘ですよね？
白豚貴族ですが前世の記憶が生えたのでひよこな弟育てます
2
やしろ
illust. keepout
発売予定

レグルス、剣士覚醒!?

会社設立にダンジョン攻略、
音楽コンクール出場と……大忙し？

〝魔の森〟で魔物が
大量発生!?
モルテールン領を
襲う
更なる脅威とは?
シリーズ累計
40万部突破!
おかしな
転生
XV
著
古流 望
NOZOMU KORYU
イラスト
珠梨やすゆき
YASUYUKI SYURI

何であろうと受けて立ちます
描き下ろし
珠梨やすゆき描き下ろしイラスト付!
ポストカードセット好評発売中!
詳しくはTOブックスオンラインストアへ!
古流 望
珠梨やすゆき
おかしな転生
ドラマCD
ドラマCD
オーディブル
配信中!
詳しくはこちら
お菓子で世界を革命するスイーツ・ファンタジー第15弾!
2020年、発売予定!!

黒髪の王２～魔法の使えない魔剣士の成り上がり～

2020年4月１日　第1刷発行

著　者　やま

発行者　本田武市

発行所　TOブックス
〒150-0045
東京都渋谷区神泉町18-8　松濤ハイツ2F
TEL 03-6452-5766（編集）
0120-933-772（営業フリーダイヤル）
FAX 050-3156-0508
ホームページ　http://www.tobooks.jp
メール　info@tobooks.jp
印刷・製本　中央精版印刷株式会社

ISBN978-4-86472-930-7